薬屋のひとりごと
9
日向夏
Natsu Hyuuga
illustration
しのとうこ
「他に言うことはないのか？」
壬氏《ジンシ》はむすっとした顔で……。

「羅半《ラハン》さままでそんなことを言うんですか！」
姚《ヤオ》が目を吊り上げて立ち上がる。

陸孫《リクソン》は、さらさらと羊皮紙の上に
羽筆《はねペン》を滑らせた。

「猫猫《マオマオ》に似合うぞ」
羅漢《ラカン》はずっとこの調子だ。

「いやあ。飽きないですね」
どこまでも他人事な
雀《チュエ》の手には、
焼き鳥の串がある。

帳一枚隔てた先には、
壬氏《ジンシ》
がゆったりと長椅子に座っていた。

「何か御用でしょうか？」
両脇に高順《ガオシュン》、桃美《タオメイ》。

薬屋のひとりごと

INTRODUCTION

医術の真相

自らに焼き印を押すという、
とんでもない行動に出た壬氏《ジンシ》。
否応なく秘密を共有することになってしまった猫猫《マオマオ》は、
壬氏の治療係として、秘密裏に通うことになります。
とはいえ元はただの薬師《くすし》に過ぎない猫猫にとって、
外科処置など見様見真似で何とか形にできる程度の知識。
壬氏の身に何か起きた際、
治療できるのが猫猫のみとなってしまった今、
しっかりとした知識を身につけるべく、
養父の羅門《ルオメン》に教えを乞うのですが、
羅門は医術を習うのにも資格がいると告げ、
猫猫たちに試験を課します。
案内されたのは、猫猫の実家でもある羅《ラ》の一族の屋敷。
そこに収められた膨大な書物の中から、
とある医術書を探して受け止めろ、と言うのですが――。
隠された『華佗《カダ》の書』とは何なのでしょうか？

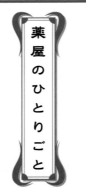

薬屋のひとりごと　9

日向夏

ヒーロー文庫

目次

薬屋のひとりごと

目次

9

illustration : しのとうこ

人物紹介

猫猫《マオマオ》……花街《はなまち》の薬師《くすし》。薬と毒に対して異常な執着を持っているが、他のこととなると関心が薄くなる。養父の羅門を尊敬している。年が明けて二十歳。

壬氏《ジンシ》……皇弟。天女のような容姿を持つ青年。猫猫が気になってしかたないが、のらりくらりとかわされ続けているため、手段を選ばなくなってきている。本名、華瑞月《かずいげつ》。二十一歳。

馬閃《バセン》……壬氏のお付、高順の息子。人よりも痛覚が鈍い体質のため、人間の限界を超えた力を発揮する。生真面目だが空回りしやすい。里樹妃《リーシュきさき》を思っている。

高順《ガオシュン》……馬閃の父。がっしりとした体つきの武人で壬氏の元お目付け役。現在は、皇帝直属の部下として働いている。

羅漢《ラカン》……猫猫の実父、羅門の甥。片眼鏡《モノクル》をかけた変人。軍部のお偉いさんだが、奇抜な行動ばかりとるため、周りから避けられている。碁と将棋が趣味でかなりの腕前。

羅半《ラハン》……羅漢の甥であり養子。丸眼鏡をかけた小男。美人に弱く、見た目によらず美女を見たら口説く。義父の借金のために副業を頑張っている。

羅門《ルオメン》……猫猫の養父、羅漢の叔父。元宦官《かんがん》であり現在、宮廷医官。過去に処罰され、片膝《かたひざ》の骨を取られている。

玉葉后《ギョクヨウきさき》……皇帝の正室。赤毛碧眼の胡姫。二十二歳。

皇帝……美髯《びぜん》をたくわえる偉丈夫。ふくよかな女性が好み。三十七歳。

姚《ヤオ》……猫猫の同僚。身長が高く発育も良いため猫猫より年上に見られる。政略結婚を押し付ける叔父が嫌い。十六歳。

燕燕《エンエン》……猫猫の同僚。姚の侍女で姚とともに宮廷の医官手伝いになった。姚命であり、歪《ゆが》んだ愛情をよく見せる。二十歳。

陸孫《リクソン》……元は羅漢の副官。現在、西都で働く。人の顔を一度見たら忘れない特技を持つ。

玉袁《ギョクエン》……玉葉后の実父。西都を治めていたが、娘が皇后になったことで都へとやってきた。

玉鶯《ギョクオウ》……玉袁の長男。玉葉后の異母兄。現在、西都を父に代わり治めている。

水蓮《スイレン》……壬氏の侍女であり乳母。

馬良《バリョウ》……高順の息子、馬閃の兄。対人関係にすぐ胃をやられる。

劉医官《リュウ》……宮廷の上級医官。元は羅門とともに西方へと留学していたこともある。

天祐《ティンユウ》……猫猫の同僚の若い医官。軽薄な男。燕燕に気がある。

イラスト／しのとうこ
装丁・本文デザイン／5GAS DESIGN STUDIO
校正／有園香苗（東京出版サービスセンター）
DTP／伊大知桂子（主婦の友社）

序話

悪夢は続いていた。

猫猫《マオマオ》は横抱きにされたまま、抗うこともできずに隣の部屋に運ばれる。

どくどくと猫猫の心臓が高鳴る。猫猫を抱える壬氏《ジンシ》、その脇腹には生々しい火傷がある。

別の危機感があるにはあるが、薬屋としての性《さが》がどうしても傷口にいってしまう。

（傷口はしっかり焼けて、血は出ていないが……）

頭を巡らせて、どの薬が必要かまとめる。無難なのは紫雲膏《しうんこう》だろうか。

（紫根《シコン》、当帰《トウキ》、蜜蝋《ミツロウ》は集まりそうだ。ごま油は難しいとして）

いや、駄目だ、と猫猫は首を振る。紫雲膏に効果があったのは軽度の火傷までだったと自分の左腕を見て思い出す。重度の火傷の場合、逆効果になった記憶がある。

（火傷に効く薬、薬）

ともかく、乾燥を防ぐ軟膏を作らねば。油に蜜蝋を探そう。

どう処置をするか考えていると、ようやく壬氏は猫猫を下ろしてくれた。

「……壬氏さま」

壬氏は寝台に突っ伏していた。顔が歪《ゆが》んでいる。

「痛いのですか」

「痛いな」

確かに痛いだろう。多少は麻痺しているかもしれないが、焼き印を押し付けて痛くないわけがない。

だが、壬氏の痛みは別のものに見えた。

「……後悔されていませんか？」

ふと猫猫は壬氏に問う。先ほどまで吹っ切れたような態度を取っていた男は、座り込んで額を寝台につけたまま涙を流していた。猫猫から見える横顔には表情はなく、彼自身涙を流していることに気づいていないのかもしれない。

猫猫は壬氏に話しかけつつ、こちらの部屋にはどんな生薬があるのか漁り始める。早速、すり鉢を見つけたのでとりあえず確保しておく。皿もいくつか。湯せんできればと火鉢を近づけたかったが、壬氏の前にはもう置きたくない。逆に、部屋の隅に追いやる。

「何の後悔だ？」

何と言われると説明が難しい。

壬氏は皇位には全く興味がないというのは、猫猫でもわかる。でなければ、玉葉后《ギョクヨウきさき》たち

と良好な関係は結べないだろう。それも込みで狙っていたらとんだ策士だが。

傷口についても後悔はなさそうだ。頰《ほお》に傷がついたこともむしろ喜んでいるようにすら猫猫は感じた。自分の容姿については、周りが思うほど頓着していないのが憎らしい。

ならば、なぜ落ち込んでいるのか。

猫猫は匙を見つけ、寝台の横の卓《テーブル》に置いた。薬をかき混ぜるへらはあるが、刃物の類もなかった。

「主上は、怒りというより悲しんでいるように見えました。壬氏さまは、主上を悲しませるつもりはなかったのでしょう？」

「ああ。ただ怒るだけなら良かったのに」

壬氏が今こうして落ち込んでいるのは、主上の悲しみの目を見たからだろうか。

（おそらく、主上は……）

主上と壬氏の関係。そして、阿多《アードゥオ》。猫猫の中では妄想にも近い何かだったものが、彼等と接しているうちに確信へと変わっていった。決して口に出してはいけない秘密である。

（おやじに怒られる）

予想を確信に変えるには、客観的な根拠が必要なのに。猫猫は、その根拠を人間の感情の中に見つけ出そうとしている。どこまでも曖昧《あいまい》で模糊《もこ》とした感情という物に。

しかし、主上の悲しみに満ちた目と、玉葉后の前でかろうじて思いとどまったような表情を見た猫猫はこう思うしかない。

壬氏は現皇帝の長子であると。

（どんどん知らなくていいことを知ってしまう）

猫猫は、息を吐いて壬氏を見る。

少しは落ち着いただろうかと、猫猫は隣の部屋へ移動しようとした。だが、即座に壬氏に手首を掴《つか》まれる。

「どこへ行く」

「薬を取りに。向こうの部屋に材料がありましたので」

猫猫が答えると壬氏は立ち上がり、そっと壁にある棚の引き出しを開けた。

そこには、猫猫の目がらんらんとする生薬がずらりと、しかも分類もしっかりされて置いてあった。

「っあああ」

両手をわきわきさせ、涎《よだれ》が垂れそうになる。今にも踊りだしたい気持ちをなんとか抑えて、深呼吸した。

壬氏の冷たい視線が刺さる。

様々な薬効の生薬がある中で、すでに完成された軟膏があった。大きな蛤《はまぐり》の器を開けて匂いを嗅《か》ぐ。甘い蜂蜜と独特の胡麻の匂いが混ざっていた。他に薬のようなものは含まれていないようだ。

消毒用の酒精《アルコール》やさらしも出しておく。

猫猫は軟膏を手にすると、壬氏の前に立った。

「壬氏さま、怪我《けが》の処置をしますので傷口を見せてください」

猫猫は壬氏をまた寝台に座らせようとしたが、逆にくるりと寝台に座らされた。

「なんのおつもりでしょうか？」

猫猫はむっとしながら壬氏を見る。

壬氏は猫猫の顎《あご》に触れる。猫猫は指先を避けるように上を向いた。

「ここまで来て察しが悪いふりをするのか？　もう誰も俺の夜伽《よとぎ》ができなくなったのだぞ」

にぃっと笑う壬氏だが、余裕がない脂汗が浮かんでいる。

猫猫はぎゅっと口を結ぶ。いらいらしながら、逆に壬氏の半分だけかかった衿を掴んだ。

「察しが悪いのはどっちですか？　この状況に私が怒っていないとでも」

猫猫は壬氏の鼻先に顔を近づける。

「壬氏さまの行いは横暴です。あなたの望みだけを伝えるための、いわば反則でしかありません。周りを見ていない、あなたの立場も全く顧みていない、自己中心的な行動かつ、被虐的過ぎて呆《あき》れて物が言えません」

いや、言っているだろうと壬氏の表情が語っている。

「玉葉后の東宮も、梨花《リファ》妃の皇子も、まだ生まれて一年ですよ……」

子どもは弱い。七つになるまで、いつ死ぬかわからない。たとえ、毒白粉を使わなくなったとしても、病気で死ぬかもしれない。事故に遭うかもしれない。暗殺されるかもしれない。

「もし主上に何かあったら、どうするおつもりですか？」

「それをさせないために動いている」

壬氏は天女の声とは程遠い、低く響くような声で明言する。彼の目はほの暗く、なおかつ生半可な気持ちには見えなかった。

猫猫は喉元まで出かかった言葉が出せなくなる。

壬氏の行いは理不尽だ。少なくとも、猫猫と玉葉后にとっては、それ以外の何物でもない。皇帝にとってはどうかわからないが、青天の霹靂《へきれき》としか思わなかっただろう。

だが、同時に壬氏もまた理不尽を押し付けられて生きてきたのだ。

理不尽を押し付けるだけの権力者であれば、いくらでも怒り狂うことはできただろう。

こうして猫猫の言葉を聞くだけの心の広さがあるからこそ、逆に声を大にして言い出せなくなる。

箱入り娘という言葉があるが、彼もまた箱の中で生きてきて、ぎゅうぎゅうと押し込められて、潰されてきた。重圧に押しつぶされ、耐えられず死んでしまう者も数多くいただろう。

（私なら絶対嫌だ）

壬氏もまた同じだ。猫猫があがき逃げ回ろうとするのと同じ。ただ彼は、ただ感情に流されて思いつきで行動を起こしたりしない。考えて考えて、壬氏なりの結論を持って今回の行動を起こした。

ぐるぐると猫猫の感情がかき混ぜられる。どうすればいいのかわからない。いっそもっと事情も人間性も知らない人間だったらよかった。知らんぷりをして横目で見ているだけだったらどんなに楽だったろうか。

（この野郎！）

猫猫は右手を上げると、壬氏の額の前で止めた。人差し指と親指で丸を作って、力を貯める。

「って！」

ぺしっと壬氏の額を指先で弾いた。平手打ちでもよかったが、頬《ほお》にくっきり跡が残ったら困る。

失礼極まりない行動だとわかっているし、下手すれば首を切られかねない。でも、壬氏ならこれくらい許してくれると思った。

（いや、むしろこっちが勘弁してやるほうだ）

額をおさえ、ぽかんとする壬氏。

「黙って手当を受けてください」

猫猫の言葉に、むすっとなる壬氏。

「こっちはこっちで色々考えている」

「考えているも何も、私は薬屋です。仕事をさせてください」

これだけは引けない。先ほどまで壬氏の独壇場だったが、もう好き勝手にはさせない。

猫猫は先ほど見つけたへらを取り出す。

「壬氏さまが邪魔をするから、時間がありません。できれば鎮痛剤を飲んでいただきたかったのですが、あきらめてください」

猫猫は壬氏をすり抜けるように立ち上がると、背中に回って押した。

「ぶっ！」

天女とは言い難い無様な声が聞こえた。寝台に顔を埋める壬氏の体をなんとか横にする。図体が大きいので重い。

ふうっと息を吐きながら、部屋の隅にある火鉢の炭でへらを熱する。

「動かないでください」

「なんだそれは？　また焼く気じゃないよな？」

「焼きません！　焼いて消毒しただけです」

へらを振って熱を冷ましてから清潔な布で拭く。

「焼くのではなく、そぎます」

「そぎ……」

壬氏の顔が歪《ゆが》んだ。青ざめた顔をしてももう遅い。自分でやったのだから我慢してもらおう。

「炭化した皮膚や肉は落とさないと、そこから毒が増えます。化膿《かのう》を防ぐため、全部落としたいところですが、刃物がないのでこちらで」

金属のへらでそぎ落とすしかない。多少、痛むだろうが我慢してもらう。

「ちょっ、ちょっとまて。下手な刃物より怖くないか？」

「怖いも何も焼き印を自分で押し付けた人に言われたくありません。ここには刃物はありませんし、応急処置でそぎ落とすだけです。ちゃんとした処置を後でしてもらいたいんですけど――」

一度、この部屋を出たら猫猫がちゃんと処置できるかわからない。せめて軟膏を塗って火傷に毒が入らないようにしたい。

（あとで処置する時間は作れるだろうか）

もう夜も遅い。猫猫は明日も仕事だし、壬氏も同じだ。仕事を休めといっても休むつもりもないだろう。

明日、いや今日の仕事終わりにでも、道具や薬を揃えて処置しなおさないといけない。

何より壬氏は、誰にも傷口を見せずに生活できるだろうか。

「着替えもちゃんと一人でできますか？」

「子ども扱いするな」

「いつも着替えを手伝ってもらっているのは誰ですか？」

猫猫は引き出しにあった酒精《アルコール》をさらしに含ませて傷口にあてる。炭化した皮膚は独特の匂いがした。

(夕餉《ゆうげ》は焼き肉にしてもらおうかな)

「おい、今、何か言わなかったか？」

「いえ、なんでもありません」

酒精で傷口の周りを消毒すると顔をしかめる壬氏。

「我慢してください。ほら、適当に上掛けでも噛《か》んでください」

猫猫は寝台から上掛けを引っぺがして、壬氏に押し付ける。麗しき顔《かんばせ》は嫌そうに上掛けを跳ね除けた。

「舌噛みますよ」

「噛まん」

何を思ったのか壬氏は猫猫に覆いかぶさった。猫猫の肩にかぷりと噛みついてくる。

「やめてください。手元が滑ります」

「っ」

返事だろうか。布越しに歯の感触はなくなったが姿勢は変えない。服を引っ張られる感覚だけが残っている。

「涎《よだれ》、つけないでください」

「っん」

肯定とも否定ともわからない返事。

猫猫は、なら遠慮はしないとへらを炭化した皮膚に当てた。くぐもった声が耳元で響くが、淡々と作業を終わらせる。

（この声、絶対聞かせられない……）

ぎゅっと猫猫の背中に回る手が、どんどん力を強くする。やりにくいと思いながらも、猫猫は仕事を終わらせるしかなかった。

一話　姚《ヤオ》の頼み

極度の疲労があろうとも朝は来る。朝が来るということは、仕事をしなくてはいけない。

猫猫《マオマオ》は疲れすぎて何も考えたくなかった。眠たくて仕方ないのだが、それ以上に無理難題が頭を否応なく働かせる。

(仕事が終わったら呼ばれるだろうか。火傷の処置に必要な生薬は……)

考え事をしながら棚を整理する。もう年末だ。見習い医官と医官付き官女が、医務室の大掃除をしている。

「うーん、疲れたー」

大きく伸びをするのは姚だ。彼女の手には雑巾が握られて、棚を丁寧に拭いている。

「こんなものでしょうか?」

燕燕《エンエン》も雑巾を洗って絞る。

見習い医官たちは、力仕事を中心にやっていて室内の細々した掃除は猫猫たちの担当だ。

「いいんじゃないですか？」

猫猫は引き出しを元に戻す。大掃除が終わればこれにて仕事納めだ。

年末年始、官女たちは休みを貰う。医官たちは交代で宮廷にいるのだが、猫猫たちまで残る必要はないらしい。

話によると、官女にはしっかり休みを与えないと親元がうるさいという。

（本来、花嫁修業で仕事に来ているようなもんだからな）

もしくは、婿《むこ》探しか。

しかし、姚も燕燕も仕事は仕事として働きに来ているので、休暇を実家で過ごすことはなかろう。姚は父親が死に、実家の実権は叔父が持っている。その叔父と言えば姚に結婚をさせようとする。

お嬢さま命の燕燕にとっては、姚の叔父は敵でしかないだろう。

「ねえ、猫猫は休みの間どうするの？　昨日は実家に呼ばれたみたいだけど、その仕事の手伝いとかでもするの？」

姚が雑巾を干し、手を洗いながらたずねた。

実家に呼ばれたというのは、壬氏の呼び出しへの方便だ。話からして、実家の薬屋で急患が出たから手伝ってほしいという内容だろうか。夜中、猫猫がいなくなり、さらに朝帰りを想定したとすれば質《たち》が悪い。

（最初からそのつもりで）

ふつふつと怒りが沸いてくるが、ここは冷静にならねば。

姚の質問に答えるなら、返事は否《ノー》だ。

せいぜい数日、里帰りができればいいほうだ。日帰りで終わるかもしれない。

大きな火傷痕を作ったお莫迦《ばか》な貴人がいらっしゃる。今日も仕事終わりに迎えに来そうだ。

正直に答えるのは駄目だ、どう誤魔化そうかと考える。ここはとりあえず、花街《はなまち》に帰ることを想定して話しておこう。

「むしろ、私のほうはかき入れ時になりますね」

「かき入れ時？」

「懐の膨らんだ殿方が必ず家に帰るとは限らないのですよ。お客の入りが多ければ、薬屋も繁盛しますので、大忙しです」

姚は首を傾げるが、燕燕は意味がわかったらしく猫猫を睨《にら》む。情報通の彼女は猫猫の実家が何をやっているのか知っている。さすがに二人が花街の娼館《しょうかん》にやってくることはなかろう。

「猫猫、あまり品がない話をお嬢さまに聞かせないでください」

（事実なんだけど）

わかりやすく言えば、給金をたんまり貰った男たちは、夜の蝶を買いに来るというわけだ。医者も休む時期なので、やり手婆にはいつも薬屋をあけておくようにと言われている。おやじが帰れるかわからない以上、猫猫が帰る予定だったが不可能になった。

（また、やり手婆に怒られる）

何より、まだまだ薬屋としては素人に近い左膳《サゼン》が上手くやっているのか気になったが仕方ない。

（ごめん、左膳。がんばれ）

やり手婆も高貴なお人の命《めい》とあらば、納得してくれるだろう。いくら吹っ掛けるのかは知らないけれど。勘がいい婆に、命令の本当の意味を知られないようにしなくてはいけない。

（薬屋の件は、克用《コクヨウ》に頼んでいるから大丈夫だと信じたい）

顔に疱瘡《ほうそう》の傷がある陽気な男を思い出す。薬師《くすし》の腕は信頼できるが、あのちゃらんぽらんな性格を考えると、不安が残る。

とまあ、そんなこんなを考えつつ、薬草を育てている畑や、やり手婆の無理な注文などを話に付け加える。

「貧乏暇なしなので、休みはないんですよ」

姚は黙ってしまった。

「忙しいのですね」

燕燕が猫猫に確認する。

「はい」

即答すると、燕燕が姚の顔を見る。

何か言いたいことがあるようだが、残念ながら猫猫には察することができなかった。

掃除道具を片付け終えて顔を上げると、まだ姚が口をもごもごさせていた。

「どうかしました？」

「……ええっと、猫猫の実家って薬屋だったわよね」

「そうですけど」

先ほど話したはずだ。今度はうずうずしている。

猫猫が首を傾げていると、姚はようやく決心がついたようで口を開いた。

「べ、勉強のため休みの期間中、猫猫の家に行っていいかしら？」

「お、お嬢さま」

驚いたのは燕燕だ。姚が言い出したことに、目を白黒させている。

（場所が場所だからねえ）

大切なお嬢様を、花街《はなまち》などに足を踏み入れさせたくないらしい。猫猫を見て、何か言い訳をつけて断るように訴えかける。

「治安が悪いので、やめておいてください。何より、そこらの武官たちよりも臭くて汚い殿方がうじゃうじゃいるんですよ。姚さんにとって危ない場所なので」

せっかく忙しいと誤魔化すことができたのに食いついてきたら困る。

「……でも、猫猫はそんな場所に住んでいるじゃない？」

姚は、ひるむどころか言い返してくる。

「私は生まれてからずっと住んでいます。慣れている私と一緒にするのはおかしいかと」

ごく当たり前のことを言ったつもりが、姚の負けず嫌いな心に火をつけてしまった。

「なら、慣れればいいんでしょう！」

「お、お嬢様。危ないですよ、大人しく休みの間は家でゆっくりしましょう」

「家にいたら、あの男がやってくるでしょう！」

『あの男』とは誰ぞや、と言わなくても猫猫には予想がついた。例の叔父だろう。

（つまり避難所として使いたいわけか）

姚たちを緑青館《ろくしょうかん》に連れていくとして問題がありすぎる。猫猫は壬氏の様子を見なくてはいけないし、気づかれてはならない。やり手婆なら最悪銭さえ積めば黙ってくれるが、姚となるとどうだろう。

上手い具合にはぐらかさなくてはいけない。

「寝泊まりはどうするんですか？　宿とはいえ、姚さんたちが泊まる場所ではありません

　夜だと客の出入りはあるし、何より猫猫の家はぼろのあばらやだ。今は左膳と趙迂《チョウウ》が住んでいるし、さすがに泊めるわけにはいかない。

「猫猫の家は正直、人が住める場所ではないのでお嬢様には無理だと思いますよ」

「なんで燕燕が知っているの？」

（いや、私そこに住んでたんだけど）

　家の様子もしっかり調べられていた。抜かりはない使用人だ。昨晩、猫猫がいなかったこともしかして怪しまれているかもしれない。背筋に嫌な汗が流れる。

「他に知り合いはいないんですか？　誰か泊めてもらえる友人など」

　猫猫の質問の仕方は間違いだった。

　姚が顔を真っ青にしていた。ちょっと泣きそうな顔にも見えなくもない。

　燕燕が姚の肩を持って「謝ってください」と訴えかけていた。

（あっ……）

　察した。友だちがいないのだろう。

　これは気付けなかった猫猫が悪かった。うまく言い直さねば。

「年末年始は、どこの家も親戚が集まりますし、たとえ友人でも断られますね……」

「そうです。仕事がある猫猫のもとなら大丈夫だと思ったんですよね。お嬢様？」

燕燕が「よし」と親指を立てる。しかしいいのだろうか。それでは、姚を花街《はなまち》に呼ぶ羽目になってしまう。

(最悪、緑青館の部屋を借りるか)

駄目だ。客の出入りが多いから部屋の空きがない。あったとしてもやり手婆に吹っ掛けられるし、払ったとしても一晩中喘《あえ》ぎ声が聞こえる部屋で姚が正気でいられるかわからない。途中、燕燕が声の主たちを闇討ちしかねない。

なにより、猫猫の留守を誤魔化せない。

ちょうどよさそうな場所はないだろうか。

「……普通の宿じゃないほうがいいんですよね？」

「そうですね」

燕燕が姚のかわりに答える。

「前に勝手に違う家に引っ越したら、翌日ばれましたので」

(その叔父さん、何者なのだろう？)

燕燕の諜報《ちょうほう》活動が上手いのは姚の叔父に鍛えられたためだろうか。

「私の家でもすぐ見つかるのでは？」

「いえ、おそらく猫猫の周辺なら大丈夫です」

どういう意味だろうか。

「変な虫が近くにいたら、跳ね除けられる人たちがいますから」

（あっ……）

察しがついた。某変人軍師である。

猫猫はさあっと血の気が引いた。昨晩のことは勘づかれていないだろうか。何かあれば内乱が起こりかねない。

（いや、まだ大丈夫なはず）

もしばれていたら、今頃医局に突撃されているはずだ。まだ、大丈夫。

ついでに今、姚と燕燕が求める理想の宿が頭に浮かんだ。

治安が良く、なおかつ身内に見つからない、見つかっても手出しできない場所。

あるにはあるが、猫猫の口からは言いにくい。

「猫猫、心当たりがあるようですね？」

燕燕がずいっと顔を近づけてくる。

「あるのでしたら、言ってくれないでしょうか？」

ぐいぐいと鼻と鼻が一寸の距離まで近づいた。これでは、目もそらせない。

「燕燕、近すぎるわよ」

姚が止めてくれたのでほっと息を吐く。

「で、どこなの？」

姚も姚で追及してきた。

「どこなんですか？」

猫猫は仕方なく両手を上げる。

「お二人が知っている人の家ですよ。私は絶対口利きはしませんので、やるなら二人が頼んでください」

元々は名家らしいので部屋くらい余っているだろう。

「あの守銭奴のもじゃ眼鏡に頼んでみてはいかがでしょうか」

言うまでもなく変人軍師の養子、羅半《ラハン》のことである。

羅半の家に姚たちが厄介になる。

条件としては理想的だが、同時に問題がある。

その一、変人軍師の家であること。

その二、他人の男の家に泊まること。

いわば男やもめの家だ。世間体的にも、若い娘が泊まりたがるとは思えなかったのだが
――。

「いやあ、花があっていいなあ」

眼鏡をくいっと上げつつやってきたのは羅半だった。

あの後二人はすぐさま文《ふみ》を書き、下男に頼んで羅半に届けさせた。

「一応、あやつも雄ですが大丈夫でしょうか？」

その日の仕事終わりには、羅半がやってきた。寄宿舎の玄関で憎たらしい細目の小男が笑っている。

あまりに素早い動きに、猫猫はたじろいでしまう。

「大丈夫じゃないかしら？　いやらしい目つきではないし」

姚はのんきに答える。

いや、姚はもっと考えるべきだ。羅半は、女性に関して意外に手が早い。

反対すると思った燕燕も乗り気なのだ。理由を聞いてみると――。

「羅半さまなら問題ないかと」

「羅半さまの女性関係は後腐れがない上、相手は年上ばかりですし」

（聞きたくなかった）

三枚目の割に遊び人なのだが、どういう女性と付き合っているかまで知りたくない。世の中、顔の良さよりも口の上手さでもてる男はいる。羅半もその型《タイプ》だ。

というわけで、とんとん拍子でそのまま姚と燕燕は羅半の家に世話になることになった。

羅半はにこにこと笑い、猫猫に近づいてくる。姚と燕燕が支度をしている間を狙っていたようだ。

「二人は丁重におもてなしするから、おまえは心配しなくていいよ」

羅半が猫猫の肩に触れるので、べしっと引っぺがす。

「ひどいな、妹よ」

ついでに爪先を軽く踏もうとしたが避けられた。

「そんな態度を月の君にするんじゃないぞ」

羅半が踏まれてもいない足の爪先をさすりながら言った。実に過剰動作《オーバーリアクション》だ。

（こいつ……）

猫猫が睨《にら》むと、羅半は意味深ににやりと笑う。

「さて、客人が他に来るかもしれない。僕は二人を連れてさっさと行くよ」

羅半は、片目を閉じて見せる。

昨晩、猫猫が壬氏に呼び出されたことを知っているのか。それとも、また壬氏と裏でつながっているのか。

ここで問い詰めたいところだが、騒ぐと姚たちが気付くかもしれない。

（本当に食えない奴だ）

――ということで、話題を変えることにした。

「頼んでおいて今更だけど、二人を連れていくのは許可を取ったのか？」

誰に、と言われたら名前も言いたくないあの人に、だ。

「安心しろ。義父上は数日出かけて帰って来ない。だから、昨晩のことは内密にできるだろう？」

（どこまで知っているんだよ？）

さすがに詳細は知らないと思うが、嫌な感じで誤解していそうだ。

それを察したかどうか知らないが、羅半が猫猫に耳打ちをする。

「いつ頃、赤子《やや》はできそうだ？」

眼鏡をきらっとさせる羅半。

猫猫はぎゅっと拳を握る。殴りたくて仕方ないがここで怒ったら思うつぼだ。

仕方なく猫猫は羅半を見ながら冷めた目線を向けて、「ふっ」と笑った。

「なんのことだかわからないけど、こうして私はぴんぴんしている」

あくまでしらばっくれる猫猫。本当に何もないのだ。堂々としていればいい。

「ぴんぴん……。ということはおまえ……、緑青館で客を取っていたことあったのか？」

猫猫は思わず、羅半の爪先を踏みつぶした。今度は遠慮などない。

「あいたっ」と言う声とともに、羅半は一瞬、細い目を見開く。視線を上に泳がせて首を回す。ふと、手をぽんと打った。

「……あっ、ああ、なるほど。そうか、月の君は本命には……」

何か誤解をしているようだが、むしろそう仕向けた。にやにやと気持ち悪い笑いをしている。

「仕方ない、そういうことなら仕方ない。ゆっくり回数を重ねれば、なんとかなる。指南書とよく効く薬を差し入れしよう」

本当に腹が立つ顔をしている。爪先を踏むだけで我慢している猫猫はそれこそ菩薩《ぼさつ》の化身ではなかろうか。

「準備ができました」

燕燕が大きな風呂敷包みを二つ、その横に行李《こうり》を三つ持ってきた。まるで引っ越しでもする装いだ。

「荷物、馬車に入るのか？」

猫猫は、今度は反対側の足の爪先をぐりぐりしながら羅半に聞いた。

「なに、いてっ。女性の荷物が多いのは当然だ。いたた、余裕を持っている、いてててっ」

こういうことは準備がいい。

猫猫は足を退けると、さっさと行け、と言わんばかりに羅半の背中を押す。

「猫猫」

姚が猫猫を不思議そうな目で見ている。

「どうかしました？」

「猫猫は行かないの？」

何を言っているのだろうか。このお嬢様は。

「行きませんよ。むしろ、こんな男の家に行くというお二人の考えのほうが理解できないんですけど」

「燕燕が大丈夫って言っているのなら大丈夫でしょう？」

燕燕を信頼している。確かに、下手な男性を近づけさせないのはわかっているが。

ここで蒸し返しても、猫猫としては正に働《プラス》くわけではない。壬氏の使いが来るようなら、早く出て行ってほしいのだが、はっきり伝えておかねばならぬことがある。

「変な噂《うわさ》がたってもいいんですか？」

猫猫は、姚と燕燕に確認する。

未婚女性二人が男所帯に泊まり込むことは、つまり、周りから関係を疑われても仕方ないことだ。

「……」

姚が複雑な顔をして猫猫を見る。何か言いたそうだが、言い出さない。見かねた燕燕が口を開く。

「友人の家に遊びに行くのは不自然ではないかと」

「はあ？」

猫猫は、思わずどすのきいた声をあげてしまった。

「そ、そういうことにしておけば、私たちも面目が立つわ。だから、猫猫も一緒にいなきゃだめよ」

姚がどもりながら言った。

「嫌ですよ。なんか加齢臭しそうですし」

「猫猫、義父上は年齢の割には臭くないほうだぞ」

「はあ？」

「猫猫」

燕燕がまた猫猫の顔をほぐす。姚が何とも言えない顔で猫猫と燕燕を見る。

「ともかく、義父上はいないから、安心しなさい。そんな顔しない、しないの。怖いから怖いから」

「はあ？　いないってどういうことだか」

「棋聖、は覚えているだろ。彼が義父上を旅行に連れて行っている。碁の試合だよ。うちには借金がたくさんあるから、がんばって稼いでもらいたいところだ」

羅半のことだ。ちゃんと試合会場で碁の本を売る手配はしているに違いない。

「大丈夫なのか？　何しでかすかわからないぞ。むしろ借金増やして来るんじゃないのか」

「そこは安心してくれ。陸孫《リクソン》殿の後任の副官は最近しっかりしているし、何より棋聖がいるからね。あの人は義父上の扱いが上手い」

棋聖とやらがどんな人物かよく知らない。でも、変人軍師を碁で負かすような人なら、頭も切れるのだろう。

「猫猫。結局どっちなの？　行くの、行かないの？」

姚がしびれを切らしている。

「姚さん。猫猫も猫猫で今日は忙しいようだ。お二方、今日は僕の案内で我慢してもらえないかい？」

羅半は振り返った。寄宿舎に向かって男が一人走ってくる。下男のような身なりをしているが、壬氏からの使いだ。猫猫を呼び寄せ、他の場所で馬車に乗せて運ぶのだ。

「すみません、今日も薬屋としての用事がありまして」

他に人もいることで、曖昧《あいまい》な言い方をする。猫猫には通じると思っての発言だ。

「かしこまりました」

猫猫が返事すると、姚は微妙な顔をした。

「……そう。じゃあ仕方ないわ」

どこか冷めた顔で、背を向ける。

燕燕はふうっと息を吐いて、猫猫に頭を下げる。

「じゃあ行ってくるけど……」

どこか後ろ髪引かれている姚。

「はい。もしそこの小男がなにかよからぬことをやらかしそうなら、すぐさま逃げてください。護身用に包丁は持っていますか？」

姚ではなく燕燕に確認する。

「ご安心ください。ささっとここに」

燕燕がそっと荷物から金梃《バール》のようなものを取り出す。

「短くて便利そうですね」

「はい、特注しました」

「うん。何もしないから。別に殴られるようなことしないから」

羅半が殴らないでくれと両手を上げる。とりあえず信じることにしよう。

「宿代ふっかけられないように」

「取らない、取らないよ」

いや、むしろ貰ってくれたほうが下手な借りを作らなくて安心なのだが。

猫猫はやはり胡散臭《うさんくさ》いと思いつつ、姚たちを見送った。

二話　離宮

使いの者に連れていかれた先は、いつもの壬氏《ジンシ》の宮ではなく、宮廷の外にある離宮だった。

（皇帝の離宮っていくつあるんだろう？）

大荷物を持った猫猫《マオマオ》が入り込むなら、離宮のほうが入りやすい。

都には他に阿多《アードゥオ》が住んでいる離宮もある。やんごとなき身分のお方なら、気分転換に宮の一つ二つ建てるのも簡単なのだろう。

普段よりもいくらか警備が薄い中、通された部屋には壬氏と水蓮《スイレン》、そして高順《ガオシュン》がいた。

（馬閃《バセン》じゃないのか？）

疑問に思ったが、帝の采配だと理解する。馬閃は莫迦《ばか》ではないが頭が固い。猫猫と二人きりになることについて、黙認するとすれば高順だろう。

高順は、知らなくていいことを察したとしても、深く追及することはない。

（ばあやはどう思っているのだろうか？）

水蓮はいつもどおりにこやかにしている。だが、彼女は笑顔であるほど怖い。読めないから怖い。

他にもう一人誰かいるようだ。奥からかちゃかちゃと食器の音がした。壬氏の美貌と、水蓮のしごきに耐える人材が見つかったのだろうか。

「小猫《シャオマオ》、何か必要な物はありますか？」

「いいえ、問題ありません」

自分で道具は準備してきた。生薬の類も主要な物は準備している。高順に対して、下手に何が必要なのか言わないほうがいいだろう。

いや、一つだけ欲しいものがあった。

「ひとつだけ、氷があればいただきたいのですが」

「わかったわ」

高順に代わり、水蓮が返事する。

「雀《チュエ》、氷を持ってきてちょうだい」

聞きなれぬ名前が出てきた。

すぐさま独特な足音と共に大きな桶を持ってくる女性が来た。色黒の質素な顔立ち、目が小さく鼻が低い。年齢は猫猫と変わらないか一つ二つ上くらいだろうか。

皇族のお付であれば、美人が多いが、壬氏が相手だとすればわかる気がする。見た目より、使えるかどうかが問題だ。

雀という名前の通り、小柄でちょこまか動く雰囲気だ。歩くときゅっきゅっと足音が鳴る。

「大きな塊しかありません。砕きますか？」

桶の中には藁《わら》に包まれた氷が一山。おそらく都から遠く離れた場所にある山の湧き水を凍らせたものだろう。まだ、外は寒くすぐそこの池にも氷が張っている季節だが、あえて遠くから取り寄せているのだ。

（飲むわけじゃないんだけど）

もったいないと思いつつ貰うしかない。

「四等分くらいに砕いていただけますか？」

「かしこまりました」

雀と呼ばれた女は、懐から槌《ハンマー》を取り出して藁にくるまれた氷を割った。

猫猫は目をこする。当たり前のようにやってのけたことが、どうにもおかしすぎて見間違えたかと思った。

「これくらいでよろしいでしょうか？」

「ありがとうございます」

猫猫が頭を下げると、雀も頭を下げる。氷が入った桶は猫猫の前に置かれた。

雀は、槌を手ぬぐいで拭くとまた懐に収める。またひょこひょこ小鳥のような動きで奥へと戻っていく。

「どこぞの栗鼠《りす》みたいね。あちらは雀だけど」

水蓮がじっと猫猫を見るが、さすがにあんな大きな槌は懐に収まりきれないぞと言いたい。

「他にいるものはないのかしら？」

「大丈夫です」

「じゃあ、こちらにどうぞ」

水蓮が奥の部屋へと案内する。

「さて、あなたはこちら。新しいお菓子の味見よ」

水蓮が高順を引っ張る。高順は何も聞かずに頭を下げて水蓮に言われるがまま、椅子に座った。心なしか目が輝いている気がする。

猫猫は複雑な顔をしつつ、戸を閉める。

涼し気な顔をしていた壬氏が、一気に力を抜いて寝台の上に座った。

猫猫は早速貰った氷を持ってきた革袋につっこみ、壬氏に渡す。

「傷口を冷やしておいてください」

腹を冷やすと下してしまうが、痛みを伴う処置をそのままやるよりましだろう。

「厠に行きたくなったらすぐ言ってください」

「他に言うことはないのか？」

壬氏はむすっとした顔で革袋を脇腹に当てる。

「……高順さまと水蓮さまにはどう接すればいいでしょうか？　もう一人については、まあ、省かせてもらいます」

猫猫は、持ってきた道具と薬を取り出す。その中には、焼けた部分を切り取る小刀も含まれる。たとえ信頼してもらっているとしても、こうして猫猫が凶器を持っている時点で二人きりにさせるのは通常ではありえない。

（もし私が刺客だったらどうする気だろう？）

壬氏の力量なら猫猫を組み伏せるくらい簡単だろうが、あまりに不用心すぎる。

「高順は主上の命により来ている」

壬氏の返事は答えになっていないが、猫猫には察することができた。

高順は帝の命令で来ている。壬氏の体にどうしようもない爆弾があることについて、決して周りに触れさせる気はないらしい。高順が詳細を知っているか知らないかはともかく、馬閃と違ってそつなくこなすだろう。

「あと焼き印を用意したのは、水蓮だ」

壬氏の発言に猫猫は一瞬固まった。

「……どうしてまた？」

壬氏はばあやを騙《だま》して、焼き印を作らせたのだろうか。いや、強《したた》かな水蓮を上手く騙せるものだろうか。ありえない、絶対ありえない。

「水蓮は俺の味方だ」

壬氏の言葉は、猫猫には理解しがたい。乳母として壬氏の教育の一端を引き受けた立場なら、今回の壬氏の行動は許すわけがないはずなのに。

（水蓮の考えが読めない）

高順がやってきたのも、壬氏だけでなく水蓮の監視を含めてのことだろうか。

（いや、考えるな。今大切なのは別のことだ）

猫猫は灯りに使っている蝋燭《ろうそく》を持ってくると、小刀に火を入れて付着した毒を消す。ぶらぶらと振って刃を冷やしたところで、また前日の続きだ。

壬氏はまだ脇腹を冷やしている。

「帯も解いてください」

「おっ、おう」

壬氏は、しゅるっと帯を緩めて、さらしを解く。軟膏がべったりついた奥に、削り損ねた部分の焦げ痕が残っていた。

「食事は済ませられましたか？」

「食べ終えた」

「では、これを」

猫猫は湯呑《ゆのみ》に持ってきた薬を入れると、念のため一口飲んでみせる。

「痛み止めか？」

「化膿《かのう》止めです。痛み止めはいりますか？」

「いる」

「へえ、いらないかと。好きでやっているかと思いましたから」

厭味《いやみ》も含めた冗談だ。痛み止めも薬に混ぜている。しかし、今飲んだところでこれから削る痛みには効かない。

猫猫は壬氏の脇腹の軟膏を拭い、皮膚の表面に酒精《アルコール》を塗る。氷で冷やした皮膚はとても冷たい。指先で突いても反応は鈍そうだ。

猫猫は壬氏に手ぬぐいを渡す。

「血が出ますので拭けますか？　あと寝台から離れてください。血がついたら面倒です。そうですね、こちらに横になってください」

猫猫は椅子を三つ並べた。壬氏が横になる。足がはみ出してしまうが仕方ない。油紙を壬氏の傷口の周りに被せ、床にも敷いた。

ここにいるのは猫猫と壬氏しかいない。誰かに手伝ってもらうわけにはいかない。わかったと壬氏が頷《うなず》く。

「入れますよ」

「っ、ああ」

緊張した面持ちの壬氏。確かに刃物を皮膚に入れるのであれば、緊張するのは当たり前だが妙な表情をしている。

猫猫は刃先を焼けた皮膚に当てる。ぷつっと血が出てきた。

（少し興奮しているのかな？）

壬氏の血色がいい。血の巡りがいいとせっかく冷やした部分も意味がなくなる。早く処置しよう。

残った炭化した皮膚を切り取る。血がどんどんあふれる。流れる血を壬氏に押さえてもらう。できるだけ浅く切り取るように努力しているが、やはり魚の三枚おろしのように上手くいかない。こぼれた血がぽつっ、ぽつっと床の油紙に落ちる。

まだらに残った炭部分を綺麗に削り取ると、さらに鮮明に焼き印の紋様が浮かび上がる。

（このまま切り取ってしまいたい）

紋様が見えないように周りの皮膚を全部切り取ったら、面倒くささは半減するだろう。しかし、今は治療を優先させよう。生薬が専門の猫猫にとって、今、壬氏に対して施している処置は素人に毛が生えた程度のものだ。出血を増やすような真似は避けたい。

蒲黄《ホオウ》で血止めをして、油脂を塗った綿紗《ガーゼ》で押さえる。ぐるぐるとさらしをきつく巻いて止血する。

猫猫は、ふうっと一息をついて、手ぬぐいで血を拭った。血がこぼれないように押さえていた壬氏の手も汚れている。

「どうぞ」

手ぬぐいに水を含ませて壬氏に渡す。

「とりあえず毎日飲む薬と、傷口に塗る軟膏。血が止まらなかった時のための止血剤も用意しました。綿紗の替えとさらしはここに十日分準備しています」

さらし等をまとめた小さな行李《こうり》をどんと置く。

「壬氏さまは物覚えがいいので、今のでさらしの巻き方くらい覚えましたよね?」

「……覚えたのは覚えたが」

壬氏は、何か言いたげな顔をしている。

「着替えも一人でできますよね?」

「……できるが」

ものすごく不服な顔をしていた。何が言いたいのかわかっている。

「できれば毎日来て容態を診たいと思っています。でも、私が来られるのはどうがんばっても三日に一度くらいでしょうね。毎日は難しいです。なのでさらしの巻き方など、一人でできるように覚えてください」

まだ休暇中ならいい。姚や燕燕がいない間なら、夜中出かけても誤魔化せよう。しかし、いくら隠そうとしても、どこに目や耳があるかわからない。

（前に花街《はなまち》に来ていたときも噂《うわさ》になったからなあ）

十日に一度、頬《ほお》の傷を見せにやってきた時期もあった。あの時は、覆面をして毎度やってきたわけだが、どう考えても怪しくないわけがない。なお、着ている服や上等の香から、どこぞのお大尽《だいじん》であると花街の者たちが目を光らせていたのを覚えている。

（どないせいっちゅうねん）

壬氏の傷の深さを考えたら、本来もっとしっかりした医官に診てもらうべきだ。猫猫の本業は生薬、内科処置だ。外科処置は必要とあらば応じるが専門ではない。前に西都へ行く途中、盗賊に襲われた兵士の腕を切断したことがあったが、あれは手の施しようがないとわかったためである。

「黙り込んでるが、他に何かないのか？」

「考えているんです、悩みごとがたくさんなので」

（この諸悪の根源め）

原因が何を言うだろうか。壬氏が近づいてくるので、猫猫はさっと避ける。

「……なんで」

逃げるんだ、と少し落ち込んだ顔をする。

「臭いので近づかないでください。汗をかいています」

「別に大した匂いでもなかろう？」

「私が嫌なんですよ」

一応、出かける前に体を拭いてきたが、汗がじんわり全身から噴き出していて気持ち悪い。壬氏の火傷を切り取るのに緊張していたのだ。運動したときに出るさらさらした汗と違い、粘っこい汗は臭い。

猫猫はさらに壬氏から一歩離れる。

「今後、どうするおつもりですか？」

「治療をするのが薬屋の仕事だろう。頼んだぞ」

あっけらかんと言い放つ美丈夫の横っ面をひっ叩きたくなった。猫猫は一呼吸置き、水差しの水を湯呑《ゆのみ》に入れて口にする。今更、壬氏の了解を取ろうなんて思わない。

（落ち着け落ち着け）

「はい、確かに薬屋は病や怪我《けが》を治します。でも、その傷、火傷については私の手に余るんです。私は外科処置を見様見真似でやっているだけで、正式に習ったことはありません。今やった処置も正しいとは言い切れないです」

「今、できただろう。それにこれ以上刃物を入れることはあるまい」

のんきに腹をさする壬氏。

猫猫は思わず両手で卓《テーブル》を叩いた。じぃんと手の平がしびれる。叩いた後に、外まで響いていないか周りを見渡す。部屋が広いので問題ないと思いたい。

「顔に傷を作り、腹に火傷を作るお方が、今後、絶対大怪我を負わない自信がおありで？」

手をひらひらとさせつつ、猫猫はすごむ。

壬氏とて、楽観的に考えているわけではないと思いたい。ただ、猫猫としては何かあったあとでは遅いのだ。

つまり、自分の力量不足をひしひしと感じている。

（どうにかしなくては）

猫猫はおやじの顔を思い出す。生薬のことに関してはいろんな知識を教えてくれたが、外科処置については簡単なことしか教えてくれなかった。人の死体には触れるな、とまで言っていたのを思い出す。

猫猫はきゅっと唇を結ぶと、壬氏を見る。

「壬氏さま」

「どうした？」

「私は今、医官付き官女となっています。あまり座りが良くない名称ですが、一応試験を受けて得た役職です。その権限はどこまででしょうか？」

今、猫猫がやっている仕事は、さらしの洗濯や簡単な生薬の調合。あと軽傷の怪我《けが》人の手当くらいだ。重症、重病患者はすべて熟練《ベテラン》医官に回される。

もし、技術的に問題なければ、どこまでが猫猫がやって許される処置だろうか。

壬氏は顎《あご》に手を当てる。

「正確な線引きはしていないな。おそらく、上級医官たちの裁量次第だろう」

「そうですか？」

猫猫は劉《リュウ》医官を思い出す。彼は上級医官でも、さらに束ねる立場にある。

教えを乞うとしたら彼か、もしくは――。

（おやじに外科処置を教えてくれと言ったら、悲しむだろうか）

怒るのではなく悲しむのだ。おやじこと羅門《ルオメン》はそういう人である。

外科処置を教えたがらない理由はなんとなくわかっていた。

外科処置は不浄のものと考えられていることが多い。同じ医者でも、生薬で治すこととはだいぶ扱いが違う。西方だとさらにひどく、散髪屋が外科医を兼任していると聞く。

羅門は自分だけでなく、他人が迫害されたところも見てきた。きっと猫猫が将来、周りから蔑まれたりしないように、薬屋として育ててきたのだろう。

（おやじには感謝しているけど……）

猫猫の人生は、羅門が思い描く以上に波乱万丈らしい。

「壬氏さま。養父に教えを乞おうと思います。問題ないでしょうか？」

どうせなら最初におやじに聞きたい。

「羅門殿か。……わかった」

壬氏は一瞬、考える素振りを見せた。勘がいいおやじのことだから、猫猫が外科処置を教えてほしいと言うだけで何があったか察するかもしれない。でも、同時に憶測である限り羅門が口にすることはない。

（おやじ、ごめん）

胃に穴が開くのではないか心配になるが、黙っているほうがより悪かろう。

（すべてはこいつが悪い）

猫猫は壬氏を睨《にら》む。

その壬氏と言えば、天井を見上げていた。

「羅門殿はいいとして……」

いや、良くないと口にしそうになりながら、道具を片付ける猫猫。血を吸った油紙を丸めて革袋に入れる。椅子や床に落ちた血を拭く。血痕の一つも残さないように目を皿のようにして片付けていく。

猫猫が道具を片付け終わる頃には、壬氏の思考も一段落ついたようだ。

「では、失礼します」

「……もう帰るのか？」

「もう用事を済ませましたので」

抗議の視線を送る貴人をいつまでも相手にしているわけにはいかない。まだ、この時間なら宿舎にも戻れるだろう。

猫猫は最後の道具を仕舞うと、壬氏の顔をしっかり見る。

（ちゃんと伝えなくてはいけない）

「壬氏さま。あなたが背負うものがどれだけ大きいか、私なら背負いきれるとは思えません。だからこそ、今回のようなことをしでかしたのでしょうが――」

猫猫は大きく息を吸って、吐いた。

そして、壬氏の胸倉をつかむ。

「二度目はありませんよ」

口調を荒げないでいたのは奇跡と言っていい。

壬氏は気まずそうに目をそらした。

（大丈夫なんだろうか、こいつ）

不安になりつつも、猫猫は荷物を抱えて部屋を出た。

三話　華佗《カダ》の書　前編

翌朝、猫猫《マオマオ》は寮の小母さんの声で起こされた。

「お客さんが来ているよ」

猫猫は目をこすりつつ着替え、誰が来ているかと玄関に向かう。待っていたのは、柔和だが常に困り顔の養父だった。

「ど……」

どうしたんだ、と尋ねようとして猫猫は思い出す。昨晩、壬氏に羅門《ルオメン》と連絡を取りたい旨を伝えていた。

(ずいぶん早いな)

羅門の表情を見ると、壬氏の文《ふみ》で猫猫が何を知りたいのかわかっているようだ。

「……ええっとおやじ」

どう説明しようか難しいところだが、おやじは目を細めて小さく息を吐いた。

「ともかく移動しようか」

羅門は、猫猫の頭にぽんと手をのせる。

宿舎の外には馬車が用意してあった。足が悪い羅門にとって、街中を歩くだけで一苦労だ。しかし、どこへ行くのだろう。

猫猫は、馬車に揺られつつぽつぽつと羅門に話しかける。隠し事をしている気まずさがあった。

「おやじも休み？」

「今日はね。明日は仕事さ。医官には長期休暇はないからね」

確かに、宮廷内の人間も皆休みというわけにはいかない。医療従事者であれば、最低限の人数は必要だ。何よりお偉いさんの周りに、医官が誰一人いないというのは問題だ。

「でも人が少なくて、暇になるから見習い医官たちを鍛えるんだよ」

（それ、参加したかったな）

やはり官女である猫猫たちとは、できることが線引きされている。不真面目な見習い医官に比べれば、猫猫のほうががんばってやれていると思うのだが、そこは仕方ない。

がたがたと馬車に揺られることしばし、なんだか嫌な感じの屋敷に到着する。

場所は都の東の端あたり。上流階級が住むには少々下町よりの場所だが、敷地の広さはなかなかのものだろう。元は良い建築だとわかるが、見るからに古い。

奇妙なのは入り口の門に変な建造物《モニュメント》があるところだ。巨大な碁盤があり、近くに大きな丸い白黒の石が置いてある。大きささえ無視すれば、碁がそのまま打てるというわけだ。

白黒の石の他に、将棋の駒のような物も置いてあった。こちらは石ではなく木製で書かれた文字の色がぼやけている。字が彫りこんでなければ、どの駒かわからなかっただろう。

碁盤は共通のようで、線が細かく入っている。大きさからして一枚岩だろうか。持ってくるだけで銭が飛ぶ。

無駄としか言いようがない。

家主が作ったのか、それとも誰かから貰ったのか。ともかく、道端に飛び出ている点で邪魔の一言で片づけられる。

ここまで来れば誰の屋敷だか説明する必要はなかろう。

猫猫たちが古びた門をくぐると、嫌な笑顔が待っていた。

「大叔父さん、猫猫。おかえり」

胡散臭《うさんくさ》い細い目をさらに細めて笑うのは羅半《ラハン》だ。

そうだ、変人軍師の家である。

「ここは他所の家」

「私は追い出された身だけどね」

猫猫と羅門はそれぞれ羅半の「おかえり」を否定する。

羅門が場所を変えると言ったのだが、まさか変人軍師の家に呼ばれるとは思わなかった。そして、今現在、この屋敷にはとある人物が滞在している。

「羅門さま、おはようございます。猫猫、ようやく来ましたね」

燕燕《エンエン》が羅半の後ろからやってきた。羅門には頭を深々と下げ、猫猫には軽く首を傾げて何か言いたげな顔をしている。

「いや、来るつもりはなかったんだけど」

「いえ、来るべきでした、来るべきなのです」

燕燕はそう言いながらちらちら後ろを見ている。視線の先をたどってみると、柱の後ろに姚《ヤオ》が隠れているのが見えた。

燕燕の目が、「お嬢様、可哀そう、でも可愛い」になっている。

羅半は燕燕の性癖についてわかっているのか、生暖かい目で見て、視線を羅門に移動する。

「大叔父さんが戻ってくるのは何年ぶりだったかな？　僕が物心つく前に出て行ったと聞いているけど、それから戻ったことはなかったよね？」

「そうだね、十八年ぶりくらいかねえ。荷物を取りに来ることはあったんだけどそれくらいかねえ」

おやじは懐かしむように遠い目をする。その年月は猫猫を養い始めた頃と当てはまる。

「大叔父さんが使っていた部屋は残っているけど、もうちょっと早めに言ってくれたらよかったのに」

羅半がぽりぽり頬《ほお》を掻《か》きながら言った。

「大叔父さんの使っていた離れはちょうど昨日から二人に貸しているんだ。書庫なんかはそのままだけど、もし泊まるのなら本宅のほうの部屋を用意するけどどうしますか？」

「いや、別に泊まることはないから安心しておくれ。ただ、私は猫猫に宿題を出しに来ただけなのさ。しかし、ずいぶん放置していたから荒れているだろうね」

「そこは定期的に掃除しているから問題ないですよ」

（宿題って）

羅門は壬氏に頼まれた手前、顔を立てるつもりはあるらしい。宿題とやらも、外科技術に関するものであれば納得がいく。

しかし、一筋縄ではいかない気がする。

猫猫の思惑を他所に、羅半は羅門と話を続ける。

「そうですか？　また、一緒に住むことになれば、義父上も喜ぶと思うんですけどね」

「いや、足が悪いので、宮廷近くの宿舎がいいよ。ここからだとちょっと遠いんだよ」

「馬車を使えばいいんじゃないですかね？」

羅半としては、あのおっさんの世話をするのが大変なので、羅門に手伝わせたいというのが本音だろう。

羅門は笑顔のままやんわり拒否する。

羅半としては性急に事を進めるつもりはないが、色々考えていそうだ。

「姚さん、燕燕さん。ちょっと離れに向かうけど、いいかな？」

「私は問題ありませんけど」

燕燕は姚を見る。姚も、羅門から質問されたのであれば、柱の影から出てくる。

「私も、問題、ないですけど……」

何か含みを持たせた言い方だ。猫猫をちらちら見ているけれど、猫猫は軽く会釈するだけで終わらせる。羅門の言う宿題とやらのほうが気になった。

「……でも、宿題というのはなんでしょうか？　もしかして、猫猫にだけ特別授業をするということなんでしょうか？」

姚の顔がちょっと怖い。

燕燕が姚に見えないところで、猫猫に身振り手振りで何かを伝えようとしている。

（ごめんね、わからん）

少し責めた口調の姚に対し、羅門は困った顔をする。

「そうだね。羅半に二人が家にいると聞いてちょうどいいと思ったよ。もし、猫猫にだけ特別なことを教えていたら、良くないだろうね」

「なら、私たちにも医術を教えてくださるのですね」

ちょっと晴れやかな顔になった姚。

「すぐに教えるわけにはいかないよ。医術というのは、習うのにも資格がいるんだ。二人、いや猫猫も含めて三人にはその覚悟があるか確かめさせてもらうけどいいかい？」

（資格がいる……）

おやじらしくない台詞だと猫猫は思った。誰にでも分け隔てない博愛が売りの羅門なのだ。資格という、相手を選別する言葉は引っかかる。

「ともかく説明は、部屋に移動してからにしようか。お二人も良いかい？」

「問題ありません」

「姚さまが言うのでしたら、私も問題ないです」

猫猫は言うまでもなく、おやじについていく。

（二人も一緒か）

猫猫は不安に感じてしまう。これから教わるという医術が何なのか、猫猫には想像できる。だが、二人はどんなものか知らない。

姚は言うまでもなく育ちがいいお嬢様であるし、燕燕はそれに仕える使用人だ。

（未知の薬の作り方を教えるわけではないのだけど）

燕燕はともかく姚は頭が固いところがある。不安に感じながらも、先導する羅門についていく。

（門の巨大碁盤ほど奇抜なものはないな）

特に会話もないので、周りを観察する。

庭は庭だが庭木は何もない。大きな石がところどころにあり、機能美を思わせる配置だ。なんとなく羅半の仕事だろうと推測する。

不気味なことに、建物の柱や欄干《らんかん》、壁にところどころ妙な焦げ目や刀傷があった。なにか刃傷沙汰《にんじょうざた》があったのだろうかと思わせる。

（まあ、実の親追い出したり、散々政敵を作ったものな）

敷地内で争いごとの一つや二つあったとしておかしくない。

実は、変人軍師の屋敷に来たのは初めてである。幼い頃、変人軍師に何度か連れて帰られそうになったが、そのたびにやり手婆が箒《ほうき》でぼこぼこにして解放してくれた。

なお、簀巻《すま》きにされたおっさんは、羅半に毎度持ち帰ってもらっていた。

「ここは夜盗が出入りするような場所なのか？」

厭味《いやみ》混じりに、猫猫は焦げた柱をなぞる。赤塗が剥《は》げた柱は、補修しても意味がないというあきらめが見えた。

「人聞きが悪い。ちゃんと見ろ、焦げ目は義父上がやった物だし、刀傷は古いだろ？　悪漢が押し入るのは十年くらい前から減っている」

羅半の返答に、姚と燕燕は一歩後ろに下がる。

（たまに来るような言い方だ）

焼け焦げたあとは火薬で何かやらかしたのかもしれない。ご近所迷惑甚だしい。

「そこのところは、兄さまに任せなさい。ちゃんといつもの倍、護衛は頼んでいる」

「つまり普段から、半分の護衛はいるわけですね。悪漢は困ります」

燕燕がぽつりと漏らす。嫌な姚の親戚から逃げてきたとして、悪漢に襲われてはたまらないだろう。

苦笑いを浮かべる羅半。母屋を通り過ぎ、離れに向かう。母屋に比べたらこぢんまりとした造りだが、それでも庶民の家に比べるとずいぶんしっかりしている。

「ここだよ」

猫猫は中を覗《のぞ》き込む。派手ではないが、質素というほどでもない。燕燕がお嬢様の宿泊施設として使えると判断したなら悪いものでもなかろう。

「お二方、昨晩はよく眠れましたか？　気になることがあればおっしゃってください」

羅半が客人に不満な点はないか確認する。

（悪漢の時点で不満も何もないけどな）

「ありがとうございます。よく眠れました。特に何もなく静かでしたし、悪漢さえ現れなければ問題ないかと思います」

燕燕が丁寧に頭を下げつつ、羅半に釘を刺す。

「使用人の数は足りていますか？」

「はい。お嬢様の身の回りの世話は、私がいれば十分なので問題ありません」

胸をはる燕燕。姚が恥ずかしそうに目をそらす。

「問題がなければ、僕は母屋にいますので」

猫猫はもう一度、庭を見る。

屋敷の広さの割に使用人はほとんどいない。誰かいるとすれば、屋敷の修繕をしている下男か、働いているのか遊んでいるのかわからない十歳前後の少女が三人。いや、一人は少年だろうか。

「子どもを雇っているのか？」

案内を終えたので戻ろうとする羅半を呼び止める。

「雇っているというか、先行投資だよ」

「なんだそれ？」

姚と燕燕も興味深そうに耳を傾けている。

「義父上がたまに身寄りのない子を拾ってくる。何か使えそうだからって」

「……そういうことね」

変人軍師は、人間としては駄目だが、人間を見る目だけはある。

「あそこにいる三人は、一人だけ拾ったつもりだけど残り二人もついてきてしまってね。

仕方なく三人とも面倒を見ているだけだよ」

　などと言いつつ、羅半の目は損をした顔ではない。三人引き取ることで、使える人材を上手く仕込んでいるようだ。今は三人分の養育費がかかるが、数年したら採算がとれる見込みがあるのだろう。

「あの……」

　姚がおずおずと手を上げる。

「家主の羅漢さまはいつ帰ってきますか？」

　具体的に猫猫が知りたかったことだ。

「最低三日はいないはずだよ。棋聖と三番勝負するとか言っていたからね。一局が一日で終わらないので、必ず延びるはずさ」

　羅半は質問に、猫猫の顔を見ながら答えた。本当にいないから安心しろと言いたいらしい。

「公式ではないが、観客も多いからね。専用に建物を借りて泊まり込みでやっている」

「もしかして、私たちのためにわざわざそんなことをしてくれたんですか？」

　姚がちょっと驚いている。

「いや、毎年決まってやっていることだよ。年に数日位、僕も義父上のお守りから離れてもいいだろ？　そこに、君たちから文《ふみ》が届いたんだ。ちょうどいいと思ったのさ」

「それじゃあ、私たちのことは？」

「大丈夫。君たちに害意さえなければ、義父上は気にしない。休暇中に戻ってきてもそのまま滞在して問題ないよ。何せ、ああやってどこからか子どもを拾ってきて育てさせる割に、誰を拾ってきたか覚えていないくらいだからね」

あの変人軍師には、敵と味方を瞬時に判別できるなにかがあるらしい。姚たちに悪意がない限り問題なかろう。

「では、僕がいても邪魔だろうから消えるね。じゃあね、大叔父さん。帰るときにまた馬車を手配する」

「ああ、お願いするよ」

母屋に戻っていく羅半。

「あっ、そうそう。猫猫」

「……」

「この屋敷に住みたくなったらいつでも問題ないぞ」

「ありえない話をしないでくれる」

何を寝ぼけたことを言っているのだ、このもじゃ眼鏡野郎と視線で返す。

「そうかな？　ずっと泊まりたくなると思うぞ。おまえが望むものはあるし、何より面白い仕掛けが満載だ」

羅半は思わせぶりに言うと、去っていった。

「んなわけあるか」

猫猫は離れの中をぐるりと見渡す。年代物の造りだ。廊下の奥に進んでいくと、台所と居間が左側に、部屋が右側にある。ちょっと変わっているな、と思う点は壁だ。二種類の木材を使い、濃淡二色《ツートーンカラー》の壁になっている。

猫猫は、さらに奥の戸を開ける。

「……」

紙の匂いがした。

棚には古めかしい医術書が並んでおり、反対側には薬棚が置いてあった。壁は廊下と同じ二色模様、床には色あせた毛氈《もうせん》、天井には九つの枠に分けられて曼荼羅《まんだら》のような絵が描かれている。しかし、今はその装飾について考える余裕はない。

（あっ、そうか）

猫猫は羅門を見る。羅門は懐かしそうに本棚に触れていた。

「すごいわよねえ。びっくりしちゃった。医務室の蔵書に引けを取らないもの」

姚が話しかけてくるが、耳から耳に通り抜けていく。

猫猫は目を輝かせながら、薬棚の引き出しを開ける。中身はさすがにないが、染みついた生薬の匂いが鼻孔をくすぐった。

本棚の書を開く。古い書物には紙魚《しみ》の食い跡が目立つ。

猫猫を養育するためにおやじは花街《はなまち》へと移り住んだ。後宮を出た元宦官《かんがん》は、ほぼその身一つで実家まで追い出されたのだろう。

過去に猫猫がのぞき見しようとして怒られた本がたくさんあった。だらだらと猫猫の口から涎《よだれ》が垂れだす。そこににゅっと燕燕が近づいてきた。

「昨日見たときびっくりしました。どれも素晴らしい医術書です」

「……へえっ」

猫猫は涎を拭くと、できるだけ平静を装った顔をしたが、すぐさま頬《ほお》が緩みだす。

「一晩じゃ到底読み切れない量だわ。長期休暇をすべて使っても、無理じゃないかしら？」

「そうですね。本当に残念です。猫猫も一緒にここに泊まれば、読めるんですけどねえ」

燕燕が何か誘導するように猫猫を肘《ひじ》で小突く。

羅半の思わせぶりな台詞の意味がわかった。猫猫の欲望を刺激して、引き入れようとしている。

猫猫は両手で自分の顔を大きく叩くと、羅門を見る。

「ええっと、おやじ。それでどんな資格がいるんだ？」

姚たちの手前だったが、思わずいつもの口調で話しかけてしまった。

羅門は眉を八の字に下げたまま、本棚に触れる。

「さっき言った資格についてだけど、簡単なことだよ。この部屋のどこかにある、とある医術書を受け止めることができればいい」

「医術書を受け止める？」

妙な物言いだ。受け止める、というのは物理的にではなく、内容的にということか。書の内容を理解できるだけの知識がなければいけないということだろうか。

「とある医術書とはなんですか？」

姚がきりっとした顔で確認する。

「『華佗《カダ》の書』だよ」

華佗というと、伝説上の医者のことだ。とびぬけた医療技術を持ち、あらゆる病を治したとされ、実在の人物というより仙人としての逸話が多い。

「意味がわかりません」

はっきりきっぱり言うのが姚の長所であり短所だ。

「意味がわからないなら、まず無理だよ」

羅門にしては突き放した言い方だ。普段ならこんなに不親切なことはしない。

（資格云々もあるけど、私たちに教えたくないのだろうな）

姚たちがいて、失敗したと猫猫は思った。二人に配慮して、尚更難しい問題を出したのかもしれない。

羅門は、猫猫たちの将来を考えるがゆえに、医療の道に進んでほしくないのだろう。

大量の本の中で、『華佗の書』とやらを見つけ出し、理解すること。

（難題押し付けてきたな）

壬氏が持ってくる厄介ごととはまた違った問題だ。

羅門はもう用は済ませたとばかりに、離れから出ようとする。

「すみません。念のため、確認をよろしいですか？」

燕燕が挙手して、羅門を呼び止める。

「どんな確認だい？」

「はい。その『華佗の書』はこの部屋にあるのですね」

「そうだよ、少なくとも私がこの屋敷を出たときにはあった。よほど変な扱いをされていない限り、残っているはずだね」

「書の名前は、『華佗』で間違いないでしょうか？」

燕燕はあえて『華佗』と指で書いて見せる。

おやじは眉を軽く下げた。

（燕燕は鋭いな）

羅門が困ったときにやる癖だ。問題の引っかけに当たる部分を突いたに違いない。

「間違いないよ。ただそのままの題名として、表記されているとは限らない。ただ、『華佗』であることは間違いない」

猫猫も羅門に聞き返す質問を探したが、燕燕が大体聞いてくれた。

「私も質問を」

姚が手を挙げる。

「どうぞ」

「この問題は、猫猫一人では解けるものでしょうか？」

「……解けないと思うよ。二人がいて、正直誤算だと思ったさ」

羅門はそれ以上何も言わずに、杖を突きながら離れをあとにした。

「全く意味がわからない」

猫猫はぼやきつつ、本を手に取った。二十年近く放置された本は紙魚《しみ》食いだらけだ。湿気と日焼けと虫食いによって、ある物は字が滲み、ある物はぱりぱりに劣化している。木簡ではなく紙の本が多い。木簡にすると嵩張《かさば》って部屋に収まり切れないと判断したからだろう。

「虫干しもしてないから、保存状態が悪いものばかりよね」

「はい、せっかくの医術書ですから、書き写しておきたいです」

やぶ医者の実家から上質の紙を取り寄せて、写本を作っておきたい。内容はどれも役に立つものばかりで、羅門の宿題さえなければずっと眺めていたいくらいだ。

（あー、この調合試したことがない）

　思わず読みふけりそうになりながら、いかんいかんと頭を振る。猫猫に時間はない。夕刻になったらまた壬氏《ジンシ》のもとに行かねばならない。さっさと片付けたいところだ。

「あの、お二方。昨日からここの本を読んでいたと聞いたのですが、いかがでしたか？」

「いかがと言われても、どれも有益な書だと思うわ」

「はい。役に立つものばかりですね。しかし、これが『華佗の書』と言い切れる本はなかったと思います」

まず、『華佗の書』というのが何なのかというのが問題だ。

（おやじに限って、答えがない問題は出さない）

答えとなる本はあると言った。そして、その本を受け止めろと言った。

　ふむ、と猫猫は本を見る。

　一を聞いて十を知るような天才と言われる羅門は、二十年近く前の書庫がどうなっているか想像がつかないわけがないだろう。書物はそのままに置いていると羅半が言ったとして、書物が虫食いだらけでぱりぱりに劣化することくらい予想できたはずだ。

　本によっては中身を読めないものだってあるはずだ。

「姚さん、燕燕。情報を一度、まとめてもいいですか？」

　羅門は猫猫一人ではわからないと言った。それは、本の量が多すぎて一人では探しきれないと思ったが、三人でも同様だ。

なので、蔵書の数とは別のところで、無理な条件があると推測する。

「情報をまとめるって何？　どんな本があるかってこと？」

「本棚の本は綺麗に分類されていました。棚ごとの仕分けを書きますか？」

「お願いします」

燕燕は手際よく紙に書く。本棚の配置とどの分類の本がどこにあるかを書き加える。

「そういえば、分類のために背表紙に数字が書いてありました」

猫猫は持っていた本の背表紙を見る。『二―1―Ⅰ』と書いてあった。表紙の紙は丈夫な物を使っているので、虫食いはなくしっかり字も読み取れる。

「これ、意味がわからないんだけど、数字でいいのよね？」

姚は異国の言葉が読めないので、首を傾げながら聞いた。猫猫と燕燕は簡単な読み書きはできるのでわかっている。

「はい、西方の数字です」

燕燕は背表紙にある数字も書き加える。

猫猫は本棚をじっと見て、あることに気が付いた。

「すみません。ここにある本はどなたか持って行きました？」

猫猫は本と本の間を指す。

「いえ、私は戻しております」

「私もよ。今持っているのは、他の本棚から持ってきた物だもの。どうかしたの？」

「いえ、番号が抜けているもので」

本棚には背表紙の数字通りに本が並んでいた。だが、抜けている番号がある。

「何番ですか？」

「『一《いち》―2―Ⅱ』です。他の棚も見てみます」

猫猫が違う棚も確認する。姚も手伝いたそうだが、読めない数字があるのでじっと猫猫を見るだけだ。

「こちらは抜けてないです」

「他には？」

「他には――。たぶんないと思います」

一冊だけ見つからない。

（おやじが持っていったのだろうか？）

猫猫は唸《うな》る。記憶にある限り、花街《はなまち》のあばらやにはなかった。

「一応、羅半さまに確認しますか？」

燕燕が『一―2―Ⅱ』と書き加えると、筆を置いた。燕燕は優秀なので調べものは期待できそうである。

「昼になったら来ると思いますし」

燕燕は、窓から太陽の高さを確認して時間を見ている。

「昼に来るって、食事の準備ができたとでも伝えに来るんですか？」

「いえ、食事をしに来ます。ということで、私はそろそろ準備してきますので」

「食事を？」

猫猫は呆《あき》れた声を出す。

「食事は用意するって言われたんだけど、燕燕は自分で作りたいって。だから、材料と場所を用意してもらったんだけど、羅半さまが気に入ったみたいなのよね。昨日の夕餉《ゆうげ》と、今日の朝餉《あさげ》はこちらにいらしたわ」

補足説明する姚。

（なるほどねえ）

綺麗なもの、美しいものが好きな羅半だ。もちろん美味しい物も好きである。さらに、美味い食事に美人が隣にいれば最高だろう。

（あの野郎）

燕燕も甘い。あのもじゃ眼鏡が美人に目がないことくらいはわかっているだろうに。

「では行ってまいります。お嬢様、今日は大好物の家鴨ですのでお楽しみに。猫猫、あとはお願いしますね」

燕燕は、すちゃっと去っていく。

（燕燕にとっては、資格云々よりお嬢様の食事のほうが大切だよな）

調べものなら期待できるとあてにしていただけに少し残念だ。

「別に、猫猫に頼まなくても、私一人で調べることくらいできるわよ」

ちょっとすねた顔をする姚を、部屋を出て行ったはずの燕燕が察知して扉の隙間から観察していたのは言わないでやろう。燕燕の目がまるで写生でもするかのように、姚の表情に釘付けになっている。

「本が足りないことについては羅半さまに確認するとして、私たちは残った本を調べればいいかしら？」

「それなんですけど……」

猫猫は色々考えていた。おやじ、羅門について猫猫は姚たちよりもずっと詳しい。だから、おやじの意図することが二人よりわかる。本棚から一冊本を引き抜き、ぺらぺらめくる。経年劣化した紙はところどころ破け、湿気で頁と頁がくっついているものもあった。無理に引きはがすと、文字が消えてしまうだろう。

「『華佗の書』というのは、こういう体裁の本ではない気がします」

「それって、どういうこと？」

姚が怪訝《けげん》な顔をする。

「おやじ……ではなく、羅門は『華佗の書』を受け入れろと言いました。受け入れろ、とはどういう意味なのかはわかりませんが、ただ内容が読めなければ何もできませんよね」

あえて医官としての羅門ではなく、身内としての羅門を強調して話す。

「そうだけど」

「羅門という男は、やらせたくないことは無理難題を出す人です。でも、決して答えがない問題を出す人ではない。だから、二十年近く放置して管理もちゃんとされているかわからない本が答えになるとは思えないんですよ。少なくとも、このような粗悪な紙を使った本じゃないと思います」

姚の眉がぴくぴく動く。

「でも、二十年後の本がこんなにぼろぼろになるものだと思わないじゃない？　考えすぎじゃない？」

「いえ。養父は天才です。それくらい予測済みだと思います」

猫猫は断言する。

姚の顔が少し呆《あき》れたようにも見えた。

「……じゃあ、仮に普通の体裁の本じゃないとして、どういう本ならいいわけ？」

「そうですね」

猫猫は、本棚の下にある木簡を取る。場所を取るため、紙の書籍よりもずっと数は少ない。木製、竹製の違いはあるが、粗悪な紙よりもよほど丈夫だ。

「こちらなら紙よりも長持ちしますけど」

「するけど？」

でも何か違う気がする。

からんからんと紐で束ねられた木簡を開く。長持ちするが、やはり記述の面では紙のほうが上回るし、何よりさほど特異な内容は書かれていない。

数が少ないので二人で分担すると、すぐに全て確認できた。

「違うわよね」

「違う気がします」

二人ともため息をつきながら、木簡を元の位置に戻す。

「大体、何が『華佗の書』なのよー」

「そうですね。なんで『華佗』なんでしょうね」

燕燕が羅門に確認していたこと。猫猫としてはもう少し踏み入ってもらいたかった。

「『元化《ゲンカ》』ではなく」

「『元化』って確か『華佗』の別名だったわね。そういえば、普通は『元化』のほうをよく聞くわね」

姚も医術をかじっているだけあって、名称を知っていた。伝説上の人物『華佗』。しかし、一般的には『元化』というのが使われる。理由としては――。

「いくら茘《リー》が建国する前の人物だからって、『華』がつく名前はよろしくないですからね」

基本、この国では皇族以外に『華』という名前は許されていない。たまに、字を知らない農民が子どもに『華』を付けることや、あえて挑戦的に付ける場合は例外として――。

(女華《ジョカ》小姐《ねえちゃん》とかね)

女華は妓女《ぎじょ》になったときに付けた名前だ。男嫌いの妓女とまあ、まったく不自由な生き方であるがゆえ、そんな身分になった世界を恨んだに違いない。反発的な名前を付けたのもそこが理由だろう。

「宮廷の医官ともなれば、国に仕える側。『華佗』という名前は、本来口に出すべきではないはずよねえ」

姚の意見はもっともだ。羅門がそれを忘れているはずはない。

(だとすると……)

猫猫は少しずつ羅門の問いかけに近づいている気がした。まだ、どこに本があるのかはわからない。でも、どんな本というのは予想がついた。

(もし予想通りの本であれば、見えるところに置くとは思えない)

本棚に置いてある本は、木簡も含めて除外できそうだ。

では、どこにあるのだろうか。

四話　華佗《カダ》の書　中編

しばらく姚《ヤオ》とひたすら本棚のあちこちを調べていると、燕燕《エンエン》が帰ってきた。

「お待たせしました」

手にはほかほかの食事を持っている。持ちきれない分は後ろの小男が持っていた。この離れにも台所はあるが、たくさん調理するならと母屋の台所を使わせてもらったのだろう。

書庫から居間へと移動して、卓《テーブル》に持ってきた食事を配膳する。

「やあ、昼もお邪魔するよ。お招きいただきありがたいね」

まったく遠慮する様子もない羅半《ラハン》が笑う。

(招いてねえよ)

猫猫《マオマオ》と燕燕の心は、この点だけは一致しただろう。ご丁寧に手土産を持ってきた。どう調べ上げたのか、雪蛤《ハスモ》だった。姚の好物だが、ずいぶん羽振りがいい。

ちなみに姚が何か確認しようとしたら、燕燕がすかさず隠した。いまだお嬢様は好物の点心《おやつ》が蛙を原料にしていると知らない。

（この間の碁大会、余程稼いだんだな）

甘藷《かんしょ》を使って商売もしているようだし、本業は他にもある。体がいくつあっても足りないのに、こなしているところだけは誉めてやらなくもない。

「花に囲まれての食事は嬉しいな。薔薇《ばら》に、菖蒲《あやめ》に、あと酢漿草《かたばみ》」

酢漿草が誰か言わなくても理解できた。

「じゃあ、少し早いけど食事にしましょ」

姚が円卓の上に盛られた料理を示す。卓には四つの椅子が配置されていた。姚と燕燕、猫猫と羅半が向かい合うように座る。羅半は両手に花の状態だが、猫猫と顔を合わせるたびに、なんとも腹立つ表情を見せた。正直、猫猫こそ「へっ」と言いたくなるところだ。

真ん中の主菜《メイン》は大きな家鴨の丸焼きがてらてら輝いている。

思わず猫猫はごくんと唾を飲み込んだ。これだけ美味しそうなら姚だけでなく、猫猫も大好物になりそうだ。

羅半も目をきらきらさせている。小柄だが男、まだまだ年齢も二十一なので食べ盛りを終えていない。

そんな様子を見た燕燕は席を立つ。

「野菜をもう少し切ってきますね。猫猫も手伝ってください」

量が足りないと思ったらしい。燕燕は、ちょっと不機嫌だ。お嬢様と二人きりの休暇のつもりが、お邪魔虫がいたら不機嫌になろう。

「私も手伝うわよ」

「いえ、お嬢様、すぐ済みます。冷めないうちに食べていてください」

ぴしっとした態度で姚の申し出を断る燕燕。

（あーあ）

姚はむくれている。

燕燕はお嬢様命なのはわかるが、妙なところでお嬢様の気持ちがわかっていない。距離が近いからこそわからないこともあるのだろう。

追加の野菜は隣の部屋に用意してあった。簡単な台所になっていて、昔はここで羅門《ルォメン》が薬を作っていたのだろうかと、猫猫は目を細めた。

「早く済ませましょうか？」

猫猫は葱を、細切りにする。燕燕は薄餅を追加で焼いていた。暖を取るために竈《かまど》の火は入れっぱなしにしていたのですぐ焼ける。

「姚さんともじゃ眼鏡、二人きりにしてよかったんですか？」

一応確認しておく。隣の部屋とは言え、男女二人だけだ。

「もじゃ眼鏡氏は、お嬢様には手を出すことはないですよ。あの手の殿方は、政略結婚でもない限り、お嬢様にちょっかいをかけることはありません。ただ普通に会話をするだけなら、下手な男性よりも話題を選んで楽しませてくれますから、任せても安心です」

変なところで理解されている羅半。たしかに、姚に手を出そうものなら面倒くさい身内とさらに面倒くさい従者がついてくる。一夜の過ちなど間違っても起こすことはなかろう。

しかし、ちゃんと若い娘と話ができるのだろうか。

（変に数字の話をして、呆《あき》れられてそうだけど）

その時は、姚には申し訳ないがひたすら相槌《あいづち》を打ってもらう他ない。

「ところで、何か言いたいことがあるのでは？」

しっかり者の燕燕だ。分量を間違えたというのは口実でなにか猫猫と話したかったのではないか。羅半がいるときを狙ったあたり、姚には聞かせたくない話だろう。

「言いたいというより、猫猫が聞きたいことがあるのではと思った次第です」

逆に問いかけるように、燕燕はどんどん薄餅を焼いていく。猫猫は葱を皿にのせ、次に大根を切る。

「姚さんはどうしても自立したいのでしょうか？　医官付き官女なんて目指していますけど、医官付きになることが目的とは思えないんですよね」

猫猫はそこをはっきりさせておきたい。

もし猫猫の想像通りなら姚には『華佗《カダ》の書』なんて物は見せないほうがいいと思っている。

「もし、うちの養父が教えるという内容が、燕燕の倫理感情から外れるものだとしたらどうしますか？」

燕燕は焼いていた薄餅を皿にのせると、天井を仰いだ。

「やはりそっち系の本ですか？」

「たぶんそっち系だと思いますね」

二人ともわかっている前提で話す。

「……猫猫の配慮はありがたいのですが、私はお嬢様の意見を尊重します」

「誘導はするのに？」

猫猫はじぃっと燕燕を見る。燕燕は「なんのことでしょう？」と言わんばかりに、薄餅をまた焼き始める。

「お嬢様は、かなり強情ですから。私が何を言おうとやめないと決めたらやめません。新しい部署での官女募集を見て、「絶対に受かる」と、毎日机に噛《かじ》り付いて勉強していたんですよ」

薄餅を箸で綺麗にひっくり返す。料理は猫猫も得意なほうだと思うが、燕燕には敵わない。

「男たちにも負けないと言っておりましたので、正直入試で猫猫に負けたときは余程悔しかったようで、がらにもない態度を示していましたから」

猫猫を転ばせたり、嫌がらせをしたことだろうか。どちらかと言えば、ほとんど取り巻きの官女たちがやっていたのでどうでもいいし、気にしていない。

「それは悪いことをしました」

猫猫も、まさかそこまでいい成績を取れるとは思っていなかった。やり手婆の教育法、恐るべし。

「叔父さんが原因とは言え、姚さんはなぜそこまで働くことにこだわるのでしょう？」

ふと猫猫は口にしてみる。家にいれば、叔父さんから結婚を勧められるのはわかるが、他にも理由がある気がした。

「……姚さまのお母さまが原因ですね」

少しためらいながら、燕燕が口にする。

「姚さまにとって、お母さまはもう死んだも同然です。お館さまが亡くなったとともにいなくなったといつも言っておりました」

「なぜ？」

猫猫も母親というものに関しては、情などほとんどない。だが、姚と猫猫の育った環境は違うのだ。

「お館さまが亡くなったあと、一人で屋敷を切り盛りできない奥方さまはどうするかわかりますよね」

「叔父が継いだと」

「そして、奥方さまはまだ奥方さまなのです」

お館さまの妻が奥方さま。

姚の母親は、叔父と再婚したのだろう。さほど珍しくもない話だが、娘にとっては複雑で、時に嫌悪の対象となる行為だ。

そして、働く力がない女には道がないと痛感した。このまま姚が叔父の言う通りに生きていけば、母親の二の舞になることもある。

「そうですか」

姚には聞かせたくない話というのはわかった。こういう話題に流れることも考えて、燕燕は場所を変えたのだろう。

猫猫は切った大根を皿に盛る。

（こんなもんかな？）

冷める前に早く食べたくなった。

部屋に戻ると、燕燕の言う通り、羅半と姚の会話は盛り上がっていた。

「燕燕女士の料理については色々、噂《うわさ》に聞いていて、一度食べてみたいと思っていたんだ。図々しい話、今回の件はまさに渡りに船というわけでね」

「燕燕の食事は美味しいわ。どこにやってもおかしくないし、何より栄養面も考えているの」

（燕燕の料理の噂って、どこで聞いたんだよ）

猫猫の疑問はすぐ解決された。

「兄君の店は人気で、妹君の料理も引けをとらないと聞く」

「ええ。美味しいわ。料理長の腕に負けないくらい」

ごく自然にべた褒めする姚。

前に、燕燕の兄は姚によって助けられたと聞いた。姚の家で料理人をしていたはずだが、その後独立したようである。

（家主が代わったせいかな？）

燕燕の兄が姚の叔父によって解雇されたのなら、燕燕の態度が叔父に対して厳しいのも頷《うなず》ける。

「兄君の飯店では、三回ほど食事させてもらったが、いやあ、この料理もまた美味い」

「三回ですか？　どの季節に行きました？　季節ごとに食事が変わるのよね、燕燕」

「はい、月ごとに旬の食材を用意して作っているはずです」

燕燕の兄の話を持ち込めば、姚が食いつく。姚が話を振るので、燕燕も会話に加わる。無駄に算術の話をするかと思いきや、こうも会話が上手いと猫猫としては面白くない。

猫猫はひたすら家鴨の皮のぱりぱり感を堪能する。脂がのった皮と薬味の風味が、薄餅に閉じ込められる。そこに甘辛い醬《ジャン》を付けて食べる。咀嚼《そしゃく》するほどに肉のうま味と香ばしさ、薬味の歯ごたえ、素朴な薄餅が絶妙に混ざり合って唾液の分泌を促す。

一言で表すと美味い。

「いやあ実に美味だ」

羅半も同じ意見だ。

羅半の会話の上手さは予想以上だ。どちらかと言えば人見知りをする姚がここまで打ち解けている。むしろ会話が進みすぎて、燕燕がちょっといらっとしている気がした。

猫猫は、しばし咀嚼音だけ響かせる。皿は瞬く間に空になり、水菓子《デザート》分の腹の隙間が残るだけとなった。

「それでは水菓子を持ってきますね」

燕燕が玻璃の器を持ってくる。瓯柑《みかん》の皮を剥《む》き、種を丁寧に取り除き、さっと砂糖水で煮たものだ。ほどよく残った酸味が、家鴨肉の脂を良い感じに中和してくれる。

「ごちそうさま」

さて、箸を置いたところで本題に移りたい。

「羅半、本棚の本はどこか持って行ってないか？」

「本棚の本？」

羅半は匙で果実を掬《すく》いつつ、首を傾げる。

「僕は知らないな。義父上は大叔父さんに関しては何かやるわけでもないし。むしろ、使用人に定期的に部屋を掃除させていたくらいだから」

変人軍師にしては異例の気遣いだ。道理で、この離れが綺麗になっていると思った。

「本が歯抜けになっているとでも言うのかい？　あるとすれば、掃除している使用人が怪しくなるけど、変な人間はまず義父上が雇わないと思うよ。あの人、敵にすると本当に厄介だから」

本は貴重品なので盗まれることもあるが、変人軍師のところで働く使用人にそれができるだろうか。

（難しい）

「何がなくなっていたんだい？」

「これですね」

燕燕が先ほど書いた紙を見せる。

『一《いち》—2—Ⅱ』

ない本の番号を示す。

「大叔父さんらしい分け方だねえ。確かに、あの千以上あろうかという本を分けるのにはちょうどいいかな」

羅半も数字が読めることがわかると、姚が不機嫌そうに燕燕を見る。姚だけが、数字の意味がわからない。

燕燕は、姚の意図したことがわかったのか、新しい紙に数字を書く。

『1、2、3、4、5、6、7、8、9』

『Ⅰ、Ⅱ、Ⅲ、Ⅳ、Ⅴ、Ⅵ、Ⅶ、Ⅷ、Ⅸ』

数字が読めないので不満だった姚の表情が和らぐ。じっと見ているところを見ると、全部覚えようとしているのだろう。

姚は、『Ⅰ、Ⅱ、Ⅲ、Ⅳ、Ⅴ、Ⅵ、Ⅶ、Ⅷ、Ⅸ』と書いた紙に反応を見せる。

「もしかして、次の数字は『Ⅹ』と書くのかしら？」

姚は、卓に指先でなぞってみせる。

「正解です、さすがですお嬢様」

燕燕がぱちぱちと拍手した。姚の表情が居心地悪そうだ。

「本棚には綺麗に並べてあった」

少なくとも姚や燕燕が来た時点では――。

「ええ、並べて隙間なんてありませんでした。でも、数字を見る限り歯抜けがあったんです」

燕燕が状況を付け加える。

「そうなのか」

羅半がじっと歯抜けの巻の数字を見る。

「数字が大好きなおまえなら、一発で気付くと思ったんだけど」

猫猫がちょっと厭味《いやみ》ったらしく言った。

「あいにく、この離れにはめったに来ないんだ。忙しいからね。面白い部屋だと思うんだけど」

「じゃあ、のんきに飯食うなよ」

思わず本音が漏れる。

「猫猫、姚さまの前で汚い言葉はやめてください」

燕燕の教育的指導が入った。つい羅半の前だからと雑な言葉遣いになっていることに気付く。

「数字が入っているってことは、系統ごとに書かれているわけよね？」

「はい。一巻と二巻には基礎的なことが書いてありました。一巻には人体の構造について。二巻には外科的な処置方法について」

猫猫の専門分野は生薬だが、人を治すという観点を考えると、知っておきたい。

しかし、どこにあるのだろうか。

ふと、猫猫は羅半を見る。

「そういえば、この離れは面白いとかなんとか言っていたけど、何なん……でしょうか？」

一応、語尾を改める。

書庫とは別に興味深いところがあると言っていたような気がした。

「ああ、それかい？　この離れの壁や天井はずいぶん派手だろう」

「そうですねえ」

姚は天井を見る。書庫の天井も派手だが、居間の天井も様々な動物が描かれている。

「天井だけではないよ」

羅半は床に敷いてある毛氈《もうせん》をめくる。木材を複雑に組み合わせた模様ができていた。

「ずいぶん芸が細かいですね」

燕燕が感心する。

「大叔父さんがここを使う前は、変な建築家が住んでいたんだ。離れを作ったのもその人。妙な模様にこだわりがあって、仕掛けを作るのが大好きな人だったらしいよ」

「羅《ラ》の家は、性格はともかく色んな天才が輩出される家系ですからね」

燕燕が納得したように頷《うなず》く。

その建築家とやらも身内なのだろう。

「あいにく、新しい仕掛けを作ると意気込んで、そのまま仕掛けに閉じ込められて、木乃伊《ミイラ》で見つかった。最近見ないねと言われていたら、干からびて出てきたらしいよ」

『……』

猫猫と姚、燕燕。三人の視線が部屋をぐるりと見渡す。

「安心してくれ。この離れじゃない。別邸だから。その別邸も、とうに売り渡しているから。木乃伊とか落ちてないから」

安心しつつ、やはり変な家だと痛感せざるを得ない。

「この離れにも変な仕掛けがあるんじゃないわよね？」

姚が不安そうに羅半を見る。

「命に関わるような仕掛けはないと大叔父さんは言っていたよ。さすがに僕も、危険な部屋を女性二人の宿として提供したりしない」

「じゃあ、この壁とか天井にも何か意味があるのかしら？」

「そうだね、時間があれば調べてみるといい」

「その時間はあまりないんだけどねえ」

猫猫としては変人軍師が戻って来る前に片付けたい。できれば今日中に終わらせられないだろうか。

「他に質問はないかな？　本についてはわからない。ちょっと使用人にも聞いてみるよ」

眼鏡をくいっと上げながら羅半が席を立つ。

「僕は明日ちょっと用事があるから、何かあったら誰か適当に呼んでくれ。そこらにいる使用人に言えば連絡が取れる」

「わかりました」

燕燕が素っ気なく返事する。

「ごちそうさま。大変美味しかった。疲れているだろう。使った食器はそのままにしておいてくれ。使用人を呼んでおくから」

猫猫は片付けもするつもりでいたのだが、しないでいいならそのほうがいい。早く本の探索の続きをしたかった。

五話　華佗《カダ》の書　後編

書庫に戻り、猫猫《マオマオ》は書庫全体を見回す。

(この壁の模様、どこかで見たことあるんだよな?)

二色の壁。記憶の片隅にあるようだけど、はっきり覚えていない。

何だっただろうか。

姚《ヤオ》と燕燕《エンエン》も本棚ではなく、壁や天井を見ている。

「猫猫の話をもし信じるなら、本棚を調べても意味がないということですね」

姚と二人で話していた内容を燕燕にも説明してくれたらしい。燕燕は壁をじっと見ている。

「……なんかその壁、見たことあるような気がするんだよねえ」

猫猫が唸《うな》る。他の三方の壁とちょっと違う模様になっていた。ほとんど本棚の壁に隠れて見えないが。

「人体の構造についての本か」

抜けた番号から予想される本の内容だ。

唸っていると轟音が響いた。驚いて振り返ると、姚が尻もちをつき、本棚が倒れていた。

「姚さま！」

燕燕が顔を真っ青にして姚に駆け寄る。姚に怪我《けが》はないようで、埃《ほこり》を叩きながら立ち上がった。

「怪我はないようですね。どうしたんです？　本棚を倒すなんて」

本なので壊れ物はないと思うが、結構な重さだ。立てるのも一苦労だろう。

「これよ」

姚が取り出したのは『一《いち》―2―Ⅰ』と番号がある本だ。

「それがどうしたんですか？」

見つからない番号の一つ前の本だ。

「ほら、最後の頁を見て」

姚が本を開く。最後の頁の端っこに、小さく丸が描かれていた。黒と白で半分ずつ割られた丸だ。

「太極図でしょうか？」

太極図、または太極魚と言う。白黒の魚が混ざるようにくっついて円を作った形だ。占いによく使われる図である。あと、医術と関わりがある五行に関係すると言えば関係するが、猫猫はもっと実用的なものがあるとさわりしか勉強していない。

「なんでまた？」

首を傾げるしかない。

「太極図でしたら」

燕燕が本棚から、本を持ってやってくる。

「ここにもありますよ」

『一《いち》―２―Ⅲ』と書かれてある。

「こっちは最初の頁に書かれてありますね」

「……」

猫猫は二冊の本を並べる。

「ちょうどこの間にあるべき本が見つからなかったんですよね」

「ええ、そうなの。だから、私は思ったのよ」

姚が自信満々に部屋の壁を叩く。

「この部屋に見つからなかった本が隠されているんじゃないかって」

「どうして？」

猫猫は説明を求める。対して、燕燕は目を見開いて、手を叩いた。

「姚さま、さすがです」

燕燕も可愛いお嬢様だからって褒めればいいというものではない。何がさすがなのだろうか。

「この壁、八卦《はっけ》を表していますね」

「でしょ！」

「はっけ？」

猫猫は首を傾げつつ、言葉を変換する。

（はっけ、白鶏、百家、八卦……）

「八卦？」

確か太極図と関連がある何かだったと記憶しているが、あいにく猫猫の専門外だ。興味がない分野になると、猫猫の記憶力は著しく低下する。

どこか見覚えがある模様だと思ったわけだ。

（おやじには一応覚えていろ、と言われたんだけど）

まだ、生薬を覚えたほうが、実益があると切り捨てた。さわりどころかほとんど触れていない分野だ。

「八卦よ。ほら、この模様、爻《コウ》を表しているんじゃないかしら？」

「こう？」

馴染みないどころか、どんなものか予想がつかない言葉が出てきた。

「まさか知らないの？」

姚が驚きつつ、なんだか嬉しそうだ。

「むしろ知っている人のほうが少ないんじゃないですか？」

ちょっとむすっとなる猫猫。もう少し勉強しておけばよかったと反省する。

「こういう模様は知っている？」

姚は指先で壁をなぞる。白っぽい壁板と黒っぽい壁板。黒い板だけをなぞっている。他の壁が板を縦にしているのに対し、触れている壁だけは横に貼り付けてあった。

「八卦は爻、一本の長い線と二本の短い線を三つずつ組み合わせるの。それぞれの線を、陽と陰、または剛と柔って言うわ」

猫猫は指を折って数える。二つの爻が三つあることで、合計八種の図ができる。だから八卦になる。

「じゃあ、箪笥《たんす》を倒したのは――」

「壁を全部見るためと、もう一つ」

姚は色あせた毛氈《もうせん》を剥《は》ぐ。すると、壁と同じく八卦の図になっていた。

「本はこの部屋のどこかにある」

猫猫は羅門《ルオメン》が言った言葉を反芻《はんすう》する。部屋とは言ったが、本棚とは言っていない。

「仕掛けが好きな建築家が作った家」

羅半からの情報。面白い仕掛けが好きなら、何かしら細工が残っている可能性が高い。

そして――。

「太極図に八卦」

猫猫があまり興味を持たない分野。

おやじが言っていた。猫猫だけでは解けない問題だと。

「つまり、そういうことか」

猫猫は、ぽんと手を打って納得する。

「なるほど」

燕燕もわかったらしい。

ここまで来ると猫猫と燕燕の行動は早い。本棚をどかそうと二人で棚を持つ。

「ちょっと！　私が先に見つけたのよ」

「姚さまは座っていてください。危ないです。力仕事ですし」

（いや、たぶん姚のほうが力強いと思うんだけどね）

口にしないだけの賢さは猫猫にはある。

さすがに本棚を丸ごと移動するのは二人がかりでも無理だ。棚の中身を取り出し、空にしては廊下に移動するを繰り返す。

姚は不服そうに、本棚から本を取り出していた。

本棚を取り出すと壁一面があらわになる。見ているだけでくらくらしそうになるが、さらに床の毛氈《もうせん》も引きはがすと目がちかちかしてきた。

「これですか」

床を見ると、真ん中だけ白い木材の面があり、残りの面は八つの図になっていた。天井の絵と同じく、九等分に分けられている。

「先天図を表しているわ」

姚が目を輝かせる。

また、猫猫にはわからない言葉が出てきた。聞き返そうと思ったが、話が進まなくなりそうなので知ったかぶりをして次に進むことにした。

「先天図はわかりました。で、どこに本があるんでしょうか？」

「……」

姚は無言だ。それ以上はわからないらしい。

羅門が出した問題なら、ちゃんと答えを導き出せる何かがあるはずだ。

猫猫は太極図が描かれていた二冊の本を見る。内容は人体の構造について。一つは手、一つは足について詳しく書かれている。

「……姚さん。八卦ってそれぞれ何か意味がありますか？」

「方角や動物、家族などの意味もあるわよ」

「人体は中に含まれていませんか？」

「含まれているわ！」

姚は慌てて本を見る。

「歯抜けになった本を除くと、『一《いち》―2』の番号は八冊ありました」

二番目の本がないので、あと残りは四から九になる。床と天井の分けられた数と同じだ。

「八冊、手と足があるとすれば、残りは首、口、目、股、耳、腹の六つよ」

「持ってきました」

理解が早い燕燕は残りの六冊を持ってきた。中を確認すると、姚が言っていた通りだった。

「太極図で考えると足りない箇所はないはずなんだけど」

しかし、番号は抜けている。体の部位とは違うのだろうか。

猫猫は部屋の中央、何の八卦図も配置されていない場所の上に立つ。なんとなく上を眺めてみる。

「動物がたくさん描かれていますね」

「見ればわかるわよ。馬に犬に、雉に、なんか龍っぽい絵もあるけどいいのかしら？」

「龍とは不届き者ですねえ」

皇族を意味するものを勝手に使うのは、時に罰せられることもある。

「……ってか、天井の絵も八卦だわ」

姚が目を細める。経年劣化により、色落ちしているが絵はしっかり確認できる。

「姚さん、天井の真ん中、馬が一頭と、羊が二匹。何を意味しますか？」

馬が上に、羊が下に描かれている。

「馬の場合、『乾』、先天図で南、家族で父、体は首、五行で金、数字で一よ」

「数字？　羊はいくつですか？」

「羊の場合、二か八なんだけど、先天図なら二になるわね」

「一と二が二つ」

猫猫は本を見る。奇しくも、というべきだろうか。歯抜けになった番号が『一《いち》―2―Ⅱ』である。

（そういうことか）

本は羅門なりに問題の難易度を下げてくれたのだろう。本来なら、本などなくても八卦の知識があれば解ける問題なのだ。

逆を言えば、八卦の知識がなければ完全に詰んでしまう。

猫猫は上を向いていた首を下げると、壁に目を向ける。床よりもより緻密に白と黒、二色の板が並んでいる。

「姚さん」

「何？」

「一と二の八卦ってどれですか？」

姚は床を移動する。

「一がこれ、長い線が三本よ。二は一番上が短い線が二本あるので、下二つが長い線よ」

『☰』と『☱』。

猫猫は壁を舐めるように見る。

「何しているの？」

「一、二、二、の並びがないか探しています」

似たような組み合わせばかりで眼が痛くなりそうだし、何よりちょっと目線を外すとどこまで見たかわからなくなる。

「じゃあ。私は反対側から見るわね」

「では、私は応援しています。お茶菓子を準備しますね」

燕燕は逃げた。待て、と追いかけたいが目を離したらすぐどこまで見たかわからなくなる。壁に印をつけておきたいが、筆で印をつけるわけにもいかず、ひたすら目が痛くなる作業だ。

「……」

「……」

「……」

燕燕が茶の準備をしている。

これだけの図があれば一、二、三の順に並んでいそうなものだがなかった。一、二と来て次に二が来ることはない。

(そろそろ出てきてもいいはず)

と思ったら、こつんと姚とぶつかった。

「あった?」

「ありません」

「どういうこと?」

「見落としたのでしょうか?」

目をしばしばさせて壁を見る。もう一度確認しないといけないがやりたくない。

「お茶にしますか?」

燕燕が茶器を掲げて見せる。

「する!」

「します!」

姚と猫猫の声が重なった。

部屋の物は全て廊下に出してしまったので、床に敷物を敷いて飲む。

「おいひい」

姚は大満足だが、終わったらもう一度確認しなおしである。これでなかったら、猫猫の予想が外れたことになるだろうか。

「惜しいのよね、一、二ときて、次の数字が違うの」

「はい。最後の数字だけ違うんです。一個くらいあってくれてもいいのに」

姚に同意する猫猫。

「そうそう。線が一本違うだけで別の数字になっちゃうもの。ここで陽が陰になってくれたらって思ったわよ」

陽は長い線、陰は短い線が二つ。

「……陽が陰」

猫猫は床の八卦を見る。

『☰』の一番上の陽を陰に変えると『☱』。

猫猫は立ち上がるとまた壁を凝視する。

（確かここら辺に）
一、二、一と並んでいた。
他にこの並びはなかった気がする。

猫猫は三つ目の一、『☰』の一番上の陽に触れる。

かすかだが指先に違和感があった。

長い線の真ん中を猫猫は指先でぎゅっと押してみた。

陽の真ん中が奥へと押し込まれた。

（陽から陰へ）

がこんと音がすると、壁から何か飛び出てきた。引き出しだ。

「嘘？」

姚が目を丸くする。

「驚きました」

燕燕はまじまじと引き出しを見る。

猫猫は引き出しから、本を一冊取り出す。

『一《いち》—2—Ⅱ』

歯抜けになった本だが、他の装丁に比べるとずいぶんつくりが粗い。頁が歪《いびつ》で厚さが揃っていない。

「羊皮紙でしょうか？」

「手触りからしてそうですね」

羊皮紙なら、粗悪な紙よりもずっと長持ちする。

猫猫は恐る恐る頁をめくる。字は毛筆ではなく、西方の筆記具で書かれている。内容のほとんどが茘《リー》の文字ではない。崩した西方の言葉がほとんどで、たまに注釈のように茘語で書かれている。

(留学時代の物だ)

おやじである羅門は若い頃西方に留学している。彼の他とは群を抜いた医療知識は、留学先で学んでいた。

猫猫は片言ながら西方の文字を理解している。飛び飛びにわからない単語がありつつも少しずつ読み進めて行って——。

——青ざめた。

予想していた通りの物がそこにあった。

「猫猫……」

燕燕も不安な顔をしている。

「どうしたの？　何て書かれているの？」

姚だけは西方の言葉が読めないので二人の反応にやきもきしていた。

猫猫は次の頁を開けずにいた。

「ねえ、どうしたの？」

姚が本に手を伸ばす。頁を猫猫にかわってめくる。

めくった先には、猫猫と燕燕、二人が危惧《きぐ》していた物が描かれていた。

「何よ、これ？」

精密に描かれた人体。ただそれだけならいい。だが、その絵は人の皮をはがし、中の肉をさらけ出し事細かに描いたものだった。

「……っ」

姚が気持ち悪そうに目を背けた。想像で描くにはあまりに現実味《リアル》な筆致、実物を前にしないと描けるわけがない。

猫猫は緊張しながら、次の頁をめくる。

人間の腹をさき、中にある臓腑が描かれている。

（おやじは西方で学んだ技術を使って、皇太后の腹を切った）

切開による出産。本来、母子ともに危ない出産の時、子だけを助けるために使われる。

しかし、羅門は母子ともに生かした。

知識だけでできることではない。

おそらく何人もの腹を切ったことがあったはずだ。

そして――。

練習としていくつもの体を切り刻んできたはずだ。

おやじが猫猫から死体を遠ざける理由。医者ではなく薬師《くすし》になることをすすめた理由。

（こういうわけか）

猫猫は歪《いびつ》な本を閉じる。

羅門がやったことは否定しない。医療を行う上で、人体を知ることは当たり前のことだし、猫猫もだから自分の体で実験を繰り返す。

しかし、ごく一般的な反応は姚と同じようなものだろう。

姚は口をおさえながら、歪な本に憎悪の目を向ける。

西方ではどうかわからない。ただ、ごく一般的な茘の人間には、本の内容は受け入れられないだろう。

信仰として禁忌がある。禁忌に反した内容なのだ。

猫猫は置いた本の裏を見る。

『ｗｉｔｃｈｃｒａｆｔ』

崩した文字で書かれてあった。

その意味がどうであれ、羅門が本を隠した理由がわかる。

世間に出せば禁書として燃やされる、あってはならない本だった。

『華佗の書』を受け入れることが条件。

受け入れるとは、倫理的に受け入れられるかという意味だ。

まさにこの本が『華佗の書』である。

六話　西都への誘い

「こちらの書は私が預かっておきます」

燕燕《エンエン》が『華佗《カダ》の書』を丁重に布に包んで持って行った。

猫猫《マオマオ》と燕燕はなかばどういう内容の本なのか予想していたのに対し、姚《ヤオ》はよくわからずに中身を見てしまった。

その衝撃《ショック》は強かったらしく、しばらく固まっていた。

(それでも大人になったほうかな)

出会った当初ならもっと騒ぎ立てるなりなんなりしたと猫猫は思う。半年ほどの医官付き官女の仕事によって、色んな考えを飲み込めるようになったのだろうか。

羅門《ルオメン》には羅半《ラハン》から連絡を入れて、翌日来てもらうことになった。それまでに、考えをまとめられるといいが。

「私はこのあと用事がありますので」

姚たちの様子も気になるが、猫猫にはもう一つ避けられない問題がある。

馬車に揺られつつ、変人軍師邸から宿舎に戻る。

（直接向かったほうが早いんだけど）

羅半が用意した馬車で直接、壬氏《ジンシ》の離宮に向かうのは避けたかった。入れ替わりで別の馬車が来る。宿舎の小母さんは怪訝《けげん》な顔をしながらも、深く追及しなかった。雇い賃には口止め料も含まれているのかもしれない。

馬車を乗り換えて離宮につくと、げんなりとした空気が漂っていた。

壬氏がまるで菌糸類を生やさんかというようなじめっとした空気をまとい、高順《ガオシュン》が眉間にしわを寄せ、水蓮《スイレン》が「あらら」と少し困った顔をしている。一人だけ元気なのは雀《チュエ》という色黒の侍女だけだ。歩くたびにきゅっきゅっと音がして、猫猫に茶を出してくれた。

「西の発酵茶です。香りがよく蒸留酒を一滴落とすととても美味しいのですが、お酒は飲ませるなと言われました」

ちらっと水蓮を見ながら、猫猫に説明してくれる。できれば、蒸留酒はそのまま出してほしい。

「……一応、話を聞いたほうがよろしいですか？」

あんまり聞きたくないがわかりやすく胞子を飛ばすので聞かねばならない。

「お願いします」

ずももっと、高順が近づいてくる。

父親が出張っているので、しばらく息子の馬閃《バセン》の出番はなさそうだ。

「それがな、また西都に行くことになりそうなんだ」

「へえ、そうですか。大変ですね」

壬氏の顔がきゅっとすねた顔になる。高順が後ろで「違う違う」と大きくばつを作っている。なぜか高順と一緒に雀が踊るようにばつを作っていた。なんだか楽しそうである。

「あの人は誰なんですか？」

思わず水蓮に訊ねてしまった。

「高順の義理の娘と言ったらわかる？」

「義理の……、息子の嫁ということでしょうか？」

「馬閃じゃないほうのね。姉の他に兄もいるのよ」

「なるほど」

水蓮と話していると、また壬氏から発せられる胞子が増えてきた。仕方なく向き直り、話の続きを聞くことにする。

「ええっと、なんでまた？　昨年行ったばかりですが」

「玉鶯《ギョクオウ》殿の申し出だ。玉袁《ギョクエン》殿がいなくてもちゃんとやっているから見に来てほしいらしい」

「それはまた」

（面倒くさい）

たしか玉袁が玉葉《ギョクヨウ》后の父で、現在都にいる。西都を現在仕切っているのが后の兄、玉鶯でよかっただろうか。

西都への旅は陸路で半月以上かかる。往復と滞在期間を考えれば、ひと月半は最低でも都を留守にすることになりそうだ。

「差し出がましい意見かもしれませんが、今回は壬氏さまではなく別のかたが行けばよろしいのではないでしょうか？」

猫猫の意見はもっともだと、高順も水蓮も頷《うなず》く。雀だけは頭を振りながら踊っていた。

（どうしよう。全力で濃い人だわ）

もう少し深刻な雰囲気のはずが、視界の端々で雀が妙なことをするので噴き出しそうになる。いや、むしろそれを狙っているのだろうか。しかも、猫猫しか見えないところでやりだすので質《たち》が悪い。

（笑わせようとしているだろ）

猫猫は雀ができるだけ視界に入らないように視線をずらす。

さすがに水蓮ばあやには気付かれたようで、雀は後頭部を叩かれていた。高順はずいぶん変な義理の娘がいるものだ。雀に代わり、水蓮に謝っている。

「……すまんが、場所を変えるぞ」

さすがに壬氏も水をさされたようだ。

「はい、坊ちゃま」

水蓮は隣の部屋に、飲み物を用意する。

猫猫としても、さっさと本題の治療を始めたかったのでちょうどよかった。

部屋を移動して、戸を閉める。ばあやお目付け役がいなくなり、壬氏が息を吐いた。

「さっきの話を進めていいか？」

「どうぞ。傷口を診ながらでも問題ありませんか？」

「やってくれ」

猫猫は荷物から薬とさらしを取り出す。壬氏は上着を脱ぎ、さらしに巻かれた下腹部をさらす。

雀のせいで元の話を忘れそうになった。なんだったろうか。

「西都に来いと言ったのは、玉鶯殿本人の通達だ。もちろん、前回来たことも踏まえて断っても問題ないと思ったのだが——」

壬氏がおさらいのように話してくれてありがたい。猫猫はさらしを解きつつ、耳を傾ける。

「玉葉后、そして主上からも行くようにと言われたら、断ることもできまい」

「玉葉后、と主上からですか……。それは元々の予定なのですか？」

猫猫はひやりと汗をかく。むき出しになった傷口はまだ赤い。止血は成功しているが、色合いはまだ生々しい。

「……玉鶯殿から文《ふみ》が届いたのが昨夜だ。元々、玉袁殿がいない間、西都がどうなっているか誰かが視察するようになっていた」

「……」

あらかじめ人選には入っていたらしい。

壬氏が西都に行くのであれば猫猫もついていかなくてはいけない。猫猫は、傷口が化膿《かのう》してないか確認しながら、軟膏を塗りなおす。

（おやじに早く外科技術を教えてもらわなくては）

猫猫が思った以上に急を要する。

（皮膚を移植する技術がわかれば）

壬氏は猫猫を雁字搦《がんじがら》めにしようとしているが、猫猫だって好き勝手させる気はない。

（成功例はあったっけな？）

猫猫は今まで読んだことがある文献を思い出す。

過去に、奴隷から歯や皮膚を移植した例は失敗しか聞いたことがない。ただ、植皮の場合、本人の他の部位から移植して成功した例があったはずだ。

（壬氏の場合、目立たない部位から）

そうなると臀部《でんぶ》だろうか、とおもむろに壬氏の袴《はかま》を引っ張った。

「な、何をする!?」

壬氏が驚いて身をよじらせた。

(尻をのぞこうとしたとは言えない)

「すみません、もう少し袴を下げていただかないと、薬が塗りにくかったもので」

「……一言くれ。恥じらいはないのか?」

壬氏が微妙な表情で猫猫を見る。

「今更何を?」

ここ数日、壬氏の爆弾のようなやらかしのせいで慌てていたが、こちらが本来の猫猫だ。新たな治療法を考えていたら、色々思考が吹っ飛んでしまう。

猫猫は薬を丁寧に塗ると、手際よくさらしを巻きなおした。

「巻き方を覚えてください。本当に」

念のためもう一度、やり方を教える。

猫猫が離れると、壬氏はどこか寂しそうに着物を羽織る。

「では、私は西都に同行しないといけませんね」

「そうなる」

前の旅では、深く気にしていなかったが、ちゃんと医官がついていたのだろう。

（誰かいたような、いなかったような）

こういうとき、猫猫の記憶力はあてにならない。一度、顔を見ただけで覚えられる特技があればいいのに。そういう特技を持っていた人物を思い出す。

（陸孫《リクソン》だったか）

変人軍師の副官は、西都に行ったと聞いた。西都でまた会うかもしれない。

「わかりました。期間はどのくらいなのでしょうか？」

前と同じくらいなら、なんとかなると猫猫は思っている。

「わからん。最低、三月《みつき》はいることになると思う」

「三か月……」

ずいぶん長い。しかも最低ときた。

ふと、猫猫の頭の中に『左遷』という言葉がよぎった。国のお偉方二人の前で最大級のやらかしを見せたのだ。もちろん、ただで済むわけがない。

「……壬氏さま」

「ああ、うん。言うな、言うな」

壬氏は猫猫が言いたいことがわかったのか、それとも別の言葉を想像したのか。

聞くなと言われても、聞くより他ない。ただ比較的答えやすい質問にしてやる。

「色々、聞きたいことがありますけど、なぜ玉葉さままで発言されたのかわかりますか？」

主上はともかく玉葉后まで、壬氏に西都へ行かせるのはなぜだろうか。身内が統治する土地であり、壬氏は玉葉后に忠誠を誓ったようなものだろうに。

「それについては、はっきりとはわからないが、思い当たる節はある」

壬氏は少し口ごもる。

「玉鶯殿は、近々娘を入内《じゅだい》させるそうだ」

「ほうほう」

と、頷《うなず》きながら猫猫は首を傾げる。入内ということは、皇帝の嫁を増やすということだ。西都の有力者であれば主上も断りにくい。

（すでに身内に、正室の玉葉后がいるのに？）

さらに縁戚関係を深めて地盤を固めようというのだろうか。

「玉葉后としては複雑では？　お父上の玉袁さまはどうか知りませんが」

兄の娘と言うなら、玉葉后の姪だ。政略結婚に血縁が近いものはよくあるが、気分がいいものではない。

玉袁も自分の娘がすでに安定した地位にいるのに、孫も重ねて入れるものだろうか。

（いや、そもそも実の娘なのだろうか）

どうにも玉葉后の実家も一枚岩ではない気がする。

「玉葉后は姪の入内に反対なのでしょうか？」

「……」

猫猫の読みは当たりだったようだ。壬氏の表情が物語っている。

「そうだな。乗り気ではない。だが、入内させる娘を追い返すこともできない。となると、妥協案に走ることになる」

現在の皇族の男子は限られる。まだ赤子の皇子二人は除外すると、実質一名しかいない。

「壬氏さま、ご結婚おめでとうございます」

猫猫が拍手すると、壬氏が無言で猫猫の頭を掴《つか》みぎりぎりと押さえつけた。

「っ!!!」

猫猫は、余計な事は口にしないほうがいいなと解放されて側頭部を撫《な》でる。

「無理に決まっているだろ、こんな身体で！」

（自業自得でしょうが！）

猫猫は理不尽だと思いつつ、声に出さなかっただけ偉い。

「……念のためですが、壬氏さまの他に娶《めと》るにふさわしい殿方はいらっしゃいますか？」

「皇族は、数代前までさかのぼらないといない。大体、寺で経を読んでいるような世捨て人だ。野心家の誰かが反乱を視野に入れて祭り上げでもしない限り皆無だ」

「家臣の誰かでは、相手は納得しないのですね」

だが、やってくる娘と入れ違いに壬氏が西都に行けば、数か月、結婚は遅らせることができる。向こうも自分が呼んだ手前、何も言えないだろう。

（わざわざ都に出向く娘さんとやらが可哀そうだ）

同情するが、猫猫にはどうにもできない。何より娘一人の幸せを願うためにいちいち娶《めと》っていたら、壬氏のもとにはお涙頂戴話を持参した可哀そうな娘たちであふれてしまう。

（他人のことを考えている余裕はない）

猫猫には別にやることがある。

「いつになりそうですか？」

「今からふた月後だ」

（時間がないな）

急いでいろんなことを覚えなければならない。

壬氏は他になにか言いたそうな表情をしている。

「他に何かありませんか？」

「……まだ、詳しいことはわからない。後日連絡する」

「わかりました」

猫猫は薬とさらしを片付ける。次は何日後にくればいいのか確認すると、離宮をあとにした。

七話　禁忌

翌日、変人軍師邸の離れの書庫は綺麗に片付けられていた。毛氈《もうせん》は敷きなおし、本棚は定位置に戻っている。違うことと言えば、色あせた毛氈が新しいものになっていたことだろうか。

「羅半《ラハン》さまが使用人に命じて片付けてくださいました」

「そうなんですね」

猫猫《マオマオ》は、燕燕《エンエン》の言葉にほっとする。あのあとすぐに帰ったので二人に片付けをさせてしまったのではと申し訳なく感じていた。

「そうだ、感謝しろ、妹よ」

まったく感謝したくない人間が偉そうに椅子に座っている。

「なんでおまえもいるんだ？」

「ひどいな、お兄様は義父上がいない間はここの家主だよ」

「そうか、暇なんだな。そろそろおやじは来るんだろ？」

「猫猫、言葉遣い悪いですよ」

また燕燕にたしなめられる。姚《ヤオ》はすでに椅子に座って背筋を伸ばして待っていた。

かつかつと杖をつく音が聞こえて羅門《ルオメン》がやってくる。介助していた使用人に礼を言うと、書庫へと入ってきた。

燕燕は戸を閉める。窓も閉め切っており、灯りはあらかじめ用意しておいた蝋燭《ろうそく》を点けた。甘い蜂蜜の匂いが部屋に充満する。

（書庫で火は使いたくないんだけどな）

話が終わったらすぐに消して、空気の入れ替えをしなくてはと思う。

猫猫は羅門の後ろに椅子を用意する。

「ありがとうね」

羅門は礼を言うが、その顔は困っていた。卓《テーブル》の上に一冊の本が置いてあるからだろう。

「大叔父さん。僕がいてもかまわないかな？」

「羅半……、あまりどこにでも首を突っ込むものではないよ」

「わかっているけど、うちで起こることは把握しておきたいんだ。知らなかったで責任逃れをするのは性に合わないからね」

ある意味、猫猫とは反対の性分だろう。それとも起こった問題を解決できるだけの自信があるのだろうか。

「これが『華佗《カダ》の書』で間違いないですか？」

姚が立ち上がり、羊皮紙でできた分厚い本を立てる。

「……そうだよ。私が留学中にまとめた本だ」

姚の表情が強張る。

燕燕は無表情のまま、羅半はむしろ面白そうな顔をしている。

「では、この絵も羅門さまが描いたのですね」

姚は頁をめくり、事細かに描かれた人体解剖図を見せる。

「そうだよ。絵を描いたし、腑分けもした」

『腑分け』という言葉に、姚は表情を引きつらせる。人体解剖を快く思う者はそうはおるまい。遺体を損壊することは不道徳であり、禁止されている。

「……罪人を、ですか？」

姚の質問に、羅門は悲しそうに首を振る。椅子から立ち上がり、本の最後の頁をめくる。女性の解剖図がある。異国人らしく、髪がうねり、色素が薄そうな柔らかい筆致で描かれていた。分けられた内臓は写実的《リアル》なのに、顔は菩薩《ぼさつ》のように穏やかだった。ところどころに墨《インク》が滲んで、他の頁に比べて汚れが目立っている。

「西方の国は、この国よりも優れて見習うところがたくさんある。でも、すべて正しいことをしている国ではないのさ。罪がない人が裁かれることも少なくなかった」

羅門の目は昔を懐かしむには、悲しいものだった。

「彼女は魔女と呼ばれていた。魔女じゃないと判断するために、人々は彼女を縛ったまま重石をつけ、水の底に沈めた」

猫猫はぶるりと震える。

羅門は留学時代の思い出話はあまりしなかった。したとしても、過去にあった病や怪我《けが》の事例としてあげるくらいだった。

「水に沈んで浮かんでこなければ魔女ではない。助かったら魔女だから火あぶりにする。彼女は魔女ではないと判断されたが、息を吹き返すことはなかった」

姚の顔は青ざめて、手が震えていた。聞かねばならない、でも聞きたくないと耳を塞ぐか迷っているように見えた。

燕燕が代わりに羅門に質問する。

「魔女とは罪人ですか？」

「魔女は罪人ではないよ。ただ、異端なのさ。異教徒だった。医療従事者だった。流浪の民もまた魔女として扱われることもあった。そういう意味では、私もまた魔女だったんだろうね」

羅門は本を閉じて裏面の『ｗｉｔｃｈｃｒａｆｔ』と書かれた文字をなぞる。

「彼女が魔女だと断罪される理由はわかっていた。私に西方の医術を教えてくれたのは、彼女さ。そして、死んだら腑分けをしてくれと頼んだのも彼女自身だ。医術のためなら、その身さえ惜しまない人だった……」

羅門の声は、かすかに震えていた。

「彼女のおかげで、私は皇太后の出産の際、手術を成功させることができたといえる」

皇太后は幼い身で皇帝を身ごもった。ゆえに、腹を割かねば子を産むことは不可能だった。

姚が震える手を卓《テーブル》に叩きつけた。

「そんな！　では、羅門さまは医術の師匠を見捨てたのですか!!」

びりびりと空気が震える。

羅門は否定しない。燕燕も黙ったまま。

「……っや」

「僕は大叔父さんの判断が間違っていないと思うよ」

猫猫が話すよりも先に、羅半が口を出した。

「前提がまず詰んでいるんだよ。おそらく、逃げ出したら魔女、助け出しても魔女だろう？　助け出す側もまた留学してきた流浪の身、もちろん魔女認定を食らう。大叔父さんの若い頃、たとえ去勢される前とはいえ男一人で何ができる？　それこそ、一騎当千ができるほどの体躯があったというのかい。まるで絵物語の主人公のように颯爽と捕らわれの姫君を助け出し、悪漢どもを懲らしめ、めでたしめでたしで終わると思うのかい？　違い。

う。答えは水死体が二つになるだけだ」

「で、でも……」

姚も理屈ではわかる。だが、感情では追い付かない。

猫猫は先ほどの頁をまた開こうとしたが、羅門が手を添えたままで開くことができない。

「そうだよ。私は無力だったね。彼女は人を救うためにどんなことでもした。男装して医者の会合に混ざることもあったし、罪人の腑分けにも参加した。何人も助けたが、救えない命もあった。どうやったら、人を救えるか、そのためにどんなことでもする人だった。魔女として捕まる前日も、医者として呼び出されたのさ。隣町の怪我《けが》をした子どもを治療したらしい。そして、その治療が異端だと魔女に吊し上げられた。魔女と疑われた者が、自分が魔女ではないと証明するために、他人を生贄《いけにえ》にしたのさ」

話が脱線しているようだが、羅門の伝えたいことはわかった。

羅門が言いたいことは二つ。

腑分けは異端であるが、そのおかげで助かる命があること。

異端な存在は、迫害されること。

（おやじの言う『華佗の書』は異端だが、悪じゃない。でも、人は異端を悪とする）

『華佗の書』を受け入れろというのは、その異端行為を認めると同時に、自分もまた異端になることを是とできるかと訊ねているのだ。

茘《リー》は女性の立場が低い。医官にはなれないし、間違っても腑分けなんてしようものなら、どう扱われるかわからない。

羅門は、猫猫だけでなく姚や燕燕たちのこれからの人生を考えていたのだ。

燕燕の表情は微妙だ。姚の意向に沿うとは言ったが、今の羅門の話でだいぶ心が揺れているように見えた。

姚の気持ちも揺れているようだ。

猫猫の場合、もう腹をくくるしかないので気持ちは決まっている。

「はい、大叔父さん質問」

空気をぶった切って羅半が挙手する。今からでも追い出してしまいたくなるもじゃ眼鏡だ。

「留学から帰ってきたのは、この解剖が原因？」

「ああ、その通り。私は、墓に埋められた彼女を掘り起こして腑分けをした。墓に埋め戻そうとしていたところを見つかって、殺されそうになった、同じ留学していた仲間に助けられなければ、川に沈められていただろうね。馬を盗んだ友人が私を連れて茘に所縁《ゆかり》がある貿易商の屋敷に駆け込んだおかげで事なきを得たよ」

たまに羅門は大胆なことをやってのける。

「そのお仲間って、劉《リュウ》医官でしょうか？」

燕燕が口にした。

「劉さんにはたくさん迷惑をかけたねえ」

（劉医官！）

劉医官の気苦労が窺《うかが》える。猫猫に対して厳しいのは、羅門が関係しているからだと改めて感じた。

「もう一つ質問です。茘の法律では腑分けは処刑人しか許されていないはずです。羅門さまの話を聞くと、劉医官も腑分けを経験しているように聞こえますが」

燕燕が言葉を選びながら聞いている気がした。あらかた予想がついているが確認のための質問だと猫猫は思った。

「これからのことは私には何も言えない。ただ、針仕事が得意なら、初めてでも人の肌も簡単に縫えると思うかい？　魚をさばくように、人の肉もさばけるかい？」

答えは否だ。

燕燕は質問を愚かだと思ったのだろう。口をつぐむ。

『……』

一瞬の沈黙。それを破るのは羅半だ。

「逆に医官なら腑分けくらいするべきじゃないのかな？　現に皇太后の出産では、大叔父さんの経験が役に立っている。今後も、皇族が重病、重傷になることも可能性としてはあるんだし」

黙っていろ、と言いたくなったが猫猫も聞きたい質問だったので黙っておく。

（皇族が重傷）

同時に猫猫も思い出したくない事案を思い出す。

羅門はまた困った顔をする。

「……これもまた少し昔話をするね」

羅門の話が遠回りになるのは、いつものことだと猫猫は頷《うなず》く。

「昔、『華佗《カダ》』と呼ばれる医官がいた。もちろん、伝説上の『華佗』ではなく、類い稀な医療技術を持っていた実在の医官だ。医療の腕と、遠縁だが帝の血筋であったことからそう呼ばれていたそうだ」

羅門が『華佗の書』と言ったのはここからも来ているのだろうか。

「その『華佗』がどうしたんです？」

「『華佗』は医療を発展させるために腑分けも率先して行ったらしい。皇族の末端であるがゆえ、医療のためにその身分を存分に使った。罪人だけでなく特殊な病で亡くなった遺体も集めて腑分けをしていた。彼は自分の力を信じ、やることが正しいと信じていた」

しかし――。

ていた。

「ただ、その中に当時の帝が目に入れても痛くないほど可愛がっていた皇子も含まれていたのだよ。皇子は幼くして、謎の奇病にて早逝したそうだ」

基本、察しがいい人間しかこの場にはいない。姚も何がどうなったのかわかった顔をしている。

皇族の遺体は一年間、廟《びょう》にて保管されるはずだ。その『華佗』とやらは廟から盗み出し、しかも解剖してしまったとなれば帝が怒りのあまり髪が天を衝くのは目に見えている。

「『華佗』は皇族であることも抹消され、処刑された。本当の名前を残すこともなく、伝説上の医者でさえ『元化』と変えて言われるようになった。『華佗』の記した書はすべて焼き払われ、医官には腑分けを禁じた。当時の帝の御心を考えれば、誰も反発する者はいなかっただろうね」

当時、『華佗』という名前さえ口にすることは許されなかったはずだ。

「歴史から抹消された一人の医官だが、こうして医官同士の間では語り継がれている。彼の偉業は変わることはなく幾人もの患者を助けた。しかし、彼は神でも仙人でもなく、一人の人間だったのだよ」

名も残されることがなかった医官の偉業をたたえ、同時に驕《おご》りを戒めているのだろう。

「医療技術は著しく低下しなかったのですか？」

燕燕に怒られないように丁寧な口調で猫猫が質問する。

「もちろんだとも。だから、先の帝のご兄弟は亡くなられた。口が悪い人は、先の皇太后が暗殺したと言うが実際は労咳《ろうがい》だったと記録に残っていたよ」

労咳、結核のことだ。猫猫は、ずっと流行病とだけ聞いていたので驚いた。死亡率が高い病だが、先帝の兄弟が全滅したと聞くとどれだけ処置が遅かったのだろうか。

（最初に感染した病人を隔離せずにいたか、それとも風邪と誤診したか）

先帝が病にかからなかったのは血筋だと思っていたが、もしかしたら他の皇子と離れて暮らしていたのが理由かもしれない。先帝の母、通称女帝は下級妃だったと聞いている。

「勉学は怠るといくらでも落ちてしまう。私が西へと留学したのは、先の皇太后が医官の能力低下を危ぶんでのことだよ」

（女帝は息子が病に倒れないようにと考えていたのだろうな）

「しかし、なんでも改革を行うことが好きなかたであったけれど、『華佗』の件で腑分けについては表向き法律を変えることができなかった。……子を蔑ろにされた親の気持ちがわかったのだろうね」

表向き、という言葉で納得する。裏では、医官たちは、医術の向上のため腑分けを今もやっているに違いない。

「もうこれで終わりにしてもいいかい？」

羅門が首を傾げながら確認する。

「……」

姚の返事はない。

「はい」

まだ悩むように力なく答える燕燕。

「わかりました」

猫猫ははっきりと答える。まだ、細かく聞きたいことはあるが羅門はこれ以上教えてくれない気がした。

「ふーん、そういうことか」

あくまで第三者の立場である羅半は最後まで他人事だ。

「もし、決断がつかないようであれば、今の話は全て忘れなさい。一番、幸せな方法だよ」

羅門は逃げ道をちゃんと残していく。こうして話してくれたのも、姚と燕燕、ついでに羅半が秘密を洩らさないと信じてのことだろう。

「では私は帰るね。羅半、馬車はあるかい？」

「すぐ準備します」

羅門は本を持つと懐に大事に抱えた。

「これはもうここには置けないね」

杖を突きつつ書庫を出る。猫猫は懐から手ぬぐいを取り出し、羅門に渡す。

「そんな立派な本をむき出しにして持っていたら、ひったくりに遭うぞ」

燕燕に聞こえないように、小声で言った。

「そうだね。気を付ける。ありがとうよ」

こつこつと杖をつく羅門の後ろ姿を見送る。馬車まで送ってもよかったが、羅半が案内したので猫猫は残る。今は書庫の二人のほうが気になった。

（お腹空いたなあ）

太陽はだいぶ高い位置に移動している。燕燕が食事を作る気配がないので、仕方なく猫猫が作ることにした。

「お二方、食事の準備ができました」

母屋の台所で饅頭を作っていたので、分けてもらった。追加で肉餡を作って包子を作ったのだが、結構いける。

包子だけで済ませてもよかったが、他に面白い材料があったのでもう一品作ることにした。

猫猫はあまり食欲がなさそうな二人の前に、包子と見たこともない料理を出す。

「なにこれ？」

反応したのは姚だ。

「抜絲紅薯《バースーホンシュー》とでもいいましょうか」

つまり甘藷の飴かけである。皮ごとざく切りした甘藷を油で揚げて、水飴をたっぷりかけた。

「甘藷、この邸ではよく使うようですね。主食のように食べているので驚きました」

「親戚が芋農家なんですって」

正しくは羅半の実父である。

「ここ最近、市場でよく見かけると思っていましたけど、羅半さまが流通させているのですかねえ」

「へえ、抜絲ねえ」

姚が箸で芋を挟む。芋にかかった飴が糸を引く様子を楽しんでいる。少しは気が紛れたようだ。

「早くしないと冷めますので、食べませんか？」

猫猫は、蒸籠《せいろ》から包子を取り出し、大きく食《は》んだ。

「姚さまどうぞ」

燕燕が姚に濡らした手ぬぐいを渡す。姚は、手を綺麗に拭うと、包子に手をつけた。

「美味しいけど、一味足りない気がする」

「燕燕の料理と比べないでください」

「素人にしては十分ですよ、姚さま」

燕燕も微妙に失礼なことを言ってくれる。

（いや、素人だけどね）

食に走れば会話が進むだろうと思ったが、この後話は続かず黙々と食べ続ける。

姚よりも燕燕のほうが、先ほどの話の衝撃《ショック》が大きいように見える。

（お嬢様がもし腑分けをするようになったらどうなるだろう）

燕燕のことだ。姚のことを第一に考える。今は悪い虫がつかないように近づく男はかたっぱしから叩き落としているが、いつかは姚の結婚を考えるだろう。

（たぶん）

もし、燕燕のお眼鏡に適う殿方が現れたとき、姚は正直に自分の仕事について話すかもしれない。女の仕事に理解がある男でも、腑分けを理解してくれる人間はそうはいない。

（まずべらべらと医官の秘密について話してはいけないし）

また、医官付き官女の仕事もいつまでできるかが問題だ。まだ新設されたばかりの部署が数年で立ち消えることも少なくない。

（前途多難だあ）

猫猫もまた同じようなものだが、猫猫は猫猫だ。薬の材料と病人さえいれば、なんとかやっていけるしたたかさはある。

三人で食《は》む食《は》むしていると、戸が開いた。

「僕を置いて食事をするなんてずるいじゃないか」

もじゃ眼鏡が帰ってきた。羅半は、当たり前のように空いた椅子に座り、残った包子を掴《つか》む。

「むっ、一味足りない」

「うるさい」

ここには、味にうるさい人しかいない。

甘藷については好評のようで、文句をつけられていない。ただ、喉が渇くらしく燕燕が茶を用意した。

「羅半さまはどうお思いでしょうか？」

燕燕が湯呑《ゆのみ》を置くとともに、羅半に訊ねた。

「何をどうなのかい？」

「羅門さまがおっしゃったことについてです。さらに、突き詰めて言えば、医官と同じ教育を受けた女性をどう思いますか？」

「一般論と僕の個人的見解、どっちがいい？」

「できればどちらも」

羅半は天井を見ながら考えている。

「腑分けについては、必要なことだと思う。先に進まないこと、停滞は澱《よど》みと一緒だ。水もまた流れないと腐るからね」

かなり肯定的な意見だ。

「だけど、今はそれを公にすることは迫害を産みかねない。人は異端、少数派を嫌う。平穏に暮らしたいのであれば、医官付き官女なんてわけがわからない役職はさっさと辞めた方がいい」

「羅半さままでそんなことを言うんですか！　女はさっさと家庭に引っ込めと！」

姚が目を吊り上げて立ち上がる。卓《テーブル》が揺れ、猫猫は慌てて湯呑をおさえる。

「性別で区別せず、ちゃんと評価してくれる人だと思っていました！」

「姚さま」

燕燕がたしなめようとするが、羅半は涼しい顔のままだ。

「そうだね、女が仕事をするのは男より難しい。でも、男は子どもを産むことはできない。育てることはできてもね」

（そりゃそうだ）

男と女では身体の作りが違う。そして、担う役割も違う。

「男女が同じ仕事を、というのは基本無理だ。でも、優秀な女性もたくさんいるのは知っている」

「なら、なんで家庭に引っ込めと言うんですか！」

「話をちゃんと最後まで聞いてくれないかな。『平穏に暮らしたいのであれば』と前置きを言ったはずだよ。男女が平等に仕事をするのは無理だ。男と女が仕事をするにあたって、どうしても仕事以外での負荷が女のほうが大きい。足かせを付けたまま同じ道を歩むには、それを上回る知力に体力、または支えて補ってくれる何かが必要になる。付加要素《プラス》がついてやっと同じ舞台に立てる」

「そうです」

「ならわかっているじゃないか。医官という男の中でも厳しい仕事の中で女がやっていくためには、相応の実力と信念が必要になる。つまり、僕の意見で左右されるような考えなら、さっさと辞めてしまったほうがいい」

普段、女相手には親切な羅半だが、言う時は言う。

姚と燕燕が固まっている。

「女性が男性と同じ仕事ができるようになるのは、賛成さ。でも、世に働くすべての女性が、全員仕事ができるわけじゃないだろう？　ただでさえ今の社会は、女性が働くのに不向きだ。男だって無能な奴もいる。女性にも無能な人がいる。一つの範疇《カテゴリ》でも個体差がある中で、最初から枷《かせ》がある状態で全員が円滑に働けるわけがない。もし、自分には難しい、やっていけないと思うのなら、違う生き方を探したほうが合理的だと思うのは間違いかい？」

羅半の言い分には猫猫も頷《うなず》きたいところだが、姚の手前無反応を決め込む。

「それに、姚さんの話を聞くと、仕事に出ることこそ正しく、家庭を守ることが無意味なように聞こえるね。それこそ、軽んじているんじゃないのかな。よく働く高官が酒の席で細君《おくさん》を駄目な奴だと莫迦《ばか》にする場面があるけど、そういう人こそ細君の手のひらで転がされていることも多いんだよ。官僚は上に行くほど、品位が必要になる。趣味の悪いくたくたの服を着た男はまず出世できない。あっ、例外はいるけどね。特に特筆すべき才能もない男ほど、奥方に外見を整えられて下駄を履かせてもらうのだよ。むしろ、君こそ家を守るだけの、仕事ができない女性を蔑視していないかい？」

例外は誰か口にしないでおこう。

姚はもごもごと何か言いたそうだが言い返せない。

「僕の母さんは、父のために祖父が選んできた人だ。まさに高慢の塊だよ。この屋敷に残る趣味がいい調度品は母の散財の残りさ。屋敷を追い出されたとき何より悲しんだのは、都のきらびやかな生活ができないことだったたっていうお人だ。一見、いいところがなさそうな人だけど、趣味は良かった。売り払うときも、買値とほとんど変わらずむしろ値上がりしているものさえあったからね。当時の僕がもう少し賢かったら、母には田舎暮らしをさせるより他の道を用意できたかもしれない。母さんは羅《ラ》の家の素朴な男の妻になるより、商人か商人の妻になったほうがきっと優秀だったのだと思う。たとえ交易品を見るのが好きでも、鼻っ柱が強すぎる母は決して商人になることも、商人の嫁になることも断っただろうけどね」

羅半は、よく口が回る。しかし、猫猫にとって何かしら悪態をつきたくなる言葉はなかった。

「羅半さまは何が言いたいのでしょうか？」

燕燕が問う。

「はは、遠まわし過ぎる言い方だったね。僕は、意固地になって、優秀な人が合わない道を選んでほしくないだけだよ。それはとても非効率で美しくない。二人とも優秀だから、表に出て仕事をするにしても、陰になって支える側になっても上手くやれるだろう。極めるかは別として。ただ、本当にやりたいことを目指すなら、効率も何もなく、その心情が美しいとだけ言っておく」

結論として羅半の美的感覚から美しいか美しくないかで評価しているだけのようだ。

羅半は茶を飲み干すと、満足したように席を立つ。

「じゃあ、僕はこれにて失礼」

眼鏡を拭きつつ、さっさと行ってしまった。

猫猫は頬杖《ほおづえ》をつきながら、その背中をぼんやり見る。行儀が悪い猫猫を叱る声はない。

燕燕は俯《うつむ》いている。

対して、姚はまっすぐ前を向いて、羅半に軽く会釈をしていた。

（なるほどねえ）

羅半がどちらに問いかけていたのかわかった気がした。

（おせっかいだなあ）

猫猫は、姚と燕燕がどんな返事を羅門にしようが心は決まっている。それぞれどの道へ進むのか、二人には介入する権利はないと思っている。

猫猫は誰も手を付けなかった最後の芋を口に入れると、茶の残りを飲み干した。

八話　秘密の教室

猫猫《マオマオ》の休暇は、花街《はなまち》で左膳《サゼン》の様子を見て、壬氏《ジンシ》のところへ往診するだけで終わってしまった。

羅門《ルオメン》には、気持ちは変わらず医術を学びたい旨を文《ふみ》に出した。その返事が来る前に休みは終わってしまったけれど。

久方ぶりに医局に着くと山のようにたまった洗濯物が置いてある。休み明けに仕事が溜まっていることほど嫌なものはない。

「早く片付けてくれ」

劉《リュウ》医官は何でもないように言ってくれるが、冬の洗濯は寒い。手がかじかんでしまう。睨《にら》みつけたい気分にもなったが、羅門が過去に散々迷惑かけたと知ったら、何も言えなくなる。

「わかりました」

猫猫は大人しく手を動かすより他ない。洗濯物がたまっているということは、猫猫たちが休暇中も医官は働いていたということだ。

「やーるーかー」

洗濯物のほとんどが消毒を必要とするさらしだ。まず比較的きれいなさらしと血や体液で汚れているさらしに分類する。

汚れがひどいものは捨てて、汚れている箇所が少なければ裁断して使えばいい。

基本、さらしは古くなると捨てる消耗品だ。血がついたものはできるだけ使いたくない。人間の血は感染症の原因にもなる。

「何これ……」

姚が指先でつまんで見せる。誰かの白衣らしい。重症患者の治療でもおこなったのか血が付いている。消毒したのか、少し酒精《アルコール》の匂いがついていた。

「医官服をこちらに入れられては困りますね。誰のでしょうか？」

燕燕が服の裏地を見る。皆、同じ服のため名前が裏側に刺繍されているはずだ。

「……」

燕燕の眉間にしわが寄った。猫猫がのぞき込んでみると、『天祐《ティンユウ》』とある。見習いの若い医官で、軽薄な男だ。何度も燕燕に誘いをかけているが、そのたびに無視されている。

(投げ捨てた)

燕燕は何事もなかったかのようにさらしの仕分けを続ける。

羅門の話を聞いて戸惑っていた二人だが、休みを挟んだおかげか猫猫が見る限り普段通りに戻っていた。

（どんな返事をしたか知らないけど）

猫猫にも羅門から返事がないのだから、二人もまだだろう。

「燕燕、せっかくだから洗ってあげましょ？」

「姚さま。たとえ相手が医官とはいえ、甘やかしてはいけないと思います。規則ですから」

医官服は個人で洗う規則になっている。

「でも、私たちが休暇中に仕事をしていたわけだし」

燕燕の顔が珍しくぐぬぬとなっていた。姚が天祐に気を使っているのが気に食わないようだ。

「血のしみってどうやって取るのかしら？」

燕燕の動きが鈍いので猫猫が前に出る。

「ちょっと貸してください」

猫猫は血がにじんだ部分を見る。時間が経っているのか赤黒く変色していた。落ちるかわからないが、桶に冷たい水をはって漬ける。

「どうするの？　灰でも使う？」

洗濯の時、汚れを落とすのに灰を使うことがある。お嬢様も何か月も洗濯を続けて覚えてくれた。しかし、ここで必要なのは違う物だ。

「ちょっと材料を取ってきますね」

猫猫は医務室に戻り、生薬の在庫を漁る。

「何を探している？」

在室していた劉医官が聞いてきた。

「染み抜きに大根を使おうかと思いまして」

たしか咳止めの材料の大根がまだあるはずだ。野菜としてではなく、生薬としても役に立つ。

「染み抜き？　ああ、血を落とすのか」

劉医官は納得する。大根と聞いてぴんと来るのがさすがだ。

「せっかくだ。ついでにこれも洗ってくれ」

どどんと追加で血がついた医官服を渡される。一枚二枚ではない。五、六枚あろうか。

「……」

「不満か？」

「いえ、滅相もありません」

ちょっと意地悪っぽく言うのがこの鬼医官だ。若い頃はもてていたであろうきりっとした顔つきだが、年をとればただの意地悪爺さんである。

しかし、昔羅門が世話になったと聞いたので、これくらい我慢しなくてはいけない。

「大掛かりな手術でもあったのですか？」

「まあな」

曖昧《あいまい》な返事で劉医官は日誌をつけている。

しかし、手術でこれだけの服が汚れるということは、複数もしくはよほど大掛かりなものをやったのだろう。

（前掛けはかけていたよな）

血の量自体はそれほど多くはないが、ところどころの汚れが気になるのと。

（なんか臭い）

冬場で洗濯屋が休みだったからか知らないが、放置しないでほしい。

猫猫は洗濯籠に医官服を入れると、大根を摺り金ですりおろしておく。

「使うなら一本使っちまってくれ。残っても邪魔だからな」

「……わかりました。全部、しみを取れということですね」

上の命令なので大人しく聞いておくが、これなら黙って大根だけ持って行けばよかったと後悔した。

荷物を増やして戻ってきたのを見て、姚が苦笑いを浮かべる。

（申し訳ない）

猫猫は白衣を濡らして、しみがある部分の下に布を置く。その上から大根おろしを木綿で包んだ塊でとんとん叩きつける。

「これでしみが取れるの？」

姚がのぞきこむ。

「はい。大根には血を分解する成分が含まれています。血の他に、おねしょや卵をこぼした汚れにも効きます」

「へえ。そうなんだ」

感心する姚に見せるように猫猫は、下に敷いた布を確かめる。白衣に付いた血が溶けて、下の布にうつっている。時間が経って血液が凝固している部分はどこまで取れるか難しいところだ。

「やり方がわかったら手伝ってください。おろしたてが一番効果があるので早く終わらせたいです」

「わ、わかったわ」

燕燕も加わり、三人で白衣に大根おろしをとんとん叩きつける。

「終わったわ」

「では、すぐ水洗いします。今度は大根の汁の汚れが付いていては意味ないので」

「わかった」

姚は言われたらすぐできる子だ。相手の意見にさえ納得ができれば基本素直で、同時に疑いがあると前に進まない。

洗い物が終わりさらしと白衣を干していると若い医官が通りかかった。見習い医官の天祐だ。

「すみません。白衣が混じっていましたけど」

猫猫が天祐に声をかける。燕燕は天祐を邪険に扱っているし、姚が話しかければ面倒くさいことになる。消去法で猫猫が話すしかない。

「あー、うん。悪い。洗っといてくれ」

軽いと言えば軽いがいつもより元気がない。

「手術の手伝いをされたんですか？」

「あっ、うん、まーな」

どこか曖昧《あいまい》な物言いだ。

猫猫は引っかかる。

血がついた白衣、疲れた顔の天祐。

「疲れているようですが、今後は洗いませんよ。そこに干してあるので乾いたら持って行ってください」

「へーい」

天祐はやる気ない返事をしてどこかへ行ってしまった。

「もうだらしがないわ！」

姚が怒りつつ使った桶を片付ける。白衣は干したが、さらしはこれから煮沸消毒しないといけない。

白衣も衛生面では同じように煮たほうがいいのだが、消耗品ではないので生地が傷む。火熨斗《アイロン》を当てるのが適切かなと思いつつそこまではしたくない。

仕方ないので乾いたら医務室の寝台の下に敷いておこう。

洗濯ばかりで疲れたので一休みしたくなった。

「煮炊きのついでに芋でも焼きませんか？」

「芋！」

姚たちが宿舎に戻るとき、羅半から芋を大量に貰ったという。宿舎に大量にあるが、おすそ分けで医務室にも持ってきていた。

（豊作のようだけど）

甘藷は米に比べて収量はあるが、保存しにくいらしい。

抜絲紅薯《バースーホンシュー》を作った時に使った水飴は、甘藷から作られたものだった。水飴にしたり、くず粉のように粉にしたり加工を考えていると食堂にいた使用人から聞いた。

（普通に焼くのが簡単で美味いけどねえ）

芋を食べると考えたらちょっと元気になる。姚の目がきらきらしてきた。

「猫猫、置いていくわよ」

「はい」

猫猫は濡れたさらしを担いで、姚と燕燕のあとについていった。

さらしを煮沸消毒し干し終わる頃には、もう日が傾いていた。

「何もできなかった」

洗濯物が多すぎたせいもあるが、芋焼きに時間を取られた。三人で食べていたら、他の医官たちが自分たちの分もと言ってきたのだ。

（なんか調薬したいなあ）

医務室にいるうちに何かしら薬を作りたい。

とはいえ、暗くなるとすぐに官女たちは帰されてしまう。さらしもある程度乾いたら室内に移動させないと、霜が降りてしまえば意味がない。

猫猫は物干し場の端っこに干した白衣を見る。数が一枚減っていることから誰かが自分の服だけを持って行ったのだろう。

（全員分持って行けよ）

猫猫は白衣の裏地を確認する。誰の分があるのか確認しておこうかと思ったのだが。

る。

「……」

劉医官の白衣があった。それは当たり前だが、他の医官服の名前を見て首を傾げたくなる。

（手術って言っていたよな）

大掛かりな手術なら大勢の医官がいる。だが、その中で熟練の医官が劉医官だけというのはどういうことだろうか。

他の白衣の名前は、猫猫が覚えている限り、皆見習い医官だった。

「もしかして――」

医官が腑分けをやっているのではないだろうか。見習い医官たちは仕事に慣れてきて、そろそろ次の段階に進んでもいい頃だ。

もしそうなら、猫猫も参加させてもらわないといけない。

（おやじは劉医官に伝えてくれただろうか）

不安に思いつつ、猫猫は白衣を持って医局に戻る。

医局には天祐だけがいた。何をやっているかと思えば、取り込んだ白衣に火熨斗《アイロン》を当てている。

（自分だけかよ）

悪態が口から出ぬように気を付ける。

「白衣はこちらに置いておきます」

「あーわかったー」

だるそうな顔で火熨斗を当てる天祐。あまりやりたくなさそうだが、衣服にしわがあると劉医官が怒るし、家で火熨斗を準備するのは面倒なので今の内にやっておこうというのだろう。

集中しているのか、猫猫には見向きもしないし、なにより見向きするほど興味もないのだろう。

猫猫は気にせず劉医官の机の横に白衣を置いておく。多少湿っているが仕方ない。

（ん？）

医官の机の上には、朝書いていた日誌が置いてあった。猫猫は手に取るとぺらぺらとめくる。特に見られて問題ない物だが――。

猫猫はここ数日の記録を見る。

（記録がない）

劉医官の言葉を仮に信じるなら、手術が行われているはずだ。医官を何人も連れだっての大掛かりな手術であれば日誌に一言でも書き留められるべきだろう。

『異常なし』

短く一言だけ書いていた。

（やっぱり隠してるか）

猫猫は天祐を見る。

「天祐さん。手術は大変でしたか？」

「……大変だったね。あれはきつかった」

少し遅れて返事をした。作業中のせいか、それとも戸惑ったための反応の遅れか判断しづらい。

「どんな手術でしたか？」

猫猫は白衣を折りたたみつつ聞いた。

「どんな手術も何も好んでやる奴は少ないだろ」

どちらともとれる反応を見せる。

（口止めされてる？）

天祐は燕燕への態度から軽薄で空気が読めない阿呆のように思えるが、少なくとも医官試験を通る程度には頭が良い。また、他の見習い医官に比べると口が達者なのだ。誤魔化しの一つくらいつらつらと言えよう。

（話しかける相手間違えたかな？）

せめて燕燕を使って話しかければよかったかなと少し後悔しつつ、畳み終わった白衣をぽんと叩く。

（他の見習い医官を当たるか）

猫猫は暗くなり始めた外を見ながら、さらしも取り込まねばと医局を出た。

医官たちは周りには内緒で禁忌に手を出している。

確信を持ちつつも、数日経っても猫猫はまだ医官たちの秘密にはたどりつけていなかった。見習い医官に話しかけようとしたが、猫猫から「腑分けしていますか？」などと聞けるわけがない。また、天祐のような軽薄な見習い医官は珍しく、内気な者が多い。あと、猫猫に話しかけると、変人軍師が目を光らせると噂《うわさ》されているので、二人きりで話すことはできなかった。

（姚たちに協力を仰ぐか？）

いや、姚たちが羅門にどんな返事をしたかはっきりわからない限り、やってはいけないことだ。羅門は、本人たちにやる気がなければ忘れろと言った。

無情にも時間だけが過ぎ去る。

（西都に行くのはいつになるだろうか）

ふた月後と壬氏は言っていた。

焦るばかりだ。

とはいえ、日常業務をおろそかにするわけにはいかない。今日は、姚たちが洗濯で、猫猫が医務室で留守番だった。

（あれ？）

医務室の一画ががらんとしていた。見習い医官が使っていた物置で、以前は薬研やら学術書やら置いていたのに綺麗に片付けられていた。

「大掃除でもしましたか？」

「そいつは異動になった」

劉医官が答えてくれた。

「研修期間が終わったのですか？」

「んなとこだ」

帳面をつける劉医官。

実は軍部に近い医務室は、医官にとっては花形の勤務地だ。怪我《けが》人が多い場所ほど医官の実力がつく。

見習い医官たちはまず花形というべき、ここに配属される。数か月の研修期間を終えると、別の部署に異動。実力がある者ほど、忙しい勤務地に置かれることが多い。

ちなみにおやじこと羅門が軍部の医局に配属されない理由としては、変人軍師が入り浸るせいだ。

（私も異動したいんすけどねえ）

猫猫が医局に配属されてから毎日のように入り浸っていた片眼鏡《モノクル》のおっさんだが、壬氏との碁のおかげかあまり来なくて嬉しい。碁が終わったあとも何かと忙しいのか来ない。理由はどうであれ嬉しい。

（ありがたやありがたや）

こういう時くらいは感謝したい。

掃除は終わった。不足している塗り薬の調薬と、寝台の敷布の取り換えも完了。

「やることがなくなりましたので、竈《かまど》を使わせてもらってもよろしいでしょうか？」

「何か煎《せん》じるのか？」

「酒を濃縮させて、酒精《アルコール》を取り出したいです」

壬氏に使う分を用意しておきたい。

劉医官が呆《あき》れた顔をした。

「昔、羅門もそう言って作っていたことあったんだが……」

苦々しい表情が悲しい過去を語っている。

「あいつが厠に行っているときに、煙管をふかしたまま部屋に入ってきた奴がいて」

「うわあ。莫迦《ばか》な人いたもんですね」

普通に考えると、どっかんである。さらっと口に出てしまったが、劉医官がむっとする。

「いや、羅門が特に何も注意事項言ってなかったんだぞ！」

慌てようから誰が煙管をふかしていたのか丸わかりだ。黙ってやるだけ猫猫は空気が読める。

なお現在、医務室内は喫煙禁止の張り紙がされている。

劉医官はおやじとは古い付き合いなので、たまにこうして話を聞けるのは嬉しい。西方の話もしてくれないかと考えてしまう。

（いっそ劉医官に直接言ってしまえば――）

猫猫は考えたが、下手に口にしてしまうと逆効果になるかもしれない。もう少し様子を見ることにした。

「竈《かまど》は使わないほうがいい。仕事さぼっている莫迦《ばか》が煙管ふかして近づくかもしれねえ。そうだな、火鉢使って隣の部屋でやってこい」

「火力が少ないのですが」

「あんまり大量にはいらねえよ。どうせ暇つぶしで何か作れねえか考えているだけだろ」

（図星だ）

どうにも勘がいい。さすが羅門とともに留学経験があるお人だ。

「あと、酒を一杯くらい飲んでもばれねえとか思っていたりしてな」

なぜこんなに勘がいいのだろう。

猫猫は大きめの火鉢と薬缶に管が生えたような蒸留器、消毒用の酒、それから冷たい水を桶に溜めて持ってくる。

「あっ、そうそう。これも持って行きな」

どどんと置かれたのは、はさみと薬包紙と調合を終えた粉薬だった。

「全部で百、包んどいてくれ」

「……わかりました」

片手間にやれということだろう。基本、暇な時間は作らせないらしい。

猫猫は火鉢に炭を増やして、蒸留器をかける。前に翡翠宮で猫猫があり合わせの材料で作った蒸留器とは違い、立派な物だ。鍋に薬缶の口を逆さまに付けたようなものが二つ、上下についている。一番下の鍋に酒を入れ、火をかけて蒸発させると、上で冷やされ口から蒸留した酒精《アルコール》が出てくる仕組みである。

(宿舎にも一つ欲しいなあ)

特殊すぎる形ゆえ、作るとすればかなり費用がかかる。今使っている物は陶器製だが、金属製にしても値段は相当するだろう。

(古くなってお役御免になったらくれないかな?)

甘い考えを浮かべつつ、薬を薬包紙に包む。季節柄、風邪をひく官が多いため、薬を持たせるのだ。薬も食べ物と同じですぐ使わないと悪くなるが、すぐなくなるだろう。

猫猫がせっせと薬を包んでいる間に、隣の部屋に誰かが来たようだ。怪我人《けが》かな、と劉医官がいる部屋に戻ろうとすると。

「そのまま仕事していろ」

劉医官が猫猫を止めるように戸の前に立っていた。

「客人だが、茶はいらねえ。用意しないでいい」

(面倒くさい客か?)

茶を出すのももったいない相手だろうか。

猫猫は不思議に思いつつ、言われるがまま元の薬を包む作業に戻る……わけがない。

(変人軍師だったらやだな)

そっと、戸に耳をたてた。

『無理を言わないでいただきたい。もう一人使える医官を増やすようにですか』

劉医官にしては相手を敬う言葉遣いだ。ということは、相手は目上の相手ということになるが。

(誰だろ?)

と、猫猫の疑問は一瞬で解決された。

『無理を承知で頼んでいる。あと二人は欲しいところだ』

戸一枚越しでもわかる美声。後宮時代に比べ、甘さは減ったものの代わりに人を惹きつける何かが備わっている。

（天女ではなく天仙に変わったか）

　言わずもがな壬氏の声だった。

『言われた通り見習い医官たちを鍛えている最中です。しかし物になるのは半分といったところでしょうか。身はあっても技が足らず、技はあっても心が足りない。心も技も育てるのには時間が必要です』

（心技体？　医官になるために必要な物か？）

『実技で覚えさせることは不可能か？』

『ははは、実技となな？　実技の実験台にされる患者の身にはなれませぬか？　医術は人を救うものですが、だからと言って常に救えるものではない。時に失敗し、患者から、遺族から暴言を吐かれることもある。心が強い者でなければ、すぐに折れてしまうでしょう』

　壬氏は医官を欲しているが、劉医官は人手が足りないことを理由に渋っている。若手の育成を待っているがすぐには育たない。

（あれか？　西都へ行く人員か？）

　結局、壬氏が中心となって動いているようだ。お偉いさんは大変だ。

『心が強い者ならいそうだがな』

　壬氏が何か揶揄《やゆ》している。

もしかして、医官の人員を増やせというのは建前で、猫猫を連れていくように促しているのではないだろうか。

(そもそも劉医官は皇族も診ているはずだし)

今後、壬氏から呼び出されることがなかったら怪しむかもしれない。この医官は鋭いので怖い。

『選ぶのでしたら、しがらみが少ない者がいいでしょうな。変に過保護な親がいるなら、面倒なことになります。それに誰しも好き好んで遠い地に向かおうとは思いますまい』

含みのある物言いだ。というより、特定の人物を口にしている、口にされている。

やはり西都に行く人員で間違いないようだ。

医官を増やすのは猫猫を人員にねじ込むための他に、前回より大掛かりなものになるからだろう。

(前のはお忍びに近かったからな)

猫猫もほぼわからないまま連れていかれたのだ。やはりそれでも大所帯だったが、壬氏が皇族と考えればかなり少なかったと言える。

場所も場所だ。西都の立地は際どい。

西には砂欧《シャオウ》。北には北亜連《ホクアレン》。茘《リー》と北亜連の間には大きな山脈がある。数里の高さがあると言われる山々を越えるのは不可能に近く、北からやってくる軍勢の多くは北西の山脈が切れている場所から現れる——と官女試験のときの問題文にあった。

つまり、北亜連が来るとすれば西都の北からになる。

（やり手婆のおかげでまだ覚えている）

さすが一夜漬けなんて生ぬるい物を許さない人だけのことはある。

猫猫は聞き耳をたてるのでいっぱいになっていた。ゆえに、蒸留器の中身が空になり変な煙が出始めていることに気が付くのに遅れた。

鼻をひくつかせ、恐る恐る後ろを見ると上がった煙に驚いた。慌てて水をぶっかけて火鉢の火を消す。

対応は迅速だったが、隣の部屋の者たちが大きな水音を聞き逃すわけがなかった。

「何やっているんだ？」

呆《あき》れた声の主は予想通り壬氏だった。

猫猫は気まずそうに手ぬぐいを持ち、こぼした水を拭く。

「ええっと、ちょっと火の番に居眠りをしてしまい」

「ほおっ。頰《ほお》にべったり戸の跡がついているがな」

劉医官の言葉に猫猫は、はっと右頰をおさえる。

「……」

「……」

聞き耳を立てていたことがばればれだった。

猫猫は目をそらすが劉医官の視線は離れない。猫猫の頭は劉医官に掴《つか》まれ、そのまま締め付けられた。

（いでででで！）

頭を押さえてしゃがみこむ猫猫。

正直、聞かれても問題ないと思って猫猫を隣の部屋に置いたのだろうと考えるが、それでも聞き耳は駄目らしい。

壬氏は噴き出しそうな顔をこらえている。横には馬閃《バセン》の他に護衛らしき武官が二人ついている。外面がいいというのも大変だ。

笑いがおさまったようで、壬氏はやけに真面目そうな咳をする。

「劉医官、一つ質問していいか？」

「なんでしょうか？」

「見習い医官の出来は半々と言ったが、新設された医官付き官女のほうはどうなのか？」

「……何をいうのでしょうか。官女は所詮官女でしょう」

「しかし、見習い医官と医官付き官女の仕事内容はほとんど変わりないと聞いた。つまり、心技体が揃っていれば、医官に昇格できるのではなかろうか？」

周りがぎょっとした顔で壬氏に注目する。

（官女が医官）

　本来ならありえない。もちろん、劉医官がそのまま皇弟の言葉を鵜呑《うの》みにするわけがない。壬氏は何をもって医官になれると考えているのだろうか。しかし、ここでそのことを追及したところで猫猫には都合が悪くなるだけだ。

　これまでの壬氏との付き合いで彼がどのようなことを考えているかだいぶわかるようになってきた。もちろん、読めないこともあるが今から言おうとしていることはわかる。

　今、猫猫がすべきことはなんだろうか。

「ここに一人、医官付き官女がいますがいかがでしょうか？」

「ほう心の強さはいかほどか？」

　壬氏がにいっと猫猫に向けて笑いかけた。微笑むのではなく悪戯《いたずら》っぽい笑みだ。

（この野郎！）

　誰のしでかしのせいで、尻ぬぐいしていると思っているのだろうか。

（本当に尻の皮剥《は》いでやろうか）

　悪態をつくのを我慢する。

「この猫猫はやたら図太いだけです。何より女です。医官になれるわけがありません」

　劉医官ははっきり断る。

（確かにそうだけどね）

猫猫とて医官になりたいわけじゃない。必要に迫られてその技術がいるだけなのだ。

（私は薬屋だから）

羅門は猫猫を薬師《くすし》として育てた。より人を救える手段として、医官の技術は欲しいが、あくまで本分は薬屋なのだ。

だが、薬屋としての誇りはある。

「調薬ではそこらの見習い医官よりできると言ったことありませんでしたか？　劉医官」

おまえ、何言ってやがるという視線を劉医官からひしひしと感じる。

言い訳したいが言えない状況にもどかしさを感じつつ、ここは乗り切るしかない。

「この際、医官でなくともよい。医官と同じ技術を持った者であれば、町医者でも薬屋でもいい。特別に許可を与える。だから、あと少なくとも二人、用意できないか？」

壬氏の言葉は含みを持っていた。後宮時代に何度も猫猫に面倒ごとを持ってきた空気に似ている。

大体、面倒ごとなのだが、同時に猫猫の知的好奇心を満たす内容も含まれる。またとない機会だ。ここで劉医官を押し切れば、新しい知識を得られる機会が与えられるはずだ。

心地よいぞくぞくと気持ち悪い冷や汗、そして心拍数の上昇。

ぎゅっと拳を握る。

劉医官がじっと猫猫を見ている。断れ、と言わんばかりの表情だ。

（それは出来ない）

猫猫は壬氏の前で片膝《かたひざ》をつく。

「ここに一人薬屋がいますが、いかがでしょうか？」

壬氏の口角が微妙に上がった。

「ということだが、どうかな。劉医官？」

「……」

劉医官は猫猫を睨《にら》みつけている。仕事の評価については、見習いも手伝いも平等に見てくれると思っていたのに。やはり、猫猫が女なのが問題なのだろうか。

「しかし、薬屋は薬屋。生薬の知識だけでは対処できないこともありましょう」

「それをどうにかするのが、上級医官のそなたの仕事だろう。なんとか技術を覚えさせよ」

猫猫の視点からでは見えないが、劉医官は今まさにぐぬぬという顔をしているだろう。

「ではよろしく頼むぞ」

壬氏は去っていく。

馬閃は大人しくしていたが、ちょっと申し訳なさそうに劉医官を見ていた。

「……」

壬氏が去ると、劉医官はじっと猫猫を見る。

猫猫は強張った苦笑いを浮かべるしかない。

「……一回だけだ。ちょっと頭貸せ」

「はい……」

ごつんとげんこつを受ける。かなり痛い。やり手婆のげんこつ並だ。

「これだけで済ませてやる。あー、羅門の野郎、本当に面倒くさい奴押し付けやがって!」

ちょっと苛立《いらだ》ちながら、椅子に座って煙管を取り出す劉医官。

やはり羅門から話は聞いていたみたいだ。

(もしかしてしらばっくれる気だったのか)

ある意味壬氏が来てくれて本当に幸運だった。

劉医官は、目を据わらせつつ煙を吐く。

「煙草吸っていいんですか?」

猫猫は張り紙を指す。

「今だけだよ! 見逃すくらいの器量は見せろ。ほら、隣の部屋を片付けろ」

(おおう、八つ当たりだ)

とは言えこれ以上口を出すのは駄目だろう。猫猫は隣の部屋に移動し、水浸しの火鉢と壊れた蒸留器を見て、頭を抱えた。

蒸留器は猫猫の給金の半年分だった。

九話　告発

壬氏《ジンシ》は別邸にて文《ふみ》を受け取っていた。

木簡でもなければ紙でもない。羊皮紙が紐でくくられ、蜜蝋《みつろう》で封がしてある。地方によって文を送る文化は違うが、こちらは西方に多い様式だ。

「西都からです」

高順《ガオシュン》がわかりきったことを説明してくれる。

「玉鶯《ギョクオウ》殿からだな。向こうでも紙は普及しているだろうに」

紙の材料である木材が少ない西方でも、さすがに羊皮紙に比べると安価なはずだ。

壬氏は、蜜蝋の印を見て確認する。ここ最近、見慣れた印だ。壬氏の脇腹の紋とよく似た紋である。

壬氏は紐を引っ張る。封を解こうとしたが、どうにも破りにくい。紐の素材がなんだかもろいのでそのまま千切れそうだ。

「高順、はさみはないか？」

「どうぞ」

封を解き、そしてため息をつく。ここで馬閃《バセン》なら、すかさず内容を聞いてくるところだが、高順に限ってはない。壬氏が話すかを待っている。

「読むか？」

あえて羊皮紙をちらつかせたが、高順は首を振る。

「どのような内容でしょうか？」

「後宮に娘を入れる案件、やはり狙い通り私たちと入れかわりで入内することになりそうだ。確認の連絡にしてはしつこいな」

まだ、壬氏が後宮を管理しているとでも思っているのか。

「実際は、入内は止めてあなたの帰りを待つ羽目になりますね」

やってきた姫には悪いが、どこかの別邸で待ってもらうことになろう。玉葉《ギョクヨウ》后が拒否した以上、後宮には入れない。

妥協案として出されるであろう皇弟妃の座については、壬氏はもちろん娶《めと》るつもりはない。

正直ぎりぎりだったと壬氏は冷や汗をかいた。脇腹に焼き印を入れなければ、皇帝も大人しく娶れと言っただろう。

「……」

壬氏はこめかみを指先で叩いた。

やはりおかしい点が一つあると再認識する。

玉葉后は、壬氏の焼き印のことを知っている。この秘密は、后にとって武器になるのだが、同時に諸刃の剣だ。后の印が壬氏の腹にあるとばれてはいけない。后の前、主上の前でやったことだが、第三者から見たら姦通《かんつう》の証としか見えないだろう。しかも、特殊趣味持ちであると勘繰られる。

玉葉后の姪とは言え、壬氏の妻にしようとするのは危険すぎる。

玉葉后の立場で考えたら、姪が後宮に入ることを寛容に受け止めるほうが、弊害が少ない。幾度か夜伽《よとぎ》に行ったとしても、今更主上に対して嫉妬《しっと》するほど狭量でもなかろう。

ならば姪自体に思い入れがあるのだろうか。

「高順、玉葉后は玉鶯殿と、その娘と親密か？」

「その質問なら、水蓮《スイレン》殿のほうが詳しいかと」

壬氏は、初老の侍女を見る。

「いえ。玉鶯さまの娘は玉葉后が西都にいた頃にはいなかったはずですので、后とは面識がないはずですわ」

水蓮は茶菓子の煎餅を壬氏の前に置く。壬氏が好きなのではなく、もうすぐ来る猫猫《マオマオ》用に準備しているのだろう。離宮にいる間は菓子に手を付けないが、土産に包むと喜ぶのを知っている。

「……西都へ行けということか」

壬氏を追いやるために提案したとしか思えない。后とは彼女が入内してからの付き合いだが、どこか食えないところがある。

「基本善良であると信じたいが」

壬氏は、一人ごちる。善良が何を定義するかによるが、彼女なりに考えがあると思いたい。

ただ、立場上全面的に信頼するわけにもいかない。

壬氏はもう一度、文《ふみ》に視線を落とす。

印は本物だが、代筆で書かれたものだろう。仰々しい文の割に、ただの確認事項しか書かれていなくて拍子抜けしてしまった。一応文箱に保管しなくてはいけないので、高順に渡す。切った紐はそのまま塵箱《ちりばこ》に入れようとしたが――。

壬氏は紐が紙をねじって作ってあることに気付く。なんだかもろいと感じたのはそのせいだ。

羊皮紙を使うのに、綴《と》じるのは紙紐とはなんだか不調和に思えた。

違和感から紙紐を観察し、ねじりを緩めてみる。一枚の長い紙を折りたたみ丁寧にねじっていた。

開くと、数字の羅列が書いてある。

「月の君……」

高順はもう壬氏とは呼ばない。呼ぶことはない。

「どうにも、西都を調べたほうがいいんだろうな」

何の数字だかわからないが、怪しい匂いがする。印は本物で、偽造には見えない。少なくとも文は本物のはずだ。紐をこっそり取り換えたか、それとも印を玉鶯のかわりに押せた人物か。まさか玉鶯本人ということはあるまいか。

「一体、何のために？　……密告か？」

「それにしては回りくどい気もしますが、他に方法がなかったかもしれないですね」

高順は断言しない。

気付くか気付かないか微妙なところを狙ってきた。壬氏が気付かなかったらどうするつもりだったのか。またはもう何度も送られてきて、壬氏が初めて気付いたのかもしれない。

「この数字については、何か全く見当がつかない。詳しそうなのにでも聞いてみようか」

一人、適任すぎる者を知っている。

高順が眉間にしわを寄せる。慣れた仕草だが、しわの深さが深い。

「何か思い当たる節でもあるのか？」

「いえ、前にも似たようなことがあったと思い出したもので」

「前？」

高順は羊皮紙を見る。

「十七年前、戌《イ》の一族が消えたのは一つの密告からでした」

戌の一族、玉袁が成り上がる前に西都をまとめていた血族だ。西都は過去に戌西州と呼ばれた地域だが、名前の由来となる戌の一族は女帝、先の皇太后によって族滅させられている。謀反《むほん》の疑いということで処理されているが、壬氏は当時数え四つ。覚えているわけがない。

「戌の一族を滅ぼしたことは、後宮事業とともに女帝の代表的な暴政とされていたな」

女帝、先の皇太后のことだ。実際に帝の地位についたわけでなく、宰相として先帝の代わりに政治を執り行ったことから言われていた。

「前皇太后陛下は、女性でありながら政治に積極的に取り組みましたが、暗君ではありません」

「知っている。暗君がどちらなのか」

先帝、壬氏の父は政治には興味がなかった。記憶にある限りでは、病でふらふらになりたまに呆けたように宮にやってきたことがあったくらいだ。晩年はひたすら部屋にこもり、絵を描いていた。

女帝の仕事は強引だが、その多くは民のためのものだ。有能な人材はどんどん取り上げたが、同時に血統を重んじる高官たちに嫌われていた。

一見、無駄のようで意味がある行動をする女帝だ。後宮の拡大と同じく何か理由があるのかもしれない。

戌の一族は謀反を企み、滅ぼされたと聞いた。だが、具体的にどんな謀反であるかは教えられていないし、何より密告の話は初めて聞いた。

「戌の一族はどんな謀反を企んだのだ？」

族滅と言えば、記憶に新しいのは子《シ》の一族だ。壬氏は思い出し、右頬《みぎほお》の傷を撫《な》でる。

「それがわかっていたら、きっと月の君も知っていたはずです」

遠まわしな言い方だ。つまり、どんな謀反かもわからないまま、一族を滅ぼしたということか。

「そんなことがあっていいのか？」

「ありません」

壬氏の質問に高順は意外なほどはっきりと答えた。酷なことを聞いたと壬氏は思った。高順はその頃にはもう壬氏のお目付け役になっていた。政からすでに離れていたのだ。

「先の皇太后陛下も人の子だったのです。先の主上の御心が壊れたのはその頃でしたから」

壬氏の記憶には壊れた先帝しかいない。

「詳しい話を聞きたいところだと思いますが、もうすぐ小猫《シャオマオ》が来ます」

「まだその呼び方なのか？」

壬氏は目を細める。

「今更、変えると小猫がいぶかしみます」

もっともなことだが、なんだか悔しい。

「なら、麻美《マーメイ》を小美《シャオメイ》と呼んだらどうだ？」

麻美は高順の娘で、父親に対して当たりが強いことを知っていて口にする。

高順が疲れた顔をする。

「昔は呼んでいました。でも禁止になったので、申し訳ありません」

「禁止？ 外で呼んで怒られたのか？」

「いえ、もう一人をつい大美《ダーメイ》と呼んでしまったので」

「大美……」

高順の娘は麻美、妻は桃美《タオメイ》という。別に本来ならさほど気にすることでもない話に聞こえるが、高順は恐妻家で妻は年上だ。

「いくつ年が違ったか？」

「六つです」

指を六本立てて見せる。

男が上ならありふれているが、反対は珍しい。高順に悪気はないとして、その場が非常に気まずくなったのは容易《たやす》く想像できる。

「うん、わかった。麻美の名はそのままでいい」

「ありがとうございます」

高順が深々と頭を下げる。

壬氏は文《ふみ》を鍵付きの引き出しに片付けた。

廊下から鈴の音が鳴る。客人が来ると鳴る仕掛けだ。

「猫が来たか」

猫猫が数日ぶりに怪我《けが》を見に来てくれる。医務室での話のあとすぐなので、色々文句を言われそうだ。

壬氏は気がかりなことはとりあえず後回しにする。少し頬《ほお》を緩ませつつ、近づいてくる足音を待った。

十話　実技訓練

最初に用意されたのは鶏だった。まだじわっと温かく硬直しきっていない。羽を毟《むし》ったのは胸と腹の部分だけで、血抜きもしていない。よく研いだ小刀を刺すと血が飛んだ。

「内臓を綺麗に取り出せ。一筋も傷をつけるな。あとで飯になるから雑に扱うなよ」

（きれいに血抜きしてないと食べるとき臭いんだけど）

あえて血抜きをしないのは、技術の向上を優先しているのだろう。

猫猫《マオマオ》の他に五、六人。知っている顔を確認する限り、見習い医官ばかりだった。

薬の買い付けについてこいと言われて連れて来られた先が養鶏を営んでいる農家の一画。都から少し離れた場所にある。

放し飼いになっていた鶏を捕まえるところから始めるので、医官服を着たままでは無理だ。野良着のような薄汚い恰好に革の前掛けをかけて作業を始める。外で鶏を捕まえて絞めたら、掘立小屋の中で切り刻む。

誰がこの集団を宮中の選良《エリート》、医官だと思うのか。

「生きたまま切り刻めとは言ってない。ありがたく思え」

劉《リュウ》医官はどこかしら楽しそうでもある。偉そうに指示するだけ指示すると、養鶏農家と取引を始めた。鶏内金《けいないきん》や鶏肝、鶏由来の生薬の品定めをしている。

鶏を捕まえてさばくことに関して猫猫は他の見習い医官より得意だと自負していた。しかし、鶏を最初に捕まえたのが見習い医官の天祐《ティンユウ》だったので、なんか悔しくなった。

「実家が農家でもやっているのですか？」

悔しくて思わず口にする。

「いや、この研修、三回目だからさすがに慣れる。にしても、気持ちのいいもんじゃあないよな」

やはり血がついた医官服を見つけた時にはもうこの実技研修を始めていたのだ。

「それより、娘娘《ニャンニャン》」

猫猫は眉をぴくりと上げる。なかなか不愉快な呼び方であるが、一度注意したら面白がってますます言うようになった。

気に障るが、とりあえず何も言わない方向で行く。

「どうやって劉医官に取り入ったの？」

天祐は、目をきらきらさせている。実年齢は二十代半ばくらいだろうが、十歳くらいの悪餓鬼《わるがき》の目をしていた。

普段、猫猫には全く興味がなく燕燕ばかり話しかけていたのに。

（噂《うわさ》好きなのかねえ）

燕燕にも色んな噂話をしていたので、元々耳ざといと思っていたが、好奇心もあるらしい。その割には、猫猫には医官の実技訓練について洩らさなかった。やぶ医者のようにべらべら話すわけではないらしい。

猫猫は話す気はないし、話したところで返ってくる情報も少なかろう。

「無駄話するよりも、手元はどうなんです？　胆のうを潰さないでくださいよ」

鶏の胆のうを潰すと胆汁がこぼれて、肉がまずくなる。また、動物の胆のうは薬の材料としても利用されるので、下手に潰したら劉医官のげんこつを食らうだろう。

天祐は口が軽く全般的に駄目そうな男だが、手先は器用らしい。ぬるっと滑る鶏の表皮を上手く刻んでいく。

「どの内臓が人間のどの部分に当たるのか考えながらやれ」

もちろん人間と鶏では構造が違う。

ここは最初の入門地点なのだろう。

逃げ回る鶏の一羽くらい捕まえられないと、暴れる人間相手に治療などできない。

生きた鶏を絞める度胸がなければ人間を切り刻むことはできない。

絞めた鶏を切り分ける器用さがなければ人間の体もわけることができない。

入門中の入門だが、最初の段階で手古摺《てこず》る見習い医官もいる。

「鶏の次はなんでしょうか？」

あえて次の段階へと進んでいると仮定して訊ねてみる。

「豚。でかいからこれは三人で一頭。牛になると五人で。豚、牛になると、人数はぐっと減る。慣れたら医官服着て、血しぶきがかからないようにやれってなる。そして、次の段階に進むんだけど」

「まだ進んでいないと？」

「いや、最初からやり直し食らった。真剣さが足りないと言われた」

「わかります」

思わず頷《うなず》く猫猫。

他の見習い医官に比べると涼しい顔をしているので、つい天祐に声をかけてしまう。というより、やり直しを食らった天祐以外は鶏の血を見ただけで顔を真っ青にしていた。

「やり直すだけならまだいい。適性が全くないと取られたらもう出世の道はない」

（適性がないか）

腑分けもできない医官は、別の部署へと異動させられるのだろう。医官として出世の道は断たれると言っていい。

「見習い医官の賃金じゃあ、燕燕ちゃんに楽させてあげられないからねえ」

（燕燕がんばれ）

この男は本当にしつこいようだ。あきらめていないらしい。

鶏を切り刻むと血のにおいが充満する。我慢できない見習い医官が手ぬぐいで鼻と口を覆ってやっていたが、戻ってきた劉医官にはぎとられた。

「病人の治療に布面《マスク》するのは正解だ。でも今ははずしておけ」

布面をとられた見習い医官の顔は真っ青だった。気持ちが悪くて走って小屋の外に出て行った。

「あー。何回目だろ。もう適性なしってされるわな」

まさに他人事として天祐が言った。

猫猫は皿の上に内臓を並べる。心臓、肝、腸、胃……。

(腸は傷みやすいけど美味いんだよな。今なら食えるけど)

鶏の腸は細いので丁寧に洗うのが少し面倒だが。

(砂肝、串焼きにして塩をぱらっと振りたい)

上手く血抜きしていれば美味かっただろう。

(胆のうは潰れていない、よし)

胆汁がこぼれるとそれでもう台無しだ。

そっと内臓を盆の上に置いていく。全部置いたところで劉医官が見に来る。

「じゃあ、元に戻して縫おうな」

「えっ？」

せっかく料理毎にわけていたというのに。

「食べる気満々なのはわかるが、その様子でずっとやるんじゃないぞ。患者が肉に見えてくる」

「さすがにそれはないです」

猫猫の考えが筒抜けだったようだ。

内臓の位置も元通りにしておく。胆のうは潰れぬように特に気を付けた。

「使い方わかるか？」

ほいっと猫猫の前に出されたのは、丁寧に布に包まれた釣り針のような物と糸だ。

「はい、なんとなく」

糸は絹製だろうか、つるんとした独特の光沢がある。釣り針の穴に糸を通し、指でつかんで縫い合わせる。

（縫うこと自体はやったことあるからな）

いつもはまっすぐの針しか使ったことがなかったが、釣り針形は思ったより使いやすかった。慣れたらずっとやりやすいだろう。

（官営になるといい道具使わせてくれるもんだ）

猫猫は感心しながら縫う。贅沢を言えば、持つところが短いのでつかみにくい。しっかりつかめる道具があればもっと簡単にできるのに。

（鑷子《ピンセット》じゃあつかめないなあ。もう少ししっかり握れる道具があれば欲しい）

何か新しい道具を開発してくれないかと、考えつつやり終えた。

横を見ると、すでに天祐が仕事を終えた顔をしていたので悔しかった。

「どれ、見せてみろ」

劉医官が鶏の縫い口を見る。

「……ふん、あとは好きにしていいぞ。薬に使う部位は集めるからそれ以外の部分だな」

つまらない顔をして劉医官は去っていく。どうやら及第点をいただいたらしい。

「針はちゃんと洗っとけ。あとで煮沸する。高いからなくすな」

形といい、細さといい、余程腕がいい職人が作らないとできないだろう。猫猫は、こっそり持って帰ろうなんて無理だなとあきらめる。

猫猫は縫い付けた糸を切ると、内臓を全部ばらして洗うことにした。

鶏から豚、牛を解体し始めた頃、猫猫のもとに荷物が届いた。

「ありがとうございます」

猫猫は宿舎の小母さんから荷を受け取る。仕事が遅くなって夕食を済ませたあとだ。わざわざ渡すために待っていてくれたのだろうか。

小母さんは、ちょっとにやにや笑っている。差出人を見ると、誰かと思いきや高順《ガオシュン》だ。

（絶対勘違いしているんだろうな）

高順の名前を使うが送り付ける相手は決まっている。壬氏《ジンシ》しかいない。馬閃《バセン》の名前を使うという手もあるが、ばれたら面倒くさそうなので高順にしているのだろう。

数日に一度、壬氏の別邸へと向かう猫猫。年末年始の休暇が終わったあと、どう姚たちを誤魔化そうと思ったが案外上手くいった。

「猫猫、先に進んでいるなんて思わないでよ！」

姚にびしっと宣戦布告されてしまった。どうやら、壬氏のもとへ出かけているのも、医官の実技訓練だと思っているらしい。

（半分当たり、半分はずれ）

勝手に誤解してくれているのでありがたい。

姚の様子だと、彼女も修羅の道を歩む決意をしたのだろう。

猫猫は宛名の高順の名前を見つつ、その息子を思い出す。

（馬閃、別邸で見かけてないなあ）

猪突猛進で莫迦《ばか》正直な猪《いのしし》武官が下手に上司の異変に気付かないように、壬氏の私生活から離しているのだろう。

（仕事ではちゃんとついているようだけど）

医局にはついてきていた。勘づかれないようにしたいのはわかるが、余程上手くやらないといくら馬閃でも不満が溜まるだろうに。

そこのところは高順が上手くやっていると信じたい。

猫猫は、部屋に戻ると荷を確認する。文《ふみ》と共に渡されたのは布包み。かすかに香の匂いがする。

「相変わらず雅《みやび》なことで」

そっと包みを開けると、陶製の器があり中には香が入っていた。

猫猫は顔を近づけくんくんと嗅《か》ぐ。

(白檀《びゃくだん》をもとにいくつか混ぜ合わせている)

良いものだとわかるが、どうにも組み合わせが雑で安っぽく感じる。何事も最高級品を扱う壬氏が贈るものにしてはお粗末すぎた。

(いや、もしかして)

猫猫用にあえて質を落としたものを贈ったのだろうか。以前、散々香の匂いで相手の位がわかると言ったような気がする。

そう考えると、官女としてはちょっと背伸びしたくらいの香だ。

なぜ壬氏が香なんて贈ってきたのか考えつつ、自分の服の袖を嗅ぐ。かすかに血のにおいが残っていた。

（においはきっちり落としてきたと思ったんだけど）

最近は外回りと称して、家畜の解体を続けている。もちろん、解体した家畜の内臓は薬の材料にも使い、肉も処置する。

今日は、運よく猟師が熊を狩ったと聞きつけて、解体に参加させてもらった。すぐに血抜きして解体しないと臭みが残るため滅多に出くわせないと劉医官が大喜びだった。

解体するために着替えて、さらに革の前掛けをつける。仕事が終わったら、宮廷に戻る前に風呂に入る。

（街の風呂屋もたまにはいい）

宿舎には湯舟がないので嬉しい。贅沢なことに、花街《はなまち》で育った猫猫にとって風呂はほぼ毎日入るものだった。後宮暮らしでも数日に一度は入れてもらえた。

風呂が好きか嫌いかと言えば、好きな方だろう。風呂代は出してもらえるし、昼間から入る風呂も悪くない。

（あっ、髪か）

さすがに髪を乾かす暇はないので、髪は洗わずに上がっている。

壬氏は本物の医官になるために何が必要になるか理解しているのだろうか。

（遺体の解剖まで知っているかはわからないけど）

毎度の往診の際、においに気付いたのか。妙な気配りをする男だ。

猫猫はそう思いつつ、香を一匙小皿に盛るとそっと火をつけた。上に籠をのせて明日着て行く服を被せる。

（こんなもんかな？）

ほんの少しだけ、気付くか気付かれないか微妙な量を試しておく。

明日の準備も終えたので、さっさと寝ることにした。猫猫が寝間着に着替えようとすると、戸を叩く音がした。

「どうぞ」

入ってきたのは燕燕だ。手には春巻を持っている。

「夕飯の残りですが、食べますか？」

「いただきます」

猫猫が、燕燕の料理を食べないわけがない。今はそれほどお腹が空いてないが、明日の朝食べても問題なかろう。最近、壬氏のもとへ行き、実技訓練で遠出をすることが多かったので、燕燕の食事はなかなか食べられずにいた。

春巻をのせた皿を卓《テーブル》の上にのせる燕燕。目ざとく香を見ている。

「珍しいですね。香を焚きしめるなんて」

「月の忌なもので。今回、ちょっと出血が多いんですよ」

嘘ではない。ちょうど月に数日の物憂げになる日だ。

「姚さんもやっているので真似しました」

実際やっているのは燕燕だろうが。

「そうですか」

燕燕から何か突っ込まれるかと思いきや、何も言われなかった。最近、猫猫の外回りが多いことに気が付いているはずだ。

（何か探ってくるわけではないのか）

燕燕は姚さえ何もなかったら、猫猫の素行について細かに突っ込むことはないだろう。

猫猫はもらった春巻の上にそっと布をかけると、着替えの続きをした。


翌日、医局につくなり姚が不機嫌な顔をして劉医官と話していた。最近、勤務が彼女とずれてばかりで、顔を合わせることが少ないが、どうやらご機嫌斜めらしい。

（変なこと言わないといいけど）

猫猫は不安になりつつ、生薬の棚の整理を始める。

「私には、外回りはないのでしょうか？」

（きたー）

姚の目は真剣で、強面《こわもて》の劉医官に負ける気はないと意気込んでいる。

「ないな」

劉医官はきっぱり言うと、日誌をぺらぺらめくっている。昨日の業務にはいつもどおりあたりさわりないことが書かれている。

「猫猫。最近、あなたは外回りが多くない？」

姚は猫猫にも話を振ってきた。

「多いですね」

下手な誤魔化しはしない。

「昨日はどこで何をやっていたの？」

「熊の胆をとりました」

今、猫猫が片付けているのは昨日手に入れた熊胆《ゆうたん》だ。すでに加工したものを猟師から譲り受けてきた。不恰好な干し柿のような形が愛おしい生薬だ。

劉医官が一瞬睨《にら》んだ気がしたが、止める様子はない。この内容なら口にしても問題ないと理解する。

「熊胆は貴重な生薬ですので、その加工法も見せてもらいました。他にも牛を解体して胆石があるか確認しました。残念ながら、今のところ見つかっておりませんが」

「牛の胆石、牛黄《ごおう》だったら、千に一頭しか見つからないと聞くわよ。ほとんどないとわかっているものをわざわざ見に行く必要があるの？」

「はい。胆石症の症状がある牛ならかなり胆石を持っている確率がぐっと上がります。牛黄は市場に出ると、数十倍と値が上がることがあるので、怪しい牛を見つけたら解体の現場に居合わせるのは別におかしいことではないですよ」

猫猫は、劉医官に怒られないように、かといって嘘も言わないように気を付ける。

姚には悪いが、ここははっきり区切らせてもらおう。

(私はちょっとずるをしてしまったけど)

壬氏の後ろ盾を使った。姚には不正と罵《ののし》られても仕方ないが、話す気はない。猫猫は優先順位が高いほうをこなすほうが大切なのだ。

姚の顔がぐぬぬと歪《ゆが》む。劉医官は日誌に目を戻した。答えとしては及第点のようだ。

(わかる、わかるぞ)

姚が本当に言いたいことが。

(なぜ私も連れて行ってくれないのか)

ということだ。

そして、対する答えを教えてくれるのは劉医官だ。

「おまえも外回りがしたいなら、まずは食堂にでも行け」

「ど、どうして食堂ですか？」

「鶏の一羽も潰してばらしたことがないだろ？　熊の解体を見るだけと思うか。そういうことだ。猫猫は手慣れたもんだぞ」

珍しく劉医官に褒められたがなんだか嬉しくない。

「じゃあ、燕燕はどうなんですか？　猫猫よりも鶏のさばき方は上手いはずです」

「最初からやる気がない奴は連れて行くだけ無駄だ。燕燕がおまえを置いて一人で行くと思うか？　向上心がない奴を無理やり連れていくつもりはねえ。猫猫だけ連れていくのがずるいと思うのなら、自分が周りの足を引っ張らねえようにしろ」

相変わらず厳しい言葉をかける劉医官。

姚は裳《スカート》をぎゅっと握り、悔しい顔をしつつも我慢している。台所で包丁を持ったことがないのは事実だからだ。今朝食べた春巻も全部燕燕が作った物だろう。

（それよりも）

姚の背後で歯をかちかち鳴らしながら、消毒用の酒瓶に手をかけようとしている燕燕が怖い。怖い……。

「燕燕」

姚がそっと手を添えて制止している。

いつも燕燕にいいように扱われているような姚だが、ここぞという時には過保護な侍女の扱いを心得ている。

「わかりました。じゃあ、包丁の扱い位すぐに覚えてきますので」

「ほうほう。じゃあ、生きた鶏潰すところからな」

「つ、潰す」

確かにそれくらいやらないとついていけないだろう。解体される豚を殺すところで、鼻水流して泣き喚いた見習い医官もいたのだから。

家畜でそれなら人間を相手にできるわけがない。麻酔も何もない状態で、手足を切り落とすことも医官ならありえよう。

（もし戦場《いくさば》となれば、当たり前にある光景だ）

おやじが隠していた解体図などなくとも、人の内臓など見放題の現場だ。解体図で禁書などと言えるのはある意味平和ということには違いない。

「おまえさんは、生きたまま内臓を掻《か》っさばくことができるのかねえ」

劉医官は、揶揄《やゆ》するように姚に言った。

「できます！　私はそのために来ました」

姚は断言した。劉医官への反感ではなく、芯から医官としての技術が欲しいらしい。

もし姚が叔父への反抗だけで医療の道に進んでいるのであれば、さっさとあきらめさせてしまったほうがいい。

毒見で内臓を悪くしたとはいえ、姚はまだ若く綺麗で賢い娘だ。嫁の貰い手などいくらでもいよう。

（いや、これではまるっきり姚の叔父さんと同じだな）

姚と燕燕は叔父を毛嫌っているが、ある意味叔父は姚の幸せを考えている側面も残っている。茘《リー》という国では基本、女だけでは生きづらい風習がたくさんあるのだ。

猫猫は姚に対してとやかく言う立場ではない。彼女がやると決めたならば何も言えない。

しかし――。

猫猫は姚の後ろにいる燕燕を見る。彼女の視線は、先ほどまで姚を莫迦《ばか》にしていた劉医官に向かっていた。

姚の行動に対して燕燕は黙ってついていく、と猫猫は思っていた。

でも――。

燕燕にしては珍しく、迷いを感じられるような戸惑いが浮かんでいた。

(どうなるんだろう)

猫猫は自分の介入することではない、と仕入れた生薬を帳面に書きながら棚に入れた。


その日の夜、姚は早速厨房に立っていた。はらはらする燕燕が姚のおぼつかない手つきを見ている。久しぶりに早く帰って来られた猫猫は二人を見ながら、夕飯が出来上がるのを待っていた。

「これを、こう!」

「お、お嬢様」

まるで薪を割るような振りおろし方だ。肉だけでなく骨まで断ちそうだ。

猫猫が手伝おうにも、なかなか近づける状態ではない。

「あ、危ないですから、まずはもっと小さなものから」

「いいのよ。肉、肉を切るの！」

燕燕が慌てている。冷静な彼女ならもっと上手く姚に教えていると思うのだが、これは駄目だ。

猫猫は素知らぬ振りをして部屋に行こうとしたが、しっかり燕燕と目が合ってしまった。燕燕はものすごい眼光で猫猫を見ながら、そっと人差し指で卓《テーブル》の上を指した。もう作り終えた料理だ。しかも乾焼蝦仁《エビチリ》である。

ごくんと唾を飲み込む。なぜ先に作ってしまったのだろうか。ほかほかの湯気がどんどん逃げていく。ぷりぷりした大きめの海老に、数種の野菜。醤《ジャン》を使っているので辛いはずだが、果汁を加えて口当たりのよいまろやかな味に仕上げるのが燕燕の料理の特徴だ。米と一緒に食べたらどんなに美味かろう。弾力ある身が口の中ではじけるはずだ。

つまり燕燕が何を言いたいかと言えば。

(食べたいなら手伝えってことかよ)

猫猫は半眼になりつつも手を洗う。結局、海老の魅力には勝てないのだ。

とりあえず猫猫は姚が持っている包丁より一回り小さい包丁を取り出す。そして、人参を一本まな板の上に置いた。

「姚さん、まずこれを切ってください」

「人参を？　私は肉を切りたいんだけど」

「棒槌《にんじん》も切れないのか、と劉医官が言うかもしれませんけど」

　棒槌、薬用人参のことだ。

「……わかったわ」

「じゃあ、包丁はこちらに持ち替えてください。包丁も種類によって切り方があります。姚さんの今持っている包丁は骨を叩き切るためのもので柔らかい肉にも野菜を切るのにも適していません。患者の腕を切り落とす練習であれば問題ありませんけど」

「……」

　姚は唇を噛《か》みながら包丁を替えた。燕燕がほっとしている。

　勉強熱心な姚のことだから医食同源の知識は持っているはずだ。しかし、包丁の種類まではわかるまい。知識はあっても食べる専門だったのだ。

「包丁の持ち方が違います。こう持ってください。また、人参を添えるのはこう」

　姚の手をいちいち移動させながら指示する。

「人参が動かないように固定できたら……、振り下ろさずにゆっくり刃を入れます。燕燕がちゃんと手入れしているので切れ味はいいんです。力はいりません。化膿《かのう》した肌や肉を切り取るとき、生きた血管まで切断してしまいます」

姚はとんっ、と人参のへたを切り落とす。

「そのまま輪切りに、太さは五分《ごぶ》ほどで」

とん、とん、とん。こつさえわかればちゃんとできる子なのだ。見た目はもう大人の女性だが、実際は数え十六の娘である。

「できたわ」

人参が全部切り終わった。

「じゃあこちらを」

猫猫は大根を出す。

「野菜はもういいわ」

「輪切りができただけでしょう？　肉を切るのは大根の皮を綺麗に剥《む》くことができてからにしましょう」

どっちの難易度が高いのかといえば、皮むきのほうだろうがここは野菜で慣らしておきたい。肉がさばけるようになって、劉医官のところへ突撃されても困る。いやその前に鶏を潰さないといけないが。

姚は不満そうな顔をしつつ大根を持つ。

「いきなり丸ごと皮を剥こうとは思わないでください。まず、剥きやすい大きさに切ってからです」

「わかっているわよ」

姚が大根の皮を剥《む》いている間に、猫猫は人参をどうしようかと眺める。

「猫猫」

燕燕は姚が叩き切った豚肉と、干した椎茸を示す。椎茸は高級品なので、どうやって手に入れたのかはあえて聞かない。

あと周りにあるものといえば、調味料くらい。

（古老肉《すぶた》作れとな）

ちょうど手元には甘藷粉がある。まぶして肉を油で揚げるとよいかもしれない。

海老が冷めてしまうと思いつつも、燕燕は姚が怪我《けが》をしないようにじっと見ている。しかたなく猫猫が作ることにした。

「猫猫」

今度は姚が話しかけてきた。

「私、医官の道をあきらめないからね」

「女性は医官になれませんよ」

猫猫はあくまで嘘は言わない。今の猫猫たちが許されるとすれば、その知識を得るところまで。肩書は何もなく、何の得もない。ただ、己の知的好奇心を満たし、何か不測の事態が起こった場合、対処できる能力が得られるかもしれないだけだ。

「でも、あなたはもうすでに医官になるために必要なことを教えられているんでしょ？」

「……」

答えない、嘘を言わないとなれば無言しかない。

「私、あれから色々考えたの。羅漢《ラカン》さまの家で見つけた書物について」

あまり聞きたくない名前が出たがここで変な顔をしても仕方ないので静かに聞く。

「思想として受け入れがたいけど、おそらく医術に携わる者としては必要なことだって理解できるわ。羅門《ルオメン》さまにはもうそのことを伝えたわ。そのうち教えてくれるものとばかり思っていたのに、実技を受けるには他に何か必要なのね」

敏い子というのは、同時に面倒くさい。おそらく知らなければ、知らないふりをしていればもっと平穏な道を選べるだろう。

猫猫が思う位なら、燕燕なら尚更考えているだろう。姚に幸せになってほしいと。

しかし、医官と同じことを学ぶとなれば、彼女の人生に平穏な幸せは遠ざかる。

「……姚さん。医者というのは、時に人を切り刻むことがある仕事です。妊婦の母体と子が危ないと言われて、子を優先させるとなれば妊婦の胎を裂くこともあります。切らないでくれと懇願する患者の手足を麻酔なしに切り落とすこともあるでしょう。飛び出たはらわたを押し込み、腹の皮を縫い付けることだってありますよ」

「わかっているわ」

「血なまぐさい職につくことで、一生誰とも添い遂げられないかもしれませんよ。血は不浄として、嫌われます。余程、物好きでないと近寄ってこないですよ」

「たかだが血に怯《おび》えるような肝の小さい男ならこちらから願い下げよ。そうよね、燕燕」

「お、お嬢様」

普段、あれほど姚に男を近づけないようにしている燕燕だが複雑な顔をしている。

(表の道を歩むべき娘なのになあ)

もったいないと思うが、引き留める理由はない。せめて、彼女が進む道が少しでも明るくなることを祈るしかない。

「あっ、切れた。大根の皮むきって実は難しい?」

姚は唇を尖《とが》らせて、分厚い大根の皮を見せる。

「難しいですよ」

「燕燕は牡丹の花を作って飾っているのに」

「燕燕さんは特別だと思います」

猫猫は正直に答えると、芋粉をまぶした肉をたっぷりの油で揚げるように炒めた。

姚は千切れ千切れの大根の皮に唇を尖らせている。

海老を口にできるのはもう少し後のようである。

十一話　腑分け

空気がだいぶ暖かくなり、蕗《ふき》がまさに薹《とう》がたって食べられなくなる頃、猫猫《マオマオ》および見習い医官たちは陰気な場所に案内されていた。

「とうとう本番かな」

軽口を叩くのは天祐《ティンユウ》だ。余裕があるのは彼くらいで、周りの見習い医官たちは青ざめた顔をしている。たまに猫猫のほうを見ながら「なんでおまえがいるんだ？」と不思議そうな顔をするが、口には出さない。家畜の解体から散々見られてきたので今更気にする猫猫ではない。

「どこの特別扱いだろうねえ」

ただ一人、天祐をのぞいて。

軽薄そうな男であるが、肝はすわっていた。家畜の解体に関して、一番落ち着いていたのは彼だろう。座学は他の見習い医官より劣るが、実技に関しては落ち着きがあるぶん他の者たちよりましだ。むしろ、上手い。

「特別扱いですかねえ」

「おっ、うらやましい」

おしゃべりなこの男は誰かに話しかけていないと落ち着かないらしい。実技訓練中、緊張してぴりぴりした他の見習い医官たちに比べて猫猫に話しかけることが多かった。

「どうせ特別扱いなら、私にもその白い医官服をいただけませんかねえ」

「それは無理じゃないのかねえ、娘娘《ニャンニャン》」

（いや猫猫ですよ）

わざと名前を間違えて呼ぶのか。

猫猫は、修正するのも面倒なのでそのままにしている。

しかし、天祐の言うこともわからなくもない。

（特別扱いねえ。言われても仕方ないわな）

本来なら猫猫がこうして医官たちにまじり、薄暗い回廊を歩くことはない。どこへ続くかと言えば、死罪となった罪人たちが安置されている部屋だ。医官が連れ立って遺体安置所に向かうところを見られぬよう、特別な通路を通る。

実はここを通るのは二回目だ。一回目は、翠苓《スイレイ》の死体を確認しにやってきたときである。その翠苓は、現在は元妃の阿多《アードゥオ》のもとにいる。

（翠苓も外科技術を教わったらいいんだけど）

彼女とは、前に西都へ行く道中、一緒に怪我人《けがにん》を手当したことがある。人間の腕を切断しても平気で手当てしていた彼女なら、きっと上手くやれるだろう。

（生まれ的に無理だろうな）

非公式だが、翠苓は先帝の孫にあたる。同時に族滅させられた子《シ》の一族の娘でもあるので、命は生かされても飼い殺しの運命からは逃れられない。

（もったいない）

でも猫猫には何もできない。ままならぬものである。

いっそ、死んだ方がと思ったら、それもまた否定してしまう。

翠苓を生かすために、一世一代の大芝居をした娘がいることを忘れてはいけないのだ。

「誰の後ろ盾で来てるの？」

「縁故採用とでも？」

天祐は単刀直入に聞いてきた。

あえて、医官付き官女になった最初に疑われていたことを口にしてみる。

「それ以外だと俺の勘は言っている」

天祐は断言する。

（こいつ……）

ちゃらんぽらんしているようでどこかつかみどころがない。

変に壬氏《ジンシ》のことを勘繰られるのは面倒である。

「燕燕《エンエン》に言いつけますよ」

「燕燕はここにはいないから、言いつけられないんじゃないかな？」

誤魔化しはきかなかったが、時間稼ぎにはなったようだ。

「目的地についたらしい。

「こっちだ」

劉《リュウ》医官が薄暗い奥の扉を指す。ぎぎぎっと重い戸を開くと、さらに湿り気が強くなる。

（酒精《アルコール》の匂いがする）

酒好きの猫猫にとっては好ましいはずの匂いだが、どうにも飲みたい気分にはならなかった。部屋の中心には寝台が一つ、上に真っ裸の男が寝そべっている。その首にはくっきりと縄の痕が残っていた。

絞首刑になった罪人の遺体だ。

酒の匂いは、罪人の体を拭ったものだろう。

「前掛けをかけるができるだけ汚すなよ」

猫猫は、渡された前掛けを付ける。白い三角巾も渡された。髪を包むものではなく、目から下を覆うものらしい。

「私が切っていく。どの部位か確認しながらしっかり目に焼き付けるように」

劉医官の手には、切開用の小刀が握られている。

「絶対忘れるんじゃねえぞ」

脅すような口ぶりだ。

あらかじめ記帳《メモ》することは禁じられている。というより、今こうして劉医官が教えようとしていることは、あってはならないこととなっている。この場で覚えて帰るしかない。

（倫理か医術の発展か）

おおっぴらにしないことが医官たちの妥協点なのだろう。

切れ味のいい小刀は遺体のでっぷりとした腹にすうっと入る。血は噴き出すほど出ないが、かといって肉が硬いわけでもない。死後硬直が抜けたものを選んでいるのだろう。

ゆっくり切り裂かれて広げられる内臓は、殺したばかりの家畜の物に比べるとずいぶん見やすい。しかし、本物の人間の死体ということで、生々しさは半端ない。他の動物で慣れている者も一人二人口をおさえている。

「これは心の臓、間違えてもここにつながる大きな血管を切るなよ」

「胃袋、小腸、大腸。消化器官だ。腸は何度も肉詰めに加工したろ」

家畜を有効活用しろと作らされた。美味しい腸詰ができたが、今後食べられなくなる見習い医官は何人かいそうだ。

「生殖器官。次に女の死罪人が出たらすぐに呼び出す。言うまでもなく形が違うからな」

今更、男性の生殖器を見たくらいで驚く猫猫でもない。

「こいつは生前、何の病だったかわかるか？」

劉医官が質問を投げかけてきた。

（何の病気とか言われても）

遺体は死後数日経っている。いまさら肌の色を見て判別しづらい。ところどころまだら模様になっている気がするが。内臓も直に見るのは初めてだ。

あえて言うならば。

「肝臓でしょうか？」

誰も答えないので、猫猫が口にした。あまり出しゃばるのは良くないが、質問に答えないと話が進まない。

「どうしてだ？」

「他の動物と比べると肝の色形が悪い気がします。また、肌がまだらのように黄色くなっています。黄疸《おうだん》であれば、肝臓を悪くしている可能性が高いかと」

姚《ヤオ》と同じ症状だ。

「及第点をやろう。こいつは、酒の飲みすぎで暴れていた。店で大騒ぎになり他の客ともめごとをおこし殺している。さらに止めに入った自分の母親も殺している。元々素行が悪く次はないと釈放されたばかりだった」

縛り首になるわけだ。

「健康な肝と並べるとよくわかるが、これは炎症を起こしている。酒が原因と考えられるが、時に血によって感染する。ゆえに、手を怪我したりしないように。傷口から毒が入り、病になるぞ」

いちいち脅すような口調なので、天祐も軽口すら叩けない。いや、天祐は目を見開いて臓腑を見ている。実技になると妙に真面目になるのだろうか。

猫猫は厳しい医官の声を聞き逃さないように、食い入るように切り刻まれる遺体を見ていた。

特別授業が終わると、着替えて向かう先は風呂屋だった。店の隣には、寺院があり体を洗い清める聖職者が始めた浴場だと予測できるが、現在ではしっかり金をとっている。混浴ではなく男女別、昼間の空いた時間なので余裕があるが脱衣場はそこまで広くない。棚がずらっと並んでいるがせいぜい入れるのは十五人ほどだろう。都にいくつか風呂屋はあるが、ここは華美ではないが掃除がしっかりされているので良い。

「ふうっ」

湯はちと熱いが、客はまばらで猫猫としては至福の時だ。

今日はこのまま帰っていいとのことなので、しっかり髪も洗う。しみついた陰気な空気を洗い流す。

ぼんやりと湯舟につかりながら何も考えずにいられる時間というのは大切だ。

（記録できなかったのは惜しいけど）

書にすればそれこそ禁書になってしまう。

今回は見学だけだが、今後猫猫も自分で腑分けすることになる。

人体、遺体というものを目の前にして意外なほど冷静でいられたと猫猫は思った。

（相手が見ず知らずで自業自得の罪人だからだろうな）

これがもし知り合いならできるのだろうか。それとも、人ではなく、かつて人であった
肉体として処理できるだろうか。

猫猫は羅門《ルオメン》が隠していた禁書を思い出す。最後の頁は羅門の師匠と言っていた。ただ、
描かれた図を見る限り、老齢には見えなかった。

（一体どんな気持ちで描いたのだろうか）

師匠は羅門にとってどんな人だったのだろうか。

もう一度、ふうっと息を吐いていたら、湯舟に若い娘たちが入ってきた。

「ねえ、やっぱり受ける？」

「うん。受けとかないと」

何の話だ、と猫猫は聞き耳を立てる。

「しかし最近なかったんじゃない？　後宮女官の募集って」

「だからよ。人数が減っている今が狙いよ」

（後宮女官の募集？）

猫猫はむむっと顔をしかめる。確か壬氏が言っていた。玉鶯《ギョクオウ》の娘、玉葉《ギョクヨウ》后の姪が入内すると。だが、実際は後宮に入れずに足止めされる。

（一応、女官の募集はやるんだな）

周りを西都から連れてきた侍女だけで固めるのは良くないし、仮にも有力者の娘だ。

「東宮だなんだと言われているけど、今の主上の御子、男児はお二人。まだまだ狙える位置にあるわ。男子は何人いてもいいでしょ？」

ものすごく向上心がある娘さんだ。女官として入内し、皇帝のお手付きを目指し、あまつさえ国母になろうと考えている。

（夢はでっかく持つがいい）

たぶん予測とは違う結果が待っているだろうが。

猫猫が頷《うなず》くと濡れた前髪から雫《しずく》がぽたりと落ちた。

（そういや）

新しい妃が来る前に入れ替わりで西都へと向かうようだったが、正確な日時は決まっただろうか。なにより、他に誰が来るのかなどちゃんと把握しておきたい。

（今度、聞こう）

猫猫はざばんと湯舟から立ち上がると、脱衣所へと向かった。

十二話　数字の秘密

書類が一段落し、壬氏《ジンシ》は大きく伸びをした。

執務室には誰もいない。いや、一人いるが仕切りの向こうで書類を片付けている音がする。誰かと言えば、対人恐怖症の馬良《バリョウ》だ。

もう仕事が終わるが、馬良に聞きたいことがあった。

「馬良、一つ聞いていいか？」

「なんですか？」

仕切りの向こうからか細い声が聞こえる。

「馴れ初めは？」

「えっ？　馴れ初め？」

「雀《チュエ》と言えばわかるか」

何の馴れ初めかと言えば、馬良はこう見えて妻帯者だ。しかも、嫁は最近壬氏の周りで侍女をやっている雀である。

壬氏としては、侍女として採用するのは色目を使わないというのが条件に入っている。

雀もその条件にもれなく入っているが――。

「あの人は人間という感じはしませんよね」

また誤解を招くような言い方で馬良は答える。

「ええっと、仮にも嫁だろう？　子もいるだろ？」

確かに癖が強い嫁なので、馬良と相性が合うのかよくわからない。なので、つい興味本位で馴れ初めを聞いてみたわけなのだが――。

「……麻美《マーメイ》姉と母が共謀しまして。馬閃《バセン》と私を比べた上で、確実に跡継ぎを残せる方法を選んだそうです」

「……」

「向こうも子育てを全面的に引き受けるなら、という承諾のもと、嫁入りが決まりました。半月に一度しか顔も合わせませんし、会話もほとんどないですが、仲は悪くないと思います」

「うん、わかった」

両極端な馬兄弟。確かに特異体質な馬閃に比べると、虚弱体質な馬良のほうがまだましなのかもしれない。

しかし見事なまでの政略結婚だ。

「いつまで生きるかわからないので、さっさと子作りしろと。科挙より優先させられました」

科挙に合格したのが一昨年と聞くから、時系列的には子どもができてから試験を受けに行ったのだろう。

「変わり者だが、水蓮《スイレン》が折檻《せっかん》をしつつ、仕事を任せていたな」

猫猫《マオマオ》が壬氏の下で働いていたときと似たような雰囲気だった。

「巳《ミ》の一族の流れを汲む者です、傍系ですが」

納得がいく答えだ。馬《マ》の一族が皇族の護衛を主とするのに対し、巳の一族は皇族直属の諜報《ちょうほう》機関だ。

馬と巳の一族は表と裏で皇族を守る。結びつきを強めるため、時に政略結婚として互いの子を結婚させることもあるだろう。

「大変だな。おまえも」

「いえ、見た目的にも、立場的にも壬氏さまほど複雑なものはありません。それに、夜は黙って横になっていれば、嫁がなんとかするからと姉に言われましたので」

「……」

さらっと壬氏に対して失礼なことを言ってくれる上、何か聞いてはいけないことを聞いてしまった感が強い。

これだけ淡泊に政略結婚を受け入れることができれば、世の中楽だろうに。

駄弁《だべ》っているところ、廊下から足音が聞こえてきた。壬氏の執務室の前の廊下は、あえて足音が響きやすく作られている。

「ちょうど姉が帰ってきたようです。……もし雀の扱い方がわからないようであれば、姉にでも聞いてください」

女物の履音《くつおと》だ。面倒ごとを減らすために官女はできるだけ遠ざけているので、自然と麻美のものだとわかる。

「いや、雀のことはもうどうでもいい」

なんとなく人の馴れ初めはどうなのか知りたかっただけだ。しかし、参考になりそうにない。

戸を叩く音とともに、予想通り麻美が戻ってきた。手には書類と茶器がある。

「ただいま、戻りましたって……二人ともどうされたのですか？」

じっと見てくる壬氏と馬良に対し、首を傾げる麻美。

今更、雀のことを聞くつもりもないし、下手に聞けば違うことを勘繰られてからかわれそうだ。馬良、馬閃兄弟だけでなく壬氏もまたこの姉貴分には頭が上がらない。

何か上手く誤魔化す内容はないか考える。

「何か誤魔化そうとしていませんか？」

きつい目を細める麻美。

「いや、前に頼んでおいたものの返事はまだかなと思ってな」

何を頼んでおいたかと言えば、先日玉鶯《ギョクオウ》の文《ふみ》についていた紐のことだ。謎の数字の羅列は壬氏ではわからず、専門家に頼んでいた。

「羅半《ラハン》さまですね。ちょうど文を預かってきました」

数字と言えば、羅半。安直すぎるがはずれではなかったらしい。

文を広げると、数字の正体について書いてあった。

「見てもよろしいでしょうか？」

麻美が近づくので、壬氏は文を机の上に置く。気になったらしく、馬良も仕切りの向こうから出てきた。

「これは帳簿でしょうか？」

「そのようだな」

羅半は帳簿の写しを送ってきた。何の帳簿かと言えば作物にかかる租税だ。西都で集められた税の数割が中央へと動く。

おそらく同じ地方の帳簿が数年分、それに紐状にされてくたくたになった紙が貼りつけられてある。

「ここかしら？」

昨年の上半期の分だろうか。西都は作物には乏しいが、それでもまったく作っていないわけではない。小麦や葡萄、綿花や甜菜《てんさい》などある。作物の他に羊毛があるのが特徴だ。

麻美の示す通り、送られてきた謎の数字の羅列と一致する。二桁《けた》から四桁の数字の列は、収穫量を示していたのだ。収穫量に税率をかければそのまま税額になる。

「あれ？　ここだけ違うわ」

麻美の指が小麦のところで止まっている。小麦のところだけ、帳簿の数字のほうが大きい。

「数字が違うってことは、帳簿の改竄《かいざん》をしているという告発かしら。でも――」

「……どういうことだ？」

もし、帳簿の数字のほうが小さかったら、壬氏は納得できる。もし、例の数字が不正の摘発であれば、帳簿の数字のほうが小さくあるべきなのだ。

「提出された数字のほうが大きい」

つまり、実際の収穫量よりも大きく数字を入れているのか。そうなれば、必然とより多くの税を納めることになる。

「あえてわざわざ高い税を払っていること？」

意味がわからない、反対に損をすることになる。

何がやりたいのかわからないが、少なくとも羅半は送られてきた数字が作物の税だと判断したのだろう。

「より多く払ってくれるなら嬉しいけど、どうにも胡散臭《うさんくさ》いわ」

「……改竄されたのは小麦だけですか」

馬良が数年分の帳簿を見比べる。

「他の作物については昨年の分は他の年より、収穫量が少ないですね」

「密告とやらを信じるなら、小麦は特に減っているな」

壬氏は目を細める。蝗害《こうがい》について西都にも対策するように通達していた。もし、その事実を隠そうとするならこうして改竄もしよう。

「小麦の収穫はいつ頃だ？」

「冬小麦か春小麦によりますが、上半期の分であれば冬小麦、初夏に収穫します」

壬氏がとうに西都を去り、また后の父たる玉袁も都へと向かったあとだ。

「よくもまあこんなもので見つけられたものですねえ」

麻美は羅半の仕事に感心している。確かに、いくら職場とはいえ大量の帳簿の中から該当する数字を見つけ出すのは並大抵ではなかろう。

「それについては、最後の文《ふみ》に書いてありますよ」

馬良が文をめくった。

『送られた帳簿には知り合いの印があったので覚えていました』

「知り合いの印？」

見たことがある名前があった。

ふと壬氏は、昨年西都に行った面子を思い出す。猫猫や阿多《アードゥオ》、羅半という濃い中で一人涼しい顔の人間を思い出した。

「陸孫《リクソン》殿と言えば、漢太尉の副官でしたね」

「そうね。何度か耳に挟んだことがあるわ」

変人軍師の副官で、西都の宴では猫猫と踊っていた。陸孫という男だ。

現在、玉袁からの頼みで、玉鶯の補佐をしているはずだ。

「麻美、漢太尉の元副官陸孫について何か聞いたことがあるのか？」

壬氏は彼の役職くらいしか知らない。その人となりもわからない。ただ、気に食わない一面を見てしまったので、どうにも負の印象が強くなる。

「陸孫さまですか。そうですね。私が知っていることはあくまで伝え聞きなので」

麻美は茶の準備をしながら話す。

「羅漢《ラカン》さまの直属の前は、文官をしていたというのですが、科挙合格生ではなく伝手で入ったと聞きました。親元は商家とか。物腰が柔らかいので、官女の周りでちょっと人気があったのですよ」

麻美の情報源はそこなのか。

「誰の伝手だ？」

「そこまではわかりませんが、すぐに調べましょうか？」

「別に急いでいるわけではない。ただ、西都に行くまでに調べてくれ」

賢い麻美は、茶と茶菓子を壬氏の前に置くと、さらさらと文《ふみ》を書き始める。早速、陸孫について確認するのだろう。文を書き終えると、さっと乾かして懐に入れる。

「あのー。直接、羅半殿に聞いてしまえばよろしいのでは？」

差し出がましいことを、と言わんばかりに馬良が提言する。

壬氏は口を歪《ゆが》める。

「羅半殿には毎度借りを作っている。これの件もな」

「そのようですね」

「また借りを作るとして、最初から情報を知らないままでいるよりは、ある程度知っていて知らない情報だけ情報量を払った方がいいだろう？」

「そ、その通りですね」

羅半は善人というわけではないが、あれで汚職を美しくないと嫌う人間である。かと言って、どんどん弱みを握られるというのも壬氏の立場上良くない。

「残りの書類はここに置いておきます」

茶とともに、書類を置いたところでもう一仕事しろと言いたいらしい。

「わかった。それでは代わりに、これに目を通しておいてくれ」

壬氏は壬氏で、書類を麻美に渡す。何度も確認するように目を左右に動かす。

麻美の吊り目がまん丸になった。

「これ、本気ですか？」

「ただでさえ、壬氏さまが西都へ直接向かわれる必要もないのに」

「言うな。危険なのは重々承知だ」

なにより敵は他国や自然災害だけではない。

「もし、遠く離れた西の地でお命を狙われたらどうされるのですか？」

麻美にとって一番不安な要素はそこだろう。

「そのために、医官も武官も精鋭を連れていく予定だ」

「劉《リユウ》医官に、使える医官を増やせと言っていた話ですね。では護衛はどうするんです？」

「武官については……」

「私は武官について言っているんです！　大丈夫なのですか、その人選で！」

壬氏は髪をかきむしる。麻美がはしたないと言わんばかりの顔をしている。

「……人選も何も、私には拒否権はない」

「だからって!!」

麻美の横で馬良が書類をのぞき込む。

「すごいですね。行くんですか、羅漢さまが」

「ああ、羅漢殿に来てもらう」

「はああ？」

麻美の顔が、ありえないくらい歪《ゆが》んだ。たとえ彼女とて、ここまであからさまに嫌な顔をするのはそうそうないだろう。

「何を考えているのです？　暴走しますよ。大問題ですよ。何かあった隙に、刺されたりしません？」

「わかっている。わかっている」

「護衛に付けるとしても、武官なら羅漢さまの息がかかった者ばかりです！　事故に見せかけて命が狙われるやもしれませんよ！」

「私はそんなに羅漢殿に嫌われているだろうか？」

先日の囲碁勝負から、少しは認めてもらっていると思っていた。

「大体、誰が手綱を取るのですか？　例の羅半さまを連れてきたとして到底無理。いや、医官といえば羅門さまがいらっしゃいますけど」

さすが麻美だ。わかっている。

「羅門殿は駄目だ。もう年齢的に長旅はきつかろう。なにより足が悪い。あったとしても最終手段になる」

というよりも最初から決まっている。壬氏がやらかしたことで西都に行かなくてはいけなくなった。

「では誰を……ってまさか」

勘がいいので説明するのは省ける。羅半、羅門は駄目とくれば、あとは限られる。

ある意味、最高で最悪の組み合わせだ。

「……猫猫さんでしょうか？」

顔をぴきぴきとさせながら麻美が言った。

壬氏は、苦笑いを浮かべつつ麻美から目をそらした。

十三話　玉鶯《ギョクオウ》という男

陸孫《リクソン》は、さらさらと羊皮紙の上に羽筆《はねペン》を滑らせた。速記に向いた崩した形の署名《サイン》はもういくつ書いただろうか。たまに最初の署名と見比べて形が変わっていないか確認する。都にいたときは印を押すだけだったので、今ほど手が疲れることはなかった。合間に手首を振りながら、書面を確認する。

「陸孫さま。こちらをお願いします」

新しい書類を文官が持ってくる。ここに来るのは通算五度目の官で、訛《なま》りが少ないことから華央州出身だと思われる。耳たぶが大きく福を呼びそうな形だ。普段、右ばかりで荷を持つことが多いのか、体が右肩下がりに傾いている。

「ありがとう。ではこちらを」

「かしこまりました」

渡された書類は雑務と言っていいものだ。少なくとも、ここの領主は雑務だと思っている。

戌西州の人口のほとんどは、東西をつなぐ交易路にある街に集中している。

ここでいう雑務というのは、その交易路から離れた土地の住民の訴えだ。街というより村、集落だろうか。

住民のほとんどが農業従事者。放牧、もしくは葡萄など乾燥に強い作物の栽培がほとんどだ。灌漑のため水路を作ってほしい、夜盗が頻発し家畜が盗まれたなどなど。

最近は、小麦の収穫が著しく悪く、何度も視察に来てほしいという陳情書が来ている。

「ははは」

思わず声に出して笑ってしまい、出ていこうとしていた文官に怪訝《けげん》な目で見られてしまった。

王都から西都へと呼び出されてもう半年以上になるだろうか。都の政《まつりごと》がわかる人物が欲しいとの建前でやってきた陸孫だったが、どうにも渡される仕事は雑務ばかり。当初から変わったのは、慣れてその処理する量が増えたことくらいだろうか。

「あまり信用されてないようですねえ」

陸孫は、与えられた執務室で一人ごちる。腱鞘炎《けんしょうえん》になりつつある右手を動かしつつ、書類を確認する。

陸孫とて、毎日膨大な書類を見ているると傾向がわかってくるものだ。人の顔を覚える以外にも自分には多少の特技はあると思いたい。

「ちゃんと報告しているんだけどね」

仕事をふっているのは玉鶯《ギョクオウ》だ。気付いたことを報告しないでおくと、下手に何かあったときに尻尾切りにされる可能性はある。

あえて、そのために陸孫を呼んだのではないだろうかと勘繰ってしまう。

玉鶯、現在西都の仮の主は彼だ。中央に行った玉袁《ギョクエン》が帰って来なければ、長子である彼が跡を継ごう。他に何人か玉袁の子がいるが、玉鶯ほど気概がある者はいないらしい。

「失礼します」

また次の文官が書類を持ってくる。今度は追加の書類ではなく、陸孫が上にあてた書類の返却だ。玉鶯直属の文官であり、過去二度ほど顔を合わせたことがある。一度目は、昨年西に旅した際に、二度目は玉鶯に挨拶しにいった際にすれ違った。

「お返しします」

書類には何も書かれていなかった。署名も印もない。

「不許可ということですね」

「はい。確かに必要なことであるかもしれませんが、もっと重要な仕事はいくつもある。優先順位をつけてやるようにと」

はっきりきっぱり言ってくれる。

陸孫は口角を上げながら、返却された書類を引き出しに入れた。

「あともう一つ」

「なんでしょうか？」

「玉鶯さまがお呼びです。今すぐではなく、午前の執務が終わったら茶会をしようという話ですがいかがなされますか？」

疑問形だが、ここに断る余地はない。

「かしこまりました。午後の鐘の前に、中庭の四阿《あずまや》に行けばよろしいですか？」

「はい」

涼しい顔で文官が出て行った。

いつも玉鶯が茶会をしている場所だ。水源《オアシス》のすぐそばで、他よりも涼しい。茶会をする前には朝から虫よけの香が焚かれているのでよくわかる。

玉鶯という男は無能ではない。有力者の子ということもあって、しっかりした教育を受けている。元は商人であった玉袁の影響だろうか、西都を発展させようとする気概は陸孫でもよくわかる。

彼の目には若い頃から変わらぬ、野心にも似た向上心がある。

そのためか危うさすら感じることもあった。

「……これも私の管轄でしょうか？」

執務室にこもることが多くなったので、人と話すことが減ってしまった。独り言をつぶやく癖ができても仕方ない。

「もっと人と話がしたいんですけどねえ」

人の顔を覚えるという特技は同時に趣味でもあった。一度顔を見たら忘れないということは、同じ人ばかり見ていると飽きるということである。

出てきたのは絹や宝石といった装飾品の請求書だ。交易地ということで、都で買うよりずっと安い値段には違いないが、それでも桁《けた》が違う。何に使ったのかは、簡単に予想がついた。

陸孫が西へ来たばかりの頃、一人の女性とすれ違った。年齢は十五、六。玉葉后によく似た雰囲気の娘だ。

案内をしてくれた官に話を聞くと、玉鶯の娘だと言う。

似ていないけど、とつぶやく官だがそれ以上口にしないだけ賢かったかもしれない。

「本当に向上心を持っておられる」

今はその娘はもういない。都へ旅立ったのは数日前だろうか。

陸孫は、口角を軽く上げると、またさらさらと筆《ペン》を走らせた。

真っ黒な髭《ひげ》を蓄えた御仁は、焼けた肌をのぞいてはあまり西都の住人には見えない顔つき体つきをしていた。多少の彫の深さはあるものの、あくまで茘《リー》における典型的な顔つきをしている。髪は直毛で、比較的丸顔、肉付きは西都の平均的な人間よりほっそり、だが筋肉はしっかりついている。

誰かと言えば陸孫の目の前にいる玉鶯という男だ。

父である玉袁が好々爺《こうこうや》の商人に見えるのなら、その息子は武将に近い。年齢は四十路をいくつかこえているが、酒太りしやすい西都の住人の中だと十は若く見える。快活に笑う白い歯は、好印象にとられるだろう。

まっすぐ伸びた八重歯を見て、陸孫はそっと目をそらした。

「お招きいただきありがとうございます」

陸孫はゆっくり頭を下げる。

「いや、かしこまらなくていい。座ってくれ」

下男が籐椅子を引く。陸孫が座ると、卓《テーブル》の上に果実水《ジュース》が置かれる。

「茶のほうが良かったかな？」

「いえ。机仕事は甘いものが欲しくなります」

地下水で冷やしているのだろうか。玻璃の器には結露がついていた。

「かしこまっているな。何か裏でもあると思っているのか？」

「ははは。緊張してしまうものですから」

陸孫は笑いつつ、果実水を口に含む。

「分不相応に私などが王都から派遣され、さぞやがっかりしているのではないかと、心落ち着かぬもので」

「ははは。父上の人選は間違いなかろう。何より、あの羅漢《ラカン》殿の下で働いていたおまえが無能なわけがない」

羅漢殿、か。

陸孫は玻璃の器を置く。卓の中心には色とりどりの果実が盛られていた。

「ところで」

玉鶯が立ち上がり、後ろを振り返る。彼の視線の先には商人の一団が見えた。

「あの中に見覚えがある人間はいるか？」

「……三人います。二人は毎年都にやってくる隊商を取りまとめている人物です。もう一
人は、海路を中心に交易をおこなっている者」

下男がやってきて陸孫の前に筆記用具を置く。陸孫は名前を書いて渡す。

「名前を憶えているのは二人だけです。あとは初めて見る顔です」

「わかった。照らし合わせてみる」

何か怪しい人間がいないかの確認か、それとも陸孫の特技を試したいだけなのか。

しばらくして戻ってきた文官が玉鶯に耳打ちする。

「ふむ」

満足する答えだったのか、髭《ひげ》を撫《な》でる玉鶯。

「さすがだな。正解だ」

「……たまたま見覚えがあっただけです」

陸孫は、ゆっくり頭を下げて謙遜する。

「不思議だな。人の顔など、日に何十、何百とあるのに覚えているものなのか？　もしかして、都で異能と噂《うわさ》される羅《ラ》の一族と血縁でもあるのか。だから、羅漢殿に仕えていたのではあるまいか？」

「そ、そんな」

今日、初めて心から陸孫は笑った。むしろ西都に来て一番面白かった話かもしれない。まさか羅の一族と血縁があろうと思われるなんて、どんな旅芸人の冗句《ジョーク》よりも面白い。

「あの一族は枠外の人間ばかりですよ。私の場合は、そうですね。もう癖みたいなものでしょうか？」

「癖？」

「はい。人の顔は忘れてはいけませんと、母から教えられましたので」

「そういえば商家の出と言っていたな」

「はい、お客様の顔を忘れるのは商いに支障を来たします。生きていけないと思いなさいと」

陸孫は笑いで緊張がとれたのか、つらつらと口から言葉が出てきた。

「厳しい母だったのだな」

「ええ」

陸孫は一呼吸置くように果実水《ジュース》を飲む。軍師様も好んで果実水を飲んでいたな、と思っていると玉鶯が驚くことを口にした。

「羅漢殿もその味なら気に入ってくれるだろうか？」

「羅漢さまが下戸だとご存じですか」

「有名な話だ」

有名なのは陸孫もわかる。あの人の通ったあとはまるで台風が過ぎ去ったように荒れている。暴風が散らかしたあと、片付けるのが陸孫の仕事だった。

「西都に来た際は、これを含めた果実水を用意しよう」

「西都に来た際ですか？」

思わず陸孫は反芻《はんすう》してしまった。ぬるい汗が浮かんでくる。

「おや、また身構えているぞ。そうだな。初耳か。いいことを教えてやろう」

むしろこちらが本題と言わんばかりに。

「羅漢殿は西都に来る。なんと皇弟殿も一緒にな」

まるで皇族のほうがおまけのように言い放つ。

陸孫は形だけ口角を上げると、心の中で深くため息をついた。

問、三十万人の人間の食糧は一年間にどれだけ必要か。

答、物による。

ふざけた回答を受けて、陸孫は怒りを通り越して呆《あき》れてしまう。

急きょ呼び出されたあとの茶会で数人と話をすることができた。皆、流通に詳しい者ばかりで、もっと気が利いた答えを教えてくれると思っていたのに。

「はっきりとは断定できません。西都周辺は、華央州とは植生が違います。米は中央よりも高級品です」

理由を言われたらわかる。わかるが何度も聞いていた。

米が駄目なら小麦、小麦が駄目なら蕎麦、代替できる食糧を組み合わせて、それぞれどの程度確保できそうかという算出が欲しかったのだ。

もう何度も算出している。だが、専門ではない陸孫の考えでは答えは出ない。

しかし、西都の役人は正直そこまで陸孫のためにやってくれる者はいない。所詮はよそ者扱いではね除けられるか、もしくは上層部から止められているか、もしくは忙しくて手が回らないのか。

「月の君はいつもこんな感じだったんだろうなあ」

陸孫は息を吐きつつ、つい漏らしてしまう。

羅漢の妨害を何度も受けたあの貴人は、若い割にがんばっていた。しかし、ただがんばっただけでは評価されない。誰よりも秀でた評価を受けなければ是とされないのが皇族というものだ。

とぼとぼと執務室に戻ると、伝令が部屋の前で待っていた。

「華央州からの文《ふみ》です」

陸孫は、箱を受け取る。正直、文とは言い難いものだった。箱は紐でくくられ、飾りのように組まれている。都ではよくこんな文書を受け取っていた。紐の組み方に一定の法則があり、解かれたら簡単には元に戻せないようになっている。

解き方にはこつがいるが、正直今の陸孫にはあまり気力が残っていなかった。小刀で紐を切り落とすと箱を開けた。

文書の束、一番上に『目糸隹』とある。『羅』の字を崩しただけというお遊び程度の暗号で、羅半が主にやりとりの際、好んで使う。

羅半は、羅漢の甥でその関係からよく行動を共にすることが多かった。陸孫としては同僚というより友人に近いと思っていたが、結局仕事の話ばかりしかしていなかったなと反省する。

「さすがですねえ」

数字に強い羅半は、明確に陸孫が欲しかった資料《データ》をくれる。

米の場合、一反で一石《ひゃくごじゅっキロ》収穫され、それが一人分の米の消費量と考えられている。もちろん、米の割合は他の食材を入れても変わる。それが、小麦に、豆に、芋にと置き換わった場合、どれだけの量になるか事細かに書いてある。さらに、保存の良し悪し、流通のしやすさ、現在の時価まで書いてある。

「芋を推してくるかと思ったけど違うか」

羅半の実父が芋を栽培しているが、芋は米や麦に比べて保存しづらく長持ちしない。保存方法、加工方法を考えている途中らしい。

つらつらと数字が羅列してあって、陸孫はくらくらしそうになった。羅半としてはちゃんと整理して書いているのだろうが、本来数字を見て物事を把握するという能力は希少なものだ。陸孫は必要に応じてできるようになったが、一般的に、数字など店先で買い物できればいいという程度の認識でしかない。

ぼんやりした眼でぺらぺらと文という名の資料を読む。

ほぼ資料だけの中、一言だけ『近いうちに面白いことがあるよ』と書かれてあった。

「多分、知ってるね」

羅漢がやってくることだろう。

羅半としては、陸孫を驚かせようともったいぶった書き方をしたかもしれない。しかし、残念ながら先に玉鶯によって知らされたばかりだ。

陸孫は笑みを浮かべると、文を元通り箱に収めた。そして、先ほど切り取った紐を摘まむ。

「うーん」

自分で切っておきながら、切らなきゃよかったと後悔する。新しい紐はないか抽斗《ひきだし》をあさり、麻ひもを手にすると箱に巻き付けた。

どんな結び目か覚えておけば、誰かが開けて元に戻したとしてもすぐわかる。

棚の下に置いてある行李に箱を収めると、大きく伸びをする。

「ちょっと散歩にでも行こうかな」

やはり独り言が多くなっている。机仕事で精神をやられて仕事を辞めた官がいると聞いたが、陸孫もまた同じかもしれない。

先ほど、茶会ですぐに散歩。仕事をさぼっているように見えるが、普段真面目にやっているので許してもらおう。

「そのうち外回りでもさせてもらおうかな」

現場を知らねば、商人は何も売ってもらえない。母が言っていた言葉だ。もうずいぶん前に聞かされたがまだ覚えている。

陳情書を理由に農村を視察させてもらおうか。

どう説明して視察を決行するか考えつつ軽く中庭を一周する。

すると、どうにも騒がしい声がした。

進路を変えて、声がするほうへと向かうと、屈強な男たちが大声で叫んでいた。喧嘩《けんか》だろうかと思った。男たちの中心で二人の男が取っ組み合いをしている。いや、違う。捽跤《すもう》を取っているのだ。

騒ぐ男たちは楽しそうに笑っている。皆、武官だと陸孫は記憶していた。頭に巻いた巾《スカーフ》の色は皆同じ、青い色をしている。帯の色から、階級はばらばらだ。

陸孫は顔を出そうとしてひっこめた。取っ組み合いの末、勝利したのははっきり見覚えがある顔だ。玉鶯である。

先ほどまで茶をすすっていた人物が、今度は捽跤を取っている。

部下と笑い合い、汗をかく姿は到底西都を統べる者には見えない。周りにいる者たちにとっては、玉鶯は気さくな下の者を想う領主なのだろう。

ごくんと陸孫は唾を飲み込む。

玉鶯が点数稼ぎに下官と捽跤を取っているとは思えないし、なにより本人も楽しいのだろう。

玉鶯に見つかっては困る。一緒に捽跤を取ろうなどと言われたら、身が持たない。息抜きに散歩をしている後ろめたさもあって断れないだろう。

陸孫は踵《きびす》を返して執務室に戻ることにした。気分転換するより仕事に打ち込んだほうがよさそうだ。陸孫が西都にやってきたのは、玉鶯がやっていて足りない部分を補佐するためである。

陸孫の負担は大きいが、彼とて仕事をやっていないわけではない。今のお祭り騒ぎも、人の心をつかむという点では有効に働いているようだ。

昔見た舞台劇を思い出した。武将が部下たちと酒を飲み明かすのだ。いつ死ぬかわからない戦場で、つかの間のひと時を楽しむ。

玉鶯は、あの時主役だった武将とよく似ていた。

世の中には主役と脇役がいる。陸孫は自分が脇役側の人間だとわかっている。

戦国の世なら勲功も上げられず死に、平和な世ならひたすら雑務をこなすだけの役に。

玉鶯は違う。彼は物語の中心人物に配置された男だ。

陸孫とは違う。

もう一回、大きく息を吐く。

「あの人は、西都には必要なんでしょうね」

平和な世でも主役になれる男だった。

十四話　選抜

（案外平気だった）

という感想が口から出そうになり、猫猫《マオマオ》はそっと口を押さえた。

手を入念に洗い、衣服を着替える。あとは風呂屋に行く。それだけだ。

初めて人間の体を解体した。絞首刑になった強盗犯の男の遺体で、体の各所に切り傷の痕があった。まさか死んで切り刻まれるとわかれば、もっと違う人生を歩もうと思ったかもしれない。

（体も念入りに洗わないとな）

においが残っていないか手を嗅《か》ぐ。着替えにもちゃんとほのかに香を焚いているので問題ないとは思うが――。

「娘娘《ニャンニャン》」

これは呼び止められたと考えていいのだろうか。こういう呼び方をするのは一人しかいない。振り向くと天祐《ティンユウ》がいた。

「……」

返事をすると名前が違うのに肯定したことになる。だからと言って、無視するのもどうかと思う。

（これでくだらない話だったらさっさと帰ろう）

しかし、呼び止めるだけの理由はあった。

「今から劉《リュウ》医官から話があるとよ」

「湯浴《ゆあ》みは？」

「あ・と・ま・わ・し」

どこかもったいぶる言い方をする天祐だが、当人も風呂に入れないことを不満に思っているようだ。服を鼻にすりつけてくんくん嗅《か》いでいる。

自分一人ではないのだから、文句を言えるわけもなく、猫猫は天祐についていくことにした。

しかし、他の見習い医官たちはさっさと帰っていく。

「他のかたたちは？」

「わかんないかな？　追試だよ」

追試という言葉を聞いて納得した。他の見習い医官たちは動物の解体は上手くできていたが人間になると、やはり手が震えていた。

普通に切っていたのは猫猫と天祐くらいだったろうか。

（つまりこいつもか、あと何回か実地を見るかと思っていたのに）

猫猫はまた手のにおいを嗅ぐ。

連れて来られた先の部屋では、劉医官およびおやじこと羅門《ルオメン》とその他数名の医官たちがいた。会議用の大きな長卓に椅子が並べられ、上座を中心に座っている。

（上級医官ばかり？）

皆、腕は確かで学ぶことも多い人たちばかりだ。

医官にも位があるが、ざっと上級、中級、見習いと呼ばれることが多い。

その中に、明らかに浮いた人物を見つけてしまい、猫猫は思わず目をこすってしまった。

ぱたぱたと手を振っている。ふくよかな輪郭に優し気な瞳。宦官《かんがん》なのになぜかどじょうのような髭《ひげ》がある男。

「医官さま……」

もちろん、ここで言う医官というのは『後宮』という頭文字がつく。

やぶ医者だった。

（なぜ、こんなところに。いや、人選的には間違いないんだけど）

仮にも後宮の医療を一人でやっているのなら、位だけでも上級医官という肩書がつく。

しかし、どうにも浮いている。

他の医官たちが何かしら突出した能力を持った人たちの中、ぼんやりした子豚のようなやぶ医者がちょこんと座っているのだ。

（そういえば……）

やぶ医者は死体ですら触れるのを怖がる性格だ。

（どうやって見習い医官から医官に昇格したのか？）

謎だ。宮廷七不思議じゃないだろうか。

猫猫が考えているうちにぱんぱんと手を叩く音がした。

「集まったみたいだな」

劉医官がざわついていた部屋を静かにする。

周りにはいつのまにか数人の中級医官もいた。実はやぶ医者以上に場違いな猫猫を見ている。

容貌は優れていなくても、男ばかりの医官の中に女が一人混じっていれば嫌でも目に付く。

「じゃあ、話を始める。空いている椅子に好きなように座れ」

（座れと言われても）

上級医官は座っている。

中級医官が動き始めた。

見習いの天祐はまだ立ったまま。

猫猫も皆が座るのを待つ。

好きなようにと言われても、結局は序列順だ。緊急事態ならともかく、こういう場面では流れにそって座ったほうが軋轢《あつれき》を生まずにすむ。

天祐が一番下座を取り、猫猫は最後に空いた席に座る。

(また微妙なところだわ)

上級医官の隣に座ろうと思う者がいなかったようで、一つだけ空いた席はやぶ医者の隣だった。にこにこのやぶ医者の横に座る。

「いやあ、久しぶりだね。食べるかい?」

やぶ医者は、そっと卓《テーブル》の下から飴を取り出す。

(近所の小母ちゃんかな?)

「今はちょっと」

丁寧に断りを入れる猫猫。口の中でころころ飴を転がして話を聞くわけにもいかない。何より劉医官が睨《にら》んでいる。やぶは気付かれていることに気付いていない。

さて、ところでなんで呼び出されたかと言えば、劉医官が話をすすめてくれた。とりあえずほっぺをころころさせているやぶは置いておくことにしたらしい。

「呼び出した理由は、この中でちょいと西都に行く者を決めようと思う」

前に壬氏《ジンシ》が劉医官と話していたことだ。

遠征をするために医官を連れていきたい。あと二人は欲しい、とのことだった。

（あと二人というと、最初は何人だったのか？）

猫猫はあの場にいて、乗り気で立候補した。果たして選ばれるかは、わからない。

でも、選ばれなければ困る。本当に困る。

「西都に行きたいと思う者はいるか？」

猫猫は周りを見つつ、手を挙げようとしたが、その前に勢いよく手を挙げる者がいた。

「その前に質問です」

質問と言われると、猫猫は手を挙げるわけにもいかず、すごすごと引っ込める。

「前提条件が曖昧《あいまい》すぎます。何のために西都へ行けというのですか？　すなわち左遷ということでしょうか？」

中級医官の中では有能と言われている人だ。名前は憶えていない。

（あー、そうだよな）

前提として壬氏が西都へ行くと言っていたので、猫猫はおのずと遠征と思っていた。しかし、事情を知らない相手からしてみれば、左遷と言われても変わりなかろう。

（いや、もしかして本当に左遷？）

左遷、いやあの口ぶりだと壬氏が直接出かけるようだったし、そんなことはないと思うが。

しかし、周りから見たら壬氏は主上にも玉葉后《ギョクヨウ》にも遠征することを望まれている。東宮が生まれたことで、たとえ実弟であっても邪魔になったと見られるかもしれない。

「えー、左遷なの？」

やぶ医者が狼狽《うろた》え、小声で猫猫をつつく。

（聞いてないの？）

上級医官なら説明を受けていそうなのに。いや、やぶだから省かれた。それとも、餡玉を舐《な》めていて聞き逃したのだろうか。

劉医官がわざとらしく咳払いする。猫猫はやぶ医者が話しかけるのを無視するしかない。

「左遷ではない。が、場所が場所だけに長期になる。どう短く見積もっても、三か月は都を離れることになる」

「……戦が始まるということでしょうか？」

この中級医官は、頭は切れるが、歯に衣着せぬ言い方しかしない。

そのためか周りがざわつく。やぶ医者も怯《おび》えてくっついてくる。猫猫は周りの視線が痛い。

「虞淵《グエン》さんや。ちょっと」

羅門《ルオメン》がやぶ医者をつつく。

（やぶ医者、虞淵っていう名前だったのか）

後宮にいた間は『医官』としか呼ばれていなかったので、名前を聞く機会がなかった。もしかしたら聞いたかもしれないが、正直猫猫は人の名前を覚えるのは得意ではないので仕方ない。

（あの武官なら忘れないんだろうけど）

また陸孫《リクソン》を思い出す。確か西都に行っていると聞いたので、彼こそまさに左遷された側だろう。

猫猫はやぶ医者から解放され、かわりに羅門が捕まった。

「どうなの？　羅門さん」

「ええっと、今は話を聞いておこうかね。虞淵さん」

もう劉医官は呆《あき》れてやぶ医者のほうを見なくなった。空気が読めないというのはある種の才能だと思わざるを得ない。

（なんで解雇されないんだろう？）

本当に不思議すぎる。

「戦かどうかは知らん。我々の仕事は病人や怪我《けが》人を治療するのが仕事だ。言われたことをするだけだ。それに、今回の遠征は大掛かりなものとなる」

周りの反応はあまり良くない。ここで立候補する者なんていないだろう。

(ここで誰が中心となって行くか聞いたら態度変えるかもなあ)

壬氏であれば皇族だ。医官になれば直接話ができる機会もあるかもしれない。

(しかし、壬氏が行くとしてまだ発表は……)

身分を考えるとぎりぎりまで黙っておくものだろう。

となれば、自分から手を挙げる者はいない。

猫猫は安心しつつ手を挙げようとしたが、劉医官に睨《にら》まれた。

(どういうことだ?)

ここで猫猫は立候補するなということだろうか。やはり猫猫では分不相応だと言いたいのか。

「誰も手を挙げる者はいないか。そう思って、すでに候補は三人決まっている。もう一人欲しいのでその立候補を募ったのだ。あと一つの席、欲しくないのか?」

煽《あお》っているが、皆、無反応だ。上級医官たちはすでに話を聞いているのか、やれやれという顔をしている。

「はーい」

一人手を挙げた者がいた。誰かと思えば、天祐だ。

「誰もいないんでしたら、いいですか？　まだ見習いですけど」

普段と変わらない軽薄そうな声だ。動物を解体するときも、人間を解体するときも変わらなかった。

燕燕《エンエン》にあれだけ冷たくされてもへこたれないので、精神がかなり図太い人間なのだろうなと思っていたがどうやら違うらしい。

最近、天祐とは話すことが多くて段々わかってきた。

天祐は感情の振れ幅が他人より著しく小さいのだろう。傍から見れば口が達者で話し上手なので感情的と思われるが。

燕燕に対して声をかけるのも、一番冷たく興味深い反応を示してくれるからかもしれない。

（歪《ゆが》んでるよなあ）

人間誰しもこじらせるところがあるので、深く突っ込むほどでもない。

「他には？」

誰も手を挙げない。

ふうっと息を吐く上級医官たち。

（壬氏が来る以上、あの中の誰かが入るんだろうな）

劉医官は責任者なのでありえない。西方へと向かうなら知識が深く西方の言葉も理解している羅門がいいと思うけれど、猫猫は首を振る。

（年齢的に、体力的にきついだろうな）

宦官《かんがん》になったことで、ただでさえ実年齢より老けて見える。さらに片膝《かたひざ》の骨を抜かれている以上、長旅は不向きだ。

すでに三人が選ばれているとしたら、猫猫はどうなるのだろうか。

（初めから入っていると信じるしかないか）

しかしもったいない。西都を辺境だと思う人間は多いが、そんなことはない。実際は西方の文化が流れ込んでくるのでかなり発展した都市だ。さらに、医術の面でも新しい技術が入ってきやすい。

（おやじ、行かないだろうか）

無理だろうな、駄目だよなと思いつつ考えてしまう。羅門はまだやぶ医者にくっつかれて迷惑そうだけど離せないでいる。

「他に誰もいないな？」

劉医官が確認するとまた例の優等生中級医官が手を挙げた。

「行きたいのか？」

「質問です」

そして、中級医官は猫猫を見る。

「なぜそこに医官付きの官女がいるのでしょうか？」

誰しも聞きたかったことだろう。しかし、ここで言うのは空気が読めていない気もする。

「この場に特別にいるということは、まさか医官枠に入れているのでしょうか？」

（入っているといいねえ）

ここで答えを聞けるなら願ったり叶ったりだが、周りの空気が重い。すでに上級医官は話を聞いているのか特に何もないが、中級医官の視線が痛い。天祐は特に表情が変わらず、周りを見ている。

「医官枠には入っていないが、ついてくることになっている」

猫猫はほっとした。妥当な扱いだと考える。ともかくついていけるのであれば良かった。

「長旅というのであれば、官女を連れていくのには不向きかと思います」

食ってかかる中級医官。

「たしかに体力は男に比べるとねえが、こいつはさっき実技試験に合格した。少なくとも医官の技術は持っている。また、薬の知識に関してはおそらくおまえよりは優れている。旅先で薬が切れたとき、学術書を読まずに、その場の材料で対処できるかというのは大きい」

劉医官は厳しいが見ているところは見てくれている。

中級医官たちはまだ不満そうだ。中には「あの試験をか？」、「いいのか？」と信じられない目で見る者もいる。

「それでも女を医官と同じような扱いにして連れていくところは気に食わないのか？　今回は大所帯だ。他の職務で官女もついていくことになるぞ。手伝いが増える分は問題ないだろう？」

「それでも医官専用の官女が付いたのは今回が初めてです。何より、実技試験を受けさせるなどと、いくら劉医官でも……」

（ふむ）

これは天祐とは反対の性格だ。多少やっかみはあるものの、一応猫猫のことを気遣ってくれているらしい。空気が読めない発言も、猫猫のことを考えてだったら、ありがたいが迷惑だ。

「私が決めたことじゃない」

劉医官はちょっとだけ不貞腐《ふてくさ》れた言い方をした。そして、次に恐るべき発言をする。

「漢太尉が今回行くのだ」

中級医官たちがざわつく。

猫猫は全身の毛が逆立ってしまった。羅門を見ると、なんとも悲しそうに見つめている。

燕燕ではないが、猫猫も歯をかちかち鳴らしそうになる。

「おまえら、面倒見きれるか？」

あきらめにも似た声で劉医官が言うものだから、誰も反論しなかった。機密情報を口にしていいのか悪いのか困るところだが、人選的にどうとでも取れる相手だ。

しかし、猫猫はそこまで深く考える余裕はなく、瞬間的に頭が沸騰していた。

（あの野郎!!　知ってたな!!）

猫猫は、久方ぶりに壬氏を水たまりの中でふやけた蚯蚓《みみず》でも見るような気分になった。

さらに追加で。

「出発は五日後。準備のために休暇をやるので、周りに挨拶《あいさつ》するなりしておけ」

猫猫は開いた口がふさがらなくなっていた。

十五話　旅の準備

出発は五日後。

急な話なので、猫猫は大急ぎで準備をすることになった。買い出しとともに、色々回って話をすることになった。

（いや、遠出するのをべらべら話していいものか）

と考えたが、すでに通達が回っており問題ないそうだ。

（やり手婆には絶対言っておかないとな）

また、帰った時に腹に拳を食らってしまう。

というわけで緑青館《ろくしょうかん》に来たわけだが。

「ふーん、そうかい。土産は龍涎香《りゅうぜんこう》でいいよ」

（いや無理だって）

名前の通りなら龍の涎《よだれ》からできる香だが、実際は違うらしい。とても高い。薬としても使われ、心臓に効果がある。

「おい、またかよ！　どうなってんだよ！　官女って遠征するもんなのかよ!!」

とまあ、叫ぶのは誰かと言えば薬屋見習いの左膳《サゼン》。涙目で訴えている。

「悪い、なんとかしてくれ。克用《コクヨウ》もいるし、なにかあればおやじに連絡すればいい」

と、猫猫の署名入りの紙を渡して終わる。

左膳は、客が来たのでしぶしぶ薬屋に戻った。

（本人が思っているよりちゃんとできているんだけどな）

かなり心配性だ。自分を過小評価してしまうところは性格なのかもしれない。

「あらら。西と言えば日焼けが大変ねえ」

おっとりとした反応なのは緑青館の姉御こと白鈴《パイリン》だ。今日はやたら肌艶《はだつや》がいい。

（昨日は上客が入ったのか？）

ちょっとどころではなく色欲過剰過ぎるこの小姐にとって、上客とは金払いの良さだけではない。きっと昨晩は、いい肉付きをした絶倫な殿方が客だったのだろう。

「はい。これは必須。毎日起きたらつけて、寝る前には顔を洗って落とすこと」

どんっと陶器製の器を置くのは梅梅《メイメイ》。入っているのは肌にいい軟膏《クリーム》だろう。

「顔を洗えるかわからないと思うけど」

西都までの道のりは遠い。陸路でも海路でも、水は不足しそうだ。

「そんな場所に猫猫を連れて行くなんて、どこの莫迦《ばか》なんだろうね」

（あなたも知っている覆面の貴人でございます）

どこかとげのある言い方をするのは女華《ジョカ》。

緑青館の三姫勢ぞろいだ。

「心配よぉ。猫猫、今からやめにしない？」

ぎゅっと抱きつく白鈴小姐。昨晩はよほどいい運動をしたのか、体温がまだ熱っぽい。

「私たちが必死こいて稼いだお金がお偉いさんの旅行に使われんだね」

けっ、と唾でも吐き出しそうな女華。

「なに言っているの。そのお偉いさんのおかげでうちらの商売が成り立っているんじゃない。がんばって搾り返しましょう」

朗らかに笑うのは梅梅。言っていることはえぐい。

「それに、心配なのは心配だけど……」

梅梅はそっと窓の外を見る。

「猫猫に危害を加えるような相手がいたら、容赦しない人が行くのよね？」

物憂げな表情で猫猫に視線を移す。

「梅梅小姐。遠まわしに言っているけど、ほんとそれが一番気がかりなんだけど」

変人軍師が行くことだ。

どういう理由で行くことになったのか、わからない。少なくともどんな人物か知っていれば西都側としては断るだろう。

（断れない理由がある？　まさか招待したとかねえ）

変人軍師なら数か月仕事しなくても、部下がしっかりしているので問題なかろう。

なにより怖いのは道中面倒を起こさないかだ。

想像するだけで頭が痛くなる。

（これを踏まえて私を利用したのか）

歯をぎりぎりと鳴らしてしまう。元々、なんでも利用してくる人間だったので、忘れていた猫猫が悪かった。

逆を言えば、後宮時代から変わらぬ人の扱い方に少しほっとしている面もある。

上に立つ人間が情に流されることはあってはならない。

壬氏《ジンシ》の行動には時に感情的なものもあるが、その中には理性が残っていると信じている。信じていたい。

（いや、無理だ）

猫猫は、即座に否定する。ならば焼き印騒動なんて起こすわけがない。

しかし、何でもかんでも壬氏のせいというわけでもないだろう。

そもそも、人選は壬氏が選んだものではなく、仕方なしにやったものかもしれない。

どちらにしても、猫猫には迷惑の一言であるが。

猫猫は梅梅から貰った軟膏を片付ける。

「おい、そばかす」

後ろから生意気な声がした。

「なんだ、趙迂《チョウウ》？」

猫猫は面倒くさそうに振り返る。

「ばーーーーかーーーー」

それだけ言って、生意気な餓鬼《がき》は走り去った。麻痺《まひ》が残った体なので足を引きずっているが、元気が有り余っていることがわかる。

子分の梓琳《ズーリン》もべぇと舌を出して、趙迂についていった。

「なんだ、ありゃ？」

「猫猫、だから趙迂は寂しがっているのよ」

「ふーん。梓琳も相変わらず、趙迂にくっついてんの？」

「あれは、最近再発したの」

困った顔の梅梅。

「再発？」

「あの子、姉がいるじゃない？　あんたが梓琳と一緒に連れてきた娘。禿《かむろ》修業してたんだけど、今年の始めに客を取り始めたんだよ」

「そうなのか」

緑青館では女の出入りが多いので、いちいち確認していなかった。

「まだ早くない？」

猫猫は痩《や》せぎすの娘をぼんやりと思い出す。

「年は十五さ。飯を食わせたらずいぶん肉付きが良くなって、あれよあれよと常連たちが目をつけだした。もとは良かったのさ。ここに来る前は、よほどろくなもの食べてなかったんだろうね」

本人も向上心が強かったので、早く初舞台を踏みたいとなったそうだ。

妹としては複雑な気持ちなのだろう。

「芸はまだまだだけど、伸びそうよね、あの子」

「そうかね？　ちょっと尖《とが》りすぎてどうかと思うけど」

女華が言うのだから、白鈴が大笑いする。

「『女華』なんて名乗るあんたに言われたくないわー」

元々、親がつけた名前ではない。やり手婆が昔を捨てるためにつけることもあるが、彼女は創世の女神の名前をもじった名前を自分でつけた。さらに『華』なんて大層な字を当てている。

「母親が私の父はやんごとなき人だって言ってた。だから私にも使う権利がある」

などと言っていた。

（華の文字を使える相手なんて）

皇族しかいない。となれば、父親は先の皇帝くらいしか年齢が合わないが、もちろんそれはありえないことを猫猫は知っている。

女華小姐は、だまされた母親を見てどう思ったのか。彼女の男嫌いもそこから来ているのではと思わなくもない。

やり手婆もやり手婆で、その尖った名前を使わせるのだ。

（こわいこわい）

緑青館は猫猫がいなくても廻っていく。強い女たちばかりの場所だし、男もそれなりに強《したた》かなので大丈夫だろう。

猫猫はふうっと息を吐くと、次の準備に向かった。


買い物を済ませて宿舎に戻る頃にはとうに日が傾いていた。

（これからが一番問題かもしれない）

猫猫は大きく深呼吸をすると、宿舎に入った。

とんとんとん、包丁の音が響いている。

（やってる）

猫猫は、台所をのぞき込む。

姚《ヤオ》が燕燕《エンエン》の指導のもと、鶏肉を切っていた。

その手はまだおぼつかないものの、先日の骨まで断ち切りそうな勢いはなく、ちゃんと料理しているように見える。

「……」

「……」

鶏肉に集中する姚は猫猫に気が付いていない。燕燕が気付き、猫猫に目で訴えかけている。

（今、集中している。邪魔するなってところ？）

猫猫は自室に向かうと、廊下の向かいから宿舎の小母さんがやってきた。

「猫猫、何か月も遠出すんだって？　部屋はそのままにしておくけど、掃除はしておいたほうがいいかい？」

小母さんの声はよく通る。もちろん、台所まで聞こえたようで「いたっ！」、「お嬢様！」とお約束の応酬が聞こえてきた。

そっと戸の隙間から顔を出して確認すると、予想通りの光景が広がっていた。

「ああ、お嬢様駄目です。指をくわえないでください。生の鶏肉は危険です。すぐ手当しますので」

たとえ食用でも生肉には毒や虫がいる場合がある。

「燕燕、やりすぎだと思う」

猫猫は姚の手をさらしでぐるぐる巻きにしてむしろ雁字搦《がんじがら》めにしているところで、声をかけた。

しかし、話しかけたはいいが、姚はむすっとしていた。何か言いたそうな顔なのはわかるが、猫猫とて人間関係に器用ではない。なんと声をかけていいのかわからない。

まだ包丁の使い方を習っている時点で、劉医官から声をかけられて特別授業を受けているということはないだろう。

「……すみません。しばらく留守にします」

「わかりました」

燕燕はちょっと寂しそうな顔をしてくれたが、それは一瞬で「これで姚さまと二人きり」というなんとも言えない表情が浮かんでいた。姚が俯《うつむ》いて見ていなくてよかった。

姚もわかっていると思う。彼女は頭がいい。頭では理解していて、感情が追いついていないだけだ。

(まだ十六だものな)

猫猫よりも四つも下だ。

仕方ないと自室に向かおうとしたら、だんっと床を大きく踏み鳴らす音が聞こえた。

「猫猫！」

「はい？」

ふしゅうと、猪《いのしし》が鼻息を出すような呼吸の荒さだ。姚が立ち上がって何か覚悟を決めた顔をしている。

「お嬢様」

どこから取り出したのか、『姚』『加油《がんばれ》』と書かれた団扇を二枚持っている燕燕。この侍女はどこか芸が細かい。

姚はもう一度大きく息を吐くと、猫猫の前に立った。

「はい、お嬢様」

燕燕がそっと姚に冊子のようなものを渡す。

「んっ」

姚はその冊子を猫猫に押し付けた。

「な、なんでしょう？」

「な、何って」

上手く口に出せない姚を支援するのは燕燕だ。

「先日、あの書庫の本を写しました。教本にない事例をできるだけ集めてみたので猫猫も知らない内容があると思います」

「えっ？」

(なにそれ、欲しい)

「も、貰っていいんでしょうか?」

「あ、あげるって言っているでしょ!」

姚が切れ気味に返すが、言っていない。

でも、貰えるなら貰う。早速、ぺらぺらとめくり確認する。

「おおっ、おおおおおお」

「ちょっと、今見ないでよ! い、言っとくけど、私は別に大したことはしてないわよ。燕燕がどうしてもと言うから、ちょっとだけ! ちょっとだけ、書き写してあげただけだからね!」

どうしよう、この娘はつんとしていてでれっとなる。

あいにく、姚と燕燕の字の特徴はわかっているので、どっちが書いたのか指摘しない優しさくらい猫猫にもある。

「ありがとうございます」

猫猫は丁寧に頭を下げる。ついでに手も握ってしまった。

正直、鼻水が垂れるほど嬉しい。

「……ふん。せいぜい、旅の途中の暇つぶしにでもしなさい」

頬《ほお》を染めながら、姚が小声で返す。

後ろで燕燕が握っている手を凝視していた。

「ではお返しにお土産を買ってきますね」

「別にいらないわよ！」

むっとしたまま、姚はまたまな板の前に立つ。

「怪我《けが》をした状態だと、まず何も切らせてもらえないので、とりあえず怪我の処置をしましょうか」

燕燕だけに怪我の処置を任せると、さらしでぐるぐるの木乃伊《ミイラ》になってしまいそうだ。

姚は大人しく猫猫に治療させてくれたが、ちょっと燕燕が怖かった。

十六話　船旅

出発の日、猫猫《マオマオ》は一抱えの荷物を背に馬車に乗った。

（感慨深いような、いつものことのような）

いつも通りの燕燕《エンエン》とちょっとぶすくれた姚《ヤオ》に見送られた。猫猫は少し寂しい気もするが、そのうち戻ってくるつもりでいる。

医療器具の類はすべて別に用意して詰め込んだ。他に必要な物も運んでもらっているので、手元にあるのは着替えと、姚たちが書き写してくれた本くらいだ。猫猫は、乗り物酔いしない体質なので、暇な時間は本を読んで時間を潰すつもりだ。

（医官は四人行くと聞いたけど）

結局、誰が行くのか教えてもらえなかった。何かしら思うところがあり、隠しているのだろうと勘繰ってしまう。

馬車に乗るなり、一人は誰かわかったが――。

「おー、あれが俺たちが乗る船か？」

馬車から顔を出しているのは天祐《ティンユウ》だ。結局、立候補したのが彼しかいなかったので、大体予想はついていた。

（こんな新人を出すなんて――、って人のこと言えないか）

医官の数として入っていないが猫猫も選ばれている。医官が四人と医官手伝いが一人。劉医官は人手が足りないと言っていたので、かなり考えた結果がこれだろう。

猫猫はあくまで手伝いの立場、肝に銘じつつ、同時に本題も忘れてはいけない。

皇弟こと壬氏《ジンシ》に変人軍師が来るということで、今回の旅は前よりもずっと大掛かりだ。大きな帆船が三つ並んでいる。海路で向かうとのことだが、今まで見た中で一番立派な船だ。帆柱がそれぞれ四、五本ついており、大砲が見える。形からして、西方の技術を大きく取り入れながら、妙に派手な赤や緑、金の色調が茘《リー》の船だと主張している。

船内の大きさはわからないが、ざっと数百人乗り込めそうだ。詰め込めば千人いけるかもしれない。

「陸路より早いんでしょうか？」

思わず口にする猫猫。距離としては海路のほうが遠回りに違いない。しかし、海流に乗れば昼夜問わずに動けるのは強い。

前に西都からの帰路も船を使ったが、今回は川ではなく海だ。

「荷物が多いからだろうよ。お偉いさんの滞在日数も長いし、何より土産も多い」

ふと渋い声が聞こえた。誰かと思えば、上級医官の一人だ。髭《ひげ》を生やし、少し野性味を帯びた顔をしている。内勤のはずなのに、肌が日焼けしたように浅黒い。少し淡い髪色からして異国人との混血かもしれない。

記憶には残っているが、配属されている医局が違うので、名前は憶えていない。

選ばれた四人の医官の一人だ。

「……そうなのですね」

いつもなら適当に誤魔化せるが、今後名前を覚えないといけない。あとで調べなくては。

「一応、今回の旅の間は、俺が指揮をとるから、よろしく頼む」

かなり気取らない性格だと猫猫は思った。劉医官のことなので、技術だけでなく精神面を考えた人選だろう。雰囲気からして、西都出身なのかもしれない。

「あと二人の医官はすでに船の中にいる。俺は先頭の船、天祐は後ろの船で、娘娘《ニャンニャン》は真ん中。真ん中の船には、もう一人の上級医官がつく」

「……」

名前が違うと訂正すべきだろうか。いやしかし、名前を憶えていない側が口にすることでもないから、何も言えない。

「あの質問です」

「なんだ？」

「私が乗る船には誰が乗っていますか？」

猫猫はごごごごっと顔を引きつらせながら言った。

「真ん中の船には一番のお偉いさんだ。若いほうな。船の立派さから想像がつかねえか？」

真ん中の船が一番大きく、洒落ている。

「若いほう……」

ほっとすればいいのだろうか。つまり壬氏《ジンシ》のほうで、変人軍師ではないらしい。

（予想はついていたけどね）

しかし、そうなると一緒の医官が誰か問題になる。もし、壬氏が猫猫だけを呼びつけたら変な疑いをかけられてしまう。

「漢太尉については、羅門《ルオメン》さんの話によれば、船に揺られている間は比較的大人しいので、酔い止めと栄養補給の果実水《ジュース》を与えておくようにとのことだからな」

「そうですか」

船酔いとは、羅半《ラハン》とほぼ同じ体質らしい。酒だけでなく船にも弱いようだ。

「船の説明は聞いているか？」

「はい。医務室が備わっているので、そこに必要な道具は用意してあると。あと、寝泊まりも基本医務室でするようにと」

「そうだ。別に娘娘は侍女たちの部屋で寝泊まりしてもいいが」

「医務室でお願いします」

壬氏がいるのだから、侍女も連れてきているはずだが——。

（水蓮《スイレン》はついてきているのだろうか？）

初老の女性だ。長旅はきつかろう。でなければ馬閃《バセン》の姉の麻美《マーメイ》しか思いつかない。

（子持ちとか聞いたような聞いてないような）

母親なら子どもを置いて長旅は難しい。どうなんだろうと考えつつ、どちらにしても他に誰か侍女がいるに違いない。人選には気を配っていると思うが、念のため距離を置いておくにこしたことはない。

「細かいことはもう一人の上級医官に聞いてくれ」

（いや、だから誰なんだよ）

変人軍師の情報は公開しているのに、なぜ医官を秘密主義にするのだろう、不思議に思う。

「えー、先輩ですか？」

天祐が船に乗り込みながら、声を上げていた。

「なんだ、不満でもあるのか？」

誰かと思えば、先日やたら突っかかってきた中級医官だ。優等生そうに見えたが、それが徒《あだ》になったようだ。もちろん、名前は知らない。

（違うな）

もう一人は誰だろうかと猫猫は船に乗り込む。

船内では、船員があくせく働いていた。

（あれがお偉いさんの部屋かな？）

豪華な部屋が甲板から飛び出ている。風通しも良さそうで、装飾が凝っていた。そこだけ切り取ってみたら、皇族の離宮と大差ないだろう。

（一番居心地は良さそうだけど、一番狙われそうだな）

猫猫は、階段を下りて船の内部へと入る。じめっとした空気が肌に張り付く。風通しを良くするためか、壁で仕切られていることはなく、申し訳程度に区切られていた。

（大体、官たちはここで雑魚寝《ざこね》になるんだろうな）

食事も一緒。水夫を別に雇っているので、やることはなく暇だろう。娯楽のない船の上では、盤遊戯がさらに流行しそうだ。

砲台も設置してあり、戦艦としての役割も果たせる。

いくつかしっかり壁で区切られている場所が侍女やその他のお偉いさんの部屋だろう。男女比を考えると圧倒的に男のほうが多い。男女一緒に雑魚寝をして、変な気を起こすものがいないようにするための配慮だとわかる。

（なんだかわくわくしてきた）

どうせこれから毎日飽きるほどいる場所になると思うが、つい探検したくなるのが人の常。壁の各所に荒縄や木製の浮き具が掛かっている。

船は三段構造、お偉いさんの部屋も合わせると四段構造になっているようだ。

一つ下の階はほぼ同じ構造だが、医務室と厨房があった。医務室は最後に回るとして、厨房を確認する。水樽がいくつも置いてあり、竈《かまど》があった。煙を上手く排出できるように工夫が凝らしてある。

（船の上で火を使うのは怖いな）

燃えにくい素材を周りに使っているけれど、それでも慎重になるだろう。

船に乗る人数を考えるととても小さな厨房なので、ほとんどお偉いさんがたの飯を作るので終わるはずだ。

猫猫のような下っ端はぬるい汁物が食べられたら十分という程度だろう。

食うものを食らったら、出るものは出る。

厠はどこにあるかと思えば、船首に囲いが作ってあるのが見えた。たぶん、そのまま海にどぼんと落ちる仕組みだ。間違っても落ちることはないようにしたい。

一番下は荷物を置いている。砲弾や水、食料に西都への土産物だろうか。ちゃっかり甘諸《かんしょ》を見つけてしまい、呆《あき》れそうになった。誰が売り込んだのか明白だ。

（保存きくのか？）

こっそり木箱の中をのぞき込む。一応、湿気対策に芋はもみ殻に埋まっていた。

大体、見回ったところで医務室に入った。病人が出たとき隔離できるようにしっかり壁が作ってある。戸を開けると、柔らかな輪郭の主が椅子に座っていた。

「……」

一瞬、おやじ、羅門かと思ったが――。

「おや、嬢ちゃん」

のほほんとした聞き慣れた声。本来後宮にいるはずの人物が座っていた。やぶ医者である。

「……医官様ですか？」

なぜ語尾に疑問がついているかといえば、やぶ医者の象徴《トレードマーク》ともいえるどじょう髭《ひげ》がなかったからだ。つるんと、本当につるんとしている。

「わっ、見ないでおくれ。恥ずかしいじゃないか」

顔を真っ赤にして口を尖《とが》らせるやぶ医者。行動が前髪を切りすぎた年ごろの娘そのものである。

「どうしたんですか？　自慢の髭を剃《そ》るなんて」

「ううっ。髭を剃れと言われたんだよ。本来、宦官《かんがん》に生えているのはおかしいって」

「まあ、おかしいですね」

宦官は男の象徴を切り取っているため、男性としての身体的特徴がなくなる。髭《ひげ》も体毛も薄くなるのだが、もちろん例外もある。人によって男の象徴となる部分が一部、体の中に残ることもあるそうだ。

やぶは宦官なのに、髭がまだ生えることに誇りを持っていたようで、よく貧相な髭を撫《な》でていた。

「にしてもまた、なぜ医官さまが？」

「後宮には今のところ特に気を使う妃《きさき》がいらっしゃらないからね。上級妃は梨花《リーファ》妃くらいだし、それなら羅門さんだけで事足りるって言うから。新しい妃が来るとか来ないとか聞いていたけど、結局来ないって話らしいし」

玉葉《ギョクヨウ》后の姪だろうか。やはり入内はないようだ。

（あー左遷だな）

劉医官は本当に抜け目がない。

西都に行く医官が足りないということで、壬氏に頼まれた人数を用意した。一人しっかりした上級医官がいるとして、もう一人くらい上級医官がいないと恰好がつかない。

というわけで形だけなら、上級医官の称号を持つやぶ医者を使うことにしたわけだ。

それでもって猫猫に医官知識を詰め込んだのも、やぶ医者と相性がいいのを考慮に入れたのかもしれない。もしくは、反対に猫猫が行くのでやぶ医者を連れていくことにしたのか。

「ふふっ、船旅なんて初めてだけど、どきどきしちゃうねえ。何がどうなるかわからないけど、嬢ちゃんと一緒なら楽しくやれそうだよ」

やぶ医者のすごいところは、この性格だろうか。

あと、なんだか何があっても生き残っていけそうな運の良さだけはある気がする。何か得体のしれないものに好かれているのかもしれない。

「じゃあ、早速お茶でもしようじゃないか。お湯を沸かしてこないと」

「竈《かまど》は勝手に使うと怒られると思いますよ」

「ええ？　じゃあ火鉢で」

「ここで炭火を焚くと窒息すると思います」

換気が悪いので、不完全燃焼する。窓はあるが小さい。部屋自体薄暗い。

やぶ医者の眉が下がる。

「もしかして、船旅ってすごく不便なのかい？」

「言うまでもなく」

やぶ医者はがっかりすると、ぽふんと備え付けの寝台に顔を埋めた。

「うーむ。寝台も固いねえ」

「仕方ないのであきらめてください。むしろ雑魚寝《ざこね》ではないだけましですから。あっ、この棚、荷物置きに使いますね」

猫猫は着替えを棚に入れると、姚から貰った写本を開く。ちょうど窓の光が射すところに陣取り、寝台を椅子替わりに座る。

「えー、嬢ちゃん本を読むの？」

「出発まで時間がありそうですから。そのときは誰か呼びにきますよね？」

「むう」

残念そうなやぶ医者はぶうっと頬《ほお》を膨らませつつ、そっと携帯用の碁盤を取り出した。

「いいよ、私だって詰碁するから」

取り出した本が変人軍師の碁の本だったのは言うまでもない。


船は出発式らしきものを終えて出港した。お偉いさんがた、主に壬氏がなにやら祭事のように執り行っていたが、猫猫はぼんやり見ていただけだった。たまに、変人軍師がきょろきょろと周りを見ていたので、途中船室に降りて隠れた。

船旅は快適と言い難いまでも、想像よりもまともだった。少なくとも前の川下りよりずっといい。

(昔、聞いた話だと虫がわいた麺麭《パン》をかじっていたとか)

そのため、生の魚を置き、虫をおびき寄せてから食べたとか。

蝗《いなご》も蛇も食す猫猫であるが、好き好んで虫がわいた麵麴を食べようとは思わない。

（まあ、それほど長旅でもないからな）

猫猫にとっては長いが、数か月も船の上で過ごすわけではない。せいぜい半月ほどで、何度か途中港に寄るらしい。船旅、最初の食事は、肉粽《にくちまき》に魚の汁物、柑子《みかん》が出てきた。初日ということで多少豪華なのだろう。

「水菓子までついているなんて、嬉しいねえ」

やぶ医者が顔をほころばせながら、柑子の皮を剥《む》いて口に入れる。

猫猫はとうに食べ終わり、房楊枝《はぶらし》で歯を磨いていた。

柑子が出てきた理由について、猫猫はなんとなくわかる。

「船旅では野菜が不足するそうです」

「そうだよね。日持ちしないからね」

「栄養が偏り病気がちになります」

「うんうん、偏らないように食べないとね」

やぶは意味がわかっているのか、わかっていないのか。

「それにしても、私たちは暇だねえ。患者さんがやってこないよ」

（いや、後宮のときもずっとそうだったでしょうに）

心の中でつっこみつつ、口の中を水ですすいで窓から吐き捨てる。下品だと怒られそうだが、外が海なので手っ取り早い。

「誰も怪我《けが》も病気もしないなら、それにこしたことはないけどね」

猫猫はそっと医務室の棚を見る。船の中にしてはなかなかの薬の量だ。基本的な病気の処方に使う薬草に、船特有の病気を治す薬が多い。あとは外科処置の類の外用薬だ。

猫猫はやぶ医者をじっと見る。

「一つ質問をよろしいですか？」

ずっと気になっていたことだ。

「医官さまは、以前死体を見るのを苦手としていたようですけど、どうやって試験に合格したのですか？」

「試験？　うん、ちゃんと医官の試験には合格したよ」

ふんっと鼻を鳴らして胸を叩くやぶ医者。

猫猫はじとっとした目を向ける。

「ええっと、試験というと筆記の？」

「ああそうだよ。後宮の医官がいないということで、宦官《かんがん》の中で医官試験を受けさせてもらえることになったのさ。その中で私しか合格者がいなかったんだよ」

さらに、ふふんと誇らしげなやぶ医者。宦官は文官、武官になれなかったものがあきらめてなるものという。また、異民族によって去勢された奴隷《どれい》も多くいた。正直、試験を受けた宦官が落ちた理由はわかる。元々、賢くない者が多かったのだ。

医官は、宦官になってまで後宮で働こうと思わなかった。なので、宦官を医官にしようと思ったわけだが想定は外れてしまった。

「そのあと、実技試験は？」

「えっ、実技？　うーん、なんかあったようななかったような……。そういえば、鶏の解体をさせられたことあったなあ」

「それで」

「あの時は困ったよ。鶏を絞めようとして、額に一撃食らって気を失ってしまって」

「……」

なんだろう、容易に想像がつく。

「豚の解体にも呼ばれたんだけど、豚がつぶらな瞳でこちらを見てきてどうしても解体できなくて」

言わずもがな。

想像がつきすぎて怖い。

「……そうですか」

たぶん、ここらで上官たちは、やぶ医者を本当の医官にするのはあきらめたのだろう。

しかし、後宮で妃《きさき》を診るためには仕方なく役職だけは与えたという感じか。

「その後、宦官《かんがん》から医官になる人はいなかったのですか？」

何度か試験を受けさせればもっとまともな人が医官になれると思ったが。

「それがねえ。皇太后が後宮の女官たちを集めた棟を作っていただろ？」

「ありましたねえ」

先の皇帝のお手付きを集めた場所だ。後宮を出ることもできない彼女たちを保護するために作った場所らしいが、結局、子《シ》の一族の反乱に利用されてしまった。

「医官不在の間に、診療所みたいな役割ができた。私が医局に入ったら目の仇《かたき》にされてしまって、新たに医官を宦官から選ぶなんて大反対で……」

「あー」

察しがついた。診療所にいた女官たちは、下手なやぶ医者よりずっと医療従事者としての知識は備わっていた。

「新たな後宮医官は必要ないと反対されて、結局、新たに宦官を医官にする話は、なあなあになってしまったんだよ」

というわけで唯一の後宮医官がやぶだったわけだ。

（運だけで生きてる、この人）

今度、富くじでも引かせてみようかと考えてしまう。

「深緑《シェンリュ》さんだったか。あの人が中心となってね……」

やぶが遠い目をする。

たしか女官たちが集まった診療所にいた中年女性だ。子の一族、子翠《シスイ》たちに加担し、後宮からの脱走を手伝ったと聞いた。しかも問い詰められて自害を計ったというが、その後の報告は聞いていない。

（死んでも死ななくても、処刑は免れないのだから）

猫猫には、話す必要はないと判断されたのだろう。

やぶも歯を磨き終えると、診療器具を準備し始める。

「さて、一日一回、往診だね。ご飯のあとにすることになっているから」

誰の、と言えば、お偉いさんになるのだろう。

「ひゃー、久しぶりの壬氏さま、いや、月の君だからとっても緊張しちゃうよ」

久しぶりに猫猫は『壬氏』という名前を自分の口以外から聞いた。もう月の君になって、いや戻ってから一年以上になる。

「そうですね」

別に、宦官として接していたときも顔を真っ赤にしていたが。

（うーむ）

とりあえず猫猫は一緒についていくことになっているが、なんとも微妙な気分である。

壬氏の部屋の内部は、他の船室と比べるべくもないほど豪華だった。

(風通しはいい。部屋の広さもある。明るい)

もちろん、あくまで船の上という条件付きだが、ここまで立派なら心地よいだろうなと、通された部屋を見て思った。

「さあ、こちらです」

落ち着いた女性の声。

(船旅は年齢的にきついだろうに)

しかし、他に誰もいなかったのだろうな、という人選。初老の侍女、水蓮《スイレン》だ。すました顔でやぶ医者を部屋に入れるが、猫猫と目が合うと、一瞬口をにいっと歪《ゆが》ませた。

(おつかれさまです)

他に侍女が二人ほどいた。

やぶに視線を一瞬やり、そのあと猫猫を観察するように見ている。

(やっぱりしっかりした人選がされているな)

あくまで様子見で、現状を把握しようとしている感じだ。いきなり敵意をむき出しにしないだけ、大変好感が持てる。

一人は四十代くらいだろうか。年齢的に壬氏の乳母をやっていた一人かもしれない。

もう一人は見たことがある。最近、壬氏の離宮によくいる雀《チュエ》という侍女だ。

（この人もなんだかんだで、有能なんだろうな）

たまに変な動きをするのは変わりないらしい。

皇弟の侍女としてはかなり地味な面子しかいないわけだが、大変壬氏らしい。もし、燕燕があのまま壬氏付を続けていたら、船旅についていくことになっただろうか、と考えながら奥へと入る。

「し、しちゅれいします」

早速噛《か》むやぶ医者。

屏風の向こうには、壬氏が椅子に座って待っていた。服装は、祭事用のものから着替えて、比較的動きやすい恰好になっている。

「久しぶりだな。医官殿。それでは頼む」

そっと腕を出す壬氏。部屋には香の匂いが漂っているが、なにより壬氏から一番多く香ってきているように思える。

やぶ医者の前ということもあって、後宮にいた頃のきらきらしい壬氏が全開になっていた。

（これはやぶ医者でなくとも緊張するな）

「ひゃい」

どじょう髭《ひげ》があったら揺れていたであろう慌てぶりを横で見る猫猫。

往診と言っても、脈を診て話を聞くくらいみたいだ。

(やぶにはあまり期待は寄せていないなあ)

もしかしてこのためにやぶをあてがったのだろうか、と考えるとものすごく可哀そうになってくる。やぶなら壬氏の異変に気付かないだろうし、ましてや服をひっぺがしてまで身体を見る度胸はあるまい。

水蓮は色々手練《てだ》れだし、やぶの往診がなくても問題なく健康管理はしていそうだ。一応、猫猫は変なところがないようにしっかり見ておく。どんなにうっかりしたやぶでも、いきなり壬氏の脇腹をめくるような接触はないはずだけど。

「と、特に問題ありましぇん」

最後まで噛むやぶ医者。

「すまない。今後は毎日頼む」

「ひゃい」

ほとんど持ってくるだけ持ってきて何も使わなかった道具を片付けるやぶ医者。

壬氏はまだやぶ医者を見ている。やぶ医者が顔を上げたところで、きらきらをさらに強めていた。

（なに、これ）

　壬氏の背景に薔薇《ばら》が飛ぶ。

「医官殿、髭を剃《そ》られたようですが、お似合いですよ」

　きゅんとなるやぶ医者。周りにふわふわとした何かが見える。

「本来、後宮医官である医官殿に船旅をさせてしまって申し訳ないと思う。しかし、重要な役割だ。最後までついてきてくれると嬉しい」

「も、もちろんです」

　目を潤ませるやぶ。完全に壬氏を信じた顔だ。

　猫猫にはどうにも茶番にしか見えない。水蓮を含めた周りの侍女たちも白けている。しかし、ここで大切なのはやぶ医者が信じていることだ。

「医官殿は宦官《かんがん》であるということは、周りの者も知っている。宦官という立場でもし何か不利益が生じることがあれば言ってもらいたい」

「はっ、はい」

　やぶ医者は、涙があふれださん勢いだ。頰《ほお》は紅潮し、その背には花を背負わんばかりの勢いである。

「それと……」

　壬氏が憂いを含んだ目で、ちらりとやぶ医者を見る。

猫猫は半眼を向けて、ただこの茶番が早く終わらないかと思っていた。

「医官殿の名は虞淵《グエン》というのだな」

「はっ、はい」

（そんな名前でしたねー）

「この船には医官殿は一人。敬意を示して、名前ではなく『医官殿』と呼ばせてもらうがいいか？」

「こ、光栄に思います」

やぶに否定はない。むしろ、そう呼んでくれと言わんばかりだろう。

（どう見ても裏を感じる）

「ちょっと、お願いがあるのだけど」

やぶが道具を片付け終わったところで、やぶ医者に声をかけてきたのは水蓮だ。

「私たちも毎日診てもらえないかしら？　医官様の手を煩わせることはないので、そこのお手伝いの子でお願いするわ」

（あー、そーきたかー）

猫猫はちらりとやぶ医者を見る。

「医官様はお忙しいと思いますので、先に帰られてください」

「かしこまりました」

水蓮相手には噛《か》まずに言えたやぶ医者。

「じゃあ、お嬢ちゃん。あとは頼むね」

やぶ医者から医療器具を入れた鞄を受け取る。

「かしこまりました」

棒読みで返事する猫猫。

やぶ医者を見送る。完全に足音も聞こえなくなったところで、振り返るとどよんとした空気を漂わせた壬氏がいた。

猫猫は鼻で笑いそうになったところで、水蓮がすかさずぺしっと叩く。

「なにかお飲み物はいかがでしょうか？」

雀があくまで社交辞令のように聞いてきた。

「お茶はいりませんので」

「では」

美人と言い難い顔だが、逆に落ち着くと言ったら失礼だろうか。

（世の中、美人が多すぎる）

水蓮ももとはかなりの美女だろうし、いまでもその面影は十分残っている。

もう一人の四十代の侍女も顔はきつめだが、けっこうな美人だ。

「水蓮さまはあとでいいとのことなので、私から診てもらえますか？」

そっと手を出す四十路くらいの侍女。

（ん？）

はて、どこかで見たことがある気がした。

もう少し若ければ……。

「あら。私の顔に何かついているかしら？」

どこか猛禽《もうきん》を思わせる顔。やはり見たことがある。

「猫猫、桃美《タオメイ》は、馬閃《バセン》たちの母ですよ」

「母？」

馬閃の母ということは――。

「姉の麻美《マーメイ》とは顔を合わせたことがあるかしら？」

誰かに似ているかと思えば、その麻美だ。前に焼き菓子を届けてくれた女性である。麻美があと二十ほど年をとれば、この桃美という侍女とうり二つになるだろう。

「ええっと」

この場合、お世話になっていますとでもいうべきだろうか。いや、馬閃には世話になっていない。麻美にもお世話になっていない。

いや、待て、お世話になっている人物が一人いた。

「高順《ガオシュン》さまにはお世話になっております」

あのまめな男だ。馬閃たちの母ということは、高順の妻でもある。

（あっ、やばいな）

前に高順に、花街《はなまち》の遊女をすすめたことがあった。その時、恐妻家とも言っていた。

猫猫の所業はばれることはないと思うが、なんだか気まずくなってしまう。

「そうなの。ならよかったわ。あの人も今回の旅に来ているのよ」

「高順さまもですか？」

猫猫はちらっと壬氏のほうを見る。今のところ周りに高順はいない。船の見回りでもしているのだろうか。入り口に護衛はついているが、部屋には女性ばかりでちょっと心配になる。

「では馬閃さまは？」

「あの子は今回別経路で西都に向かっているわ。陸路でね」

（別経路って、ごねなかったのだろうか？）

ただでさえ、最近壬氏から遠ざけられている。いくら鈍い馬閃でも気付かぬわけがない。

「別の任務があるそうよ」

ふふふっと、口元を押さえて笑う桃美。どこか面白そうな表情が浮かんでいる。

（任務とはなんぞや？）

聞きたい気持ちもあるけど今は仕事を優先しよう。

「腕を見せてください」

「はい」

桃美の腕を取り、脈を診る。正常な脈だ。健康には特に問題はなさそうだが、一つ気になったことがあった。桃美の左右の目の色がなんだか違う。

「……」

「どうかしました？」

「いえ」

目の動き、左右にずれがあるようにも見えた。猫猫はふと左手をぐるぐると回して見せる。次に右手をぐるぐると回すと、桃美の視線が動いた。

（右目が失明しているのか）

生まれつき左右の目が違うこともあれば、後天的に目の色が変わることもある。後者の場合、失明が原因であることが多い。

「あっ、今私を試しました？」

桃美は猫猫の反応に気が付いたようだ。右目を指してみせる。高順の妻をやっているだけあって、かなり敏い。

「失礼しました。生活に支障はありませんか？」

「別に気にしないでください。もうずいぶん前に見えなくなったものですから慣れました」

「わかりました。では、特に体に異常はありませんか？」

「問題なく」

「目と舌も見せていただきますね」

下瞼《したまぶた》を下げて目を見る。確かに右目は失明していた。色が白濁している。目が白く濁る病は加齢によるものが多い。しかし、ずいぶん前に失明したというのなら、怪我《けが》が原因として考えられよう。

「船旅では足場が揺れますので、気を付けてください」

「わかっています」

当たり前のことを言ってしまって、猫猫は少し反省する。

「それよりも、月の君の侍女たちが皆、花がないと思いませんか？」

肯定しづらい質問を投げかけてくる桃美。

「本当なら、娘の麻美が来てくれたら、私のようなおばばが出てくる必要もなかったのに。さすがに家族総動員で行くのも問題だから」

「あら？　桃美がおばばなら、私は干物かしら？」

さっと突っ込んでくるのは水蓮だ。

「三人の孫がいるのに、若く振る舞うわけにもいきませんでしょう？」

水蓮のつっこみを真正面から返すところから、何かしらの強《したた》かさを感じる。

猫猫には、ばちばちと火花が散っている気がした。

壬氏の周りには、ごく一部の鍛えられた女性しか残らないらしい。

猫猫はさっさと往診を済ませたくて、次の若い侍女に移る。

「雀と申します」

「はい、知っています」

「気軽に雀さんと呼んでください」

きりっとした顔をされた。

「……はい」

やはり独特な雰囲気の娘さんだ。高順の義理の娘ということは、桃美にとっても同じだ。気が強そうな姑に、かなり自由な嫁。上手くいっているのだろうか。

団子のような鼻と小さな目、肌も色黒で雀《すずめ》と言われたらそのままの名前だと言える。

（美人じゃないけど）

改めて見ると、親近感がわく顔立ちだ。皇弟に仕えるより、露店で商売をしていたほうがよく似合う。

「雀は私の息子の嫁です」

桃美が説明してくれる。

「高順さまから聞きました。上の息子さんと」

「ええ、馬閃ではなく馬良《バリョウ》のほうです。馬閃には早く嫁を貰ってもらいたいのですけどね」

また桃美は、先ほどのちょっと面白そうな笑いを浮かべる。

高順の家族は全体的に濃い。

「ついでですから、上の息子の紹介もしておきますね」

桃美はつかつかと歩きだすと、部屋の隅にある帳の前に立った。帳をひょいとめくると、その奥で真っ青な顔をした男が詰碁をしていた。

（もう一人いたのか）

まったく気配を感じなかった。

「な、なんですか。母上」

「馬良、挨拶《あいさつ》くらいできないのですか？」

「あっ、挨拶って」

馬良と呼ばれた男は馬閃によく似ていた。馬閃をやや小柄にし、筋肉を削ぎ取り、太陽に半年当てなかったような顔だ。

「は、初めま……っうう」

馬良は猫猫とほぼ視線を合わさないまま、床に崩れ落ちた。何やら腹をおさえている。見た目からして病人のようなので、猫猫は早速仕事かと思ったが、必要ないらしい。雀がさっとやってきて馬良をまた帳の奥に押し込めた。

「お義母さま。初対面のかたにはやはり文通から始めてもらい、慣れてきたら御簾越しで会話をしてもらわないと困ります。いきなり顔を合わせるのは、胃薬がいくらあっても足りません」

雀がまともなことを言っている。いや、実際はまともではないがまともに聞こえることを言っている。

「そうね。馬良の扱いはあなたのほうが得意だったわね。というより前よりかなり悪化しているわね」

どう突っ込めばいいのかわからない嫁姑関係が見える。

「やはり馬良は置いて、麻美を連れてくればよかったかしら？」

「麻美義姉さまが来たら、誰がうちの子を見てくれるんでしょうか？」

「そうねえ。あなた、子育てする気ないものね。もう一人くらいは産んでくれると助かるんだけど」

色々つっこみたいことはあるけれど、つっこんだら終わらない気がした。

簡単にまとめよう。

高順の嫁、桃美。

高順の息子、馬良。

馬良の嫁、雀。

全員、濃い。

これは馬閃では荷が重すぎる。というか馬閃がいても濃くなるだけだ。高順が眉間にしわを寄せる姿がまざまざと想像できた。

何かしら理由をつけて、別経路を取らせたのは正解と言えよう。

もう検診とかどうでもよくなったので帰ろうかな、と思っていると、ちょんちょんと水蓮が猫猫をつついている。

「なんでしょうか？」

振り返ると、ねちっこい視線とぶつかった。屏風《びょうぶ》の奥からじぃっと壬氏がねめつけていた。

すっかり本命を忘れていた。

「じ、壬氏さまでよろしいですか？」

「……うん」

どうやら屏風の向こうでずっと待っていたらしい。終わらないのでのぞき込んだようだが、一応女性の検診を見るのはどうかと思う。

「ここだけよ、その名前を使っていいのは」

「わかりました。でも検診がまだ……」

水蓮はにこりと笑って茶器を準備し始めた。猫猫はいらないと言ったが、いるのはもう一人のほうだ。

やはり検診は表向きの要件だ。

壬氏が屏風の向こうで手招きをするので移動するしかない。屏風の奥にはもう一つ扉があって、寝室になっているようだ。

「じゃあ、ごゆっくり」

水蓮は猫猫に茶器を持たせた。他の侍女たちは誰もついてこない。ちなみに帳の奥から石の音が響いているので、馬良は詰碁を始めたみたいだ。

寝室の中は窓もなく暗かった。蝋燭《ろうそく》の灯りがゆらゆらと揺れている。窓はないが通気口があるらしく、換気は気にしなくていいようだ。

「鍵をかけておいてくれ」

猫猫は茶器を置くと、扉の鍵をかけた。戸ではなく扉なのは、西の様式を真似た船だからだろう。

やぶ医者から受け取った鞄を卓《テーブル》に置き、中から替えのさらしを取り出す。鞄の準備をしたのは猫猫であらかじめ軟膏やさらしを用意しておいた。

（やぶには自分のさらしを交換したと伝えよう）

猫猫の左腕に巻かれているさらしを見せたら、深く考えずに納得してくれると思う。

「では頼む」

壬氏は寝台に座り、いつものように上着を脱ぐ。

「失礼します」

猫猫は手を綺麗に拭い、壬氏の腹に手を伸ばした。赤く盛り上がった肉に触れる。ぴくっと壬氏が反応する。

「経過はいいようですね」

「そろそろ、軟膏が気持ち悪いんだが」

「もう少し様子を見ます。ちょっと拭きますね」

猫猫は古い軟膏を拭き取り、新しい軟膏を塗る。指先がくすぐったいのか壬氏が揺れるが、毎度のことなので気にせず続ける。

猫猫の腕にもいくつも火傷痕があるが、壬氏ほど深い火傷は実は治療したことがない。羅門がやっていたのを思い出しつつ、痕を見ながらやっていくしかない。

（姚《ヤオ》がくれた写本の中に火傷の治療があればよかったのに）

ぱっと見た限りなかった。他の医官に聞くのも手だが、下手に壬氏のことを気付かれないようにしないといけない。

いつも通り薬を塗り、またさらしを巻きなおす。

「もう終わりか」

「終わりですね」

「他に話すこととかないか？」

他に治療するところはない。

（あるとすれば頭だ）

外れた頭の螺子《ねじ》を締めることができればどんなに楽だろうか。

さて、言いたいことはたくさんあるが、同時に何も話すことはないと言ってしまったら失礼だろうか。

「……」

壬氏もまた何を話していいのかわからないらしい。

猫猫は首を傾げつつ、口を開く。

「お先に話をさせていただいてよろしいですか？」

「ああ」

「西都への旅ですが、どのくらいになるのでしょうか？」

聞いてもはっきりした答えがわからないとわかっているが、会話の糸口になればと口にした。

「正直わからん。少なくとも三か月という話は言っただろう？」

「はい。ではもう一つ。私を旅に連れていく利点について。壬氏さまの傷以外で、利用価値ってありますか」

「……」

壬氏は目をそらした。

（あー、やっぱり）

「変人軍師への餌に使ったのですか？」

「……申し訳ないとは思っている」

猫猫はねめつけたくなりつつも、我慢する。

（割に合わなすぎる！）

やってられない、何か高級な酒でも飲まないとやっていられない。だが、手元にあるのは水蓮が用意した茶で、せめてもの腹いせに壬氏よりも先に口をつけてやった。

「割に合わんと思っているだろ」

壬氏はそのあたり物分かりがいい。懐から何やら取り出した。布をめくってみると、白っぽい灰色をした石のようなものがあった。

「これは！」

「ああ。確認するか？」

壬氏は寝台横の引き出しから、針金を取り出す。

「確認と言うと」

猫猫は壬氏から石を受け取る。石というより軽石。かなり軽い。壬氏はこの石が何の石か調べろと言いたいらしい。

「確かめさせていただきます」

猫猫は蝋燭《ろうそく》の火で針金を熱すると、軽石に刺す。独特の匂いが漂う。

「壬氏さまが偽物を用意するとは思いませんが本物ですね。間違いなく龍涎香《りゅうぜんこう》です」

早速、やり手婆へのお土産を手に入れてしまった。

「らか……いや、軍師殿は今回の旅でどうしても来てもらわねばならなかった」

「……西都からの要請でしょうか？」

「それもある。同時に軍師殿には、西都を確認してもらいたかった」

(そういうことか)

変人軍師は、変人で人間としては最低限のこともできない愚図男であるが、軍略に関しては群を抜く。

「戦が起こるやもしれないと聞きましたが」

猫猫は周りを見る。

壬氏のいる部屋ということもあって、ちゃんと周りに音が漏れないような造りになっていると信じよう。

「戦に勝つのが正しいのではない。戦を起こさないのが正しいのだ。しかし、正しいことは難しい」

つまり、壬氏は戦が起こる可能性も視野に入れていると言いたいらしい。

医官を無理やり連れていく理由もわかる。

「私がついていったところで変人軍師を上手く扱えるとは思えませんけどね。養父ならともかく」

羅門ならなんだかんだで上手くやるだろう。もし、羅門がもっと若く、足が悪くなければ一緒に旅に来たかもしれない。

あいにく、そんなに上手くいかず、やってきたのはやぶ医者だ。

(やぶ医者じゃあ、おやじのかわりは……ん?)

猫猫はふとさっきの壬氏の態度を思い出す。やたらやぶ医者を持ち上げるような、傍から見て胡散臭《うさんくさ》いとさえ思えるような——。

壬氏はやぶ医者の髭《ひげ》について言及していた。あれだけ褒めたらやぶ医者は、しばらく髭を自分から剃《そ》るようになるだろう。

また、やぶ医者の名前を呼ばず『医官殿』と言った。この船にはやぶ医者の知り合いはほぼいない。猫猫がやぶの名前を呼ばないことを知っていれば、やぶはただの医官である。ただ、その身体的特徴から宦官《かんがん》であることはわかるはずだ。

遠征に呼ばれる上級医官、しかも宦官。加えて言えば、猫猫がいつも付き添う人。

猫猫は思わず卓《テーブル》を叩きそうになった。

（駄目だ、ちょっと落ち着け）

落ち着こうと茶を飲もうとしたがもう飲み干していた。壬氏は、自分の湯呑《ゆのみ》を差し出す。猫猫は躊躇《ためら》わず飲み干す。感情を落ち着けるためか、鎮静作用のある薬草《ハーブ》が使われていた。あらかじめ水蓮が察知して用意していたら大したものだ。

猫猫はふうっと息を吐き、壬氏を睨《にら》むように見る。

「医官さまを養父の身代わりに立てようというのですか？」

「いつも察しが良くて説明が省けるな」

壬氏の目は後宮時代に見せていた目と同じだった。

やぶ医者と羅門は同じ宦官だが、見た目も年齢も違う。だが、噂《うわさ》でしか知らない者にとっては宦官で医官というのは数えられるほどしかいない。後宮医官をわざわざ遠征へと連れて行くとは思わない。

もし行くのであれば、元宦官でありながら宮廷に医官として戻ってきた羅門だと思うだろう。

最後まで、医官の選抜を教えてくれなかった理由はここにあったのだ。

「西都、いや玉鶯《ギョクオウ》殿は羅門殿も連れてこいと打診してきた。どういう意味かわかるか？」

「……病人がいるというわけではないですよね？」

羅門の医術はずば抜けている。手を借りたいと思う病人はいくらでもいるが――。

「軍師殿を懐柔するつもりでいる、のかもしれないと私は思っている。もちろん、はっきりと答えなかったので、医官殿を羅門殿と勘違いしようがしまいが向こうの勝手だ」

『私』という一人称から、ここにいる壬氏は普段のどこか残念な男ではなく、皇弟としているのだ。人を駒として扱う頭の切れる男がいる。

「懐柔って。狐にお手を教えたほうがまだ建設的ですけどね。なにより玉鶯というかたは、玉葉《ギョクヨウ》后の兄ですよね？」

「他人にはできなくても、自分にだけはできると思う者は多い。それに、手段を選ばない場合もある。聖人の身内が皆聖人とはあり得ない。何より、国を傾けるのは后の親類縁者であることは珍しくない」

「……私が聞いていい話でしょうか？」

ぞわっと鳥肌が立つ。

「断言はしていない。可能性の話だ」

（いや、でも疑っているじゃないか）

とは言え、何も話さずにいられるとそれはそれでもやもやする。

壬氏は、人差し指を立てる。指はそのまま猫猫に向けられる。

「手段を選ばない場合、誰が狙われる？」

「私が弱点とでも？」

「どう見ても弱点だ。玉鶯殿のもとには、軍師殿の元副官がいる」

（陸孫《リクソン》のことか）

「おまえのことを知らないわけがなかろう」

（……聞かれたら言わなきゃいけない立場だろうねえ）

壬氏の無茶苦茶な遠征選抜について少し納得した気がした。

「私が都にいれば狙われるとでも思ったのですか？」

「可能性はある。何より、軍師殿の敵はどれだけいる？」

「……」

「おまえは、おそらく自分が思っている以上にその存在を知られているし、それを見逃すほど莫迦《ばか》ばかりではない」

壬氏の言葉に猫猫は頷《うなず》くしかない。医官手伝いになる前にもっと考えればよかった。なるように仕向けたのは壬氏だが、変人軍師があんなに極端な態度を取らなかったらもう少し落ち着いた生活をおくれただろうに。過去のことを嘆いても仕方ない。

「羅半《ラハン》ならなんとかできるので、都に残ってもらった。羅門殿は、雲隠れも含めてしばし後宮に入ってもらっている。おまえには悪いが、西都へ連れてきたということだ。なにより軍師殿の目が届く場所のほうが安全だと思った。安らかとは言い難いが」

（おまえねえ）

最近はようやく名前で呼ぶようになったと思ったのに。

「何より、私も好都合だった」

（この野郎！）

猫猫は声を上げたいが、茶を飲んでふうっと息を吐く。

「そうですか」

猫猫としては心に渦巻くものがあるが、一応壬氏の言葉は猫猫を考えてのものだ。人間関係、人員の配置、その上で一番無駄がなく安全だと思ったに違いない。

「医官殿の護衛には、旧知の武官、李白《リハク》をやる」

「はい」

猫猫は冷めた声で返事をする。貰った龍涎香をぼんやり見た。

（なんか釈然としない）

猫猫は茶器を片付けて寝室を出る。茶菓子は手をつけないままだ。

「猫猫、お菓子持って行かないの？」

水蓮が焼き菓子を包んでくれる。何か猫猫の感情を読み取った気がした。

（やぶが喜ぶから）

「いただきます」

包んだ菓子を貰うと猫猫は頭を下げて退室した。

「坊ちゃまいいんですか？」

水蓮が何やら壬氏に話しかけているが、猫猫は無視する。

「あっ、えっと……」

壬氏がなにやら手を伸ばして猫猫に話しかけようとしているが、正直今日はもう十分話したという気持ちだ。

気が付かなかった振りをして出て行った。

部屋の外で、高順が戻ってきて待っていた。まめな従者は、猫猫を見て何かを察知したように眉間にしわを寄せたが、何も言えずにいる。猫猫は、軽く頭を下げて医務室に戻ることにした。

十七話　雀《チュエ》

猫猫《マオマオ》は日誌に筆を滑らせる。

船酔い三名、怪我《けが》二名、体調不良一名。

「ああ、忙しいね」

やぶ医者の仕事は簡単な問診と薬を渡すだけ。そんなにかいていない額の汗を拭く。なぜか後宮にいたときよりいきいきしている。

（よほど暇だったんだなあ）

船上生活も数日が過ぎた。揺れる船内にまだ慣れない者もいるが、船酔いの数は減ってきた。初日は暇だと思ったが、翌日から船酔いの患者がどっと押し寄せたのだ。

「そうですかね」

猫猫としては軍部が近い医局のほうが忙しかったが、常に閑古鳥《かんこどり》が鳴いていた後宮の医局に勤務していたやぶ医者には大忙しだろう。

あらかじめ船酔いの薬はたくさん用意していた。とはいえ、気休め程度の物なので、顔を真っ青にして医務室にやってくる者には、桶を渡して風通しが良い場所に誘導するほうが効果的とさえ考える。

（羅半《ラハン》が来ないわけだ）

今回、変人軍師が来ると聞いて奴も来ているかと思っていた。

あの守銭奴男は船酔いがひどい。あんな奴でもいたほうが便利なのだが、なにか理由をつけて断ったのだろう。あんなのでも一応次期当主になるので、どちらも家を空けるわけにはいかないだろうし。

もしかして変人軍師が猫猫のことに気が付いて、こちらの船にやってくるかもしれないとか考えたが今のところ何もない。船酔いで潰れているに違いない。

「さあてと、ちょいと点心《おやつ》にしようか。お嬢ちゃん、呼んできておくれ」

やぶは患者がいなくなったところで、茶の準備をする。とはいえ、火はあんまり使えないので、湯は沸かせない。茶を水出しにしていた。

器は三つ。菓子も三つ。菓子は船の上では高級品だが、壬氏の往診の際に貰ったものである。あれから毎度菓子を用意され、毎回お土産に持たされている。

（ご機嫌取りのつもりかねえ）

ふうっと息を吐きつつ、猫猫は医務室の戸を開ける。

「どうした、嬢ちゃん？」

廊下に猫猫より頭二つ分くらい大きい男が立っている。李白《リハク》だ。護衛として手配された男だが、その手には大きな重しを二つ持っている。ただ立っているだけでは暇なので、訓練をしているらしい。

「そりゃありがたい」

「点心《おやつ》の時間ですけど」

重しを置いて医務室の中に入る。大男が中に入ると少し狭く感じるが仕方ない。

「李白さんや、甘いものは大丈夫かい？」

「俺はなんでも食えるぞ」

「そうかい。お茶に砂糖を入れるかい？」

「えっ？　そんな飲み方あるのか？」

「南方ではあるらしいよ」

「面白そうだな！　たっぷり入れてくれ！」

李白は、どんな味なのだろうかとわくわくしながら水出し茶に貴重な砂糖を入れようとしていたので、猫猫はすかさず砂糖を奪う。

「砂糖は、高級品なのでだめです」

「えー」

やぶが口を尖《とが》らせる。

この宦官《かんがん》、常習犯だ。砂糖と蜂蜜は隠しておかなくてはいけない。暇な後宮ならともかく物資が乏しくなる旅の中では遠慮してもらいたい。

それに――。

(茶が甘いとかありえんだろ)

猫猫は辛いものも、酒も好きな辛党である。つまり、茶が甘いのは許せない。

「ちょっとくらいいいだろー？　水出しで味が薄いんだ」

李白も口を尖らせる。

「じゃあ、茶葉をすり鉢で細かくしたらどうですか？　味が出やすくなりますよ」

「おっ、そうするか。すり鉢あるかい？」

「あるよ。力仕事なんでお願いするかね」

元々おしゃべり好きの宦官と、気の良い武官。見た目はちぐはぐだが、すぐさま仲良くなった。

李白を選んだことは間違いなかろう。

とはいえ、知らないうちに羅門の身代わりにさせられているやぶ医者。もし、真実を知ったらどう思うだろうか。

(黙っておくのが一番か)

この型《タイプ》は下手な情報を教えると失敗する。猫猫はそう思う。

(いっそ、壬氏も私に対してそう扱ってくれたら)

と思いつつ、猫猫は即座に否定する。

壬氏は、猫猫が知っていたほうがいいと思って話したに違いない。猫猫も、情報を知っていたほうが、選択肢がわかりやすくていい。

かの麗しき皇弟の君は、できる部類の男だ。少なくとも、脊髄反射ではなく理性的に考えて行動する。

ちゃんと考えているからこそ、完璧ではないまでも、おおよそ納得がいく形の答えにしているので猫猫も文句は言えない。

(だけど、焼き印の件は……)

やはりまだ納得がいかない。

それに加えてやぶのことも考える。囮《おとり》に使おうとしたのが腹立たしいのか。

それとも——。

「嬢ちゃん、食わねえの？」

「食べます」

点心《おやつ》を掴《つか》む猫猫。

餅の中に、漬物が入っている。保存がきくように味付けは少し濃いめで、茶で薄めるように食べるとちょうど良かった。けっ、と吐き捨てながら食べる。うまい。

「甘くないんだねえ」

やぶの顔がしょぼしょぼしている。てっきり甘いお焼きだと思って口に入れたらしい。

「うめえなあ。素朴に見えるけど、これけっこういい菓子なんじゃねえか？」

「そりゃ、月の君からの御下がりだからね」

ふふんとなぜか自慢げなやぶ。貰ったのは猫猫だ。

猫猫は水出し茶をおかわりしつつ、小さな窓の外を眺める。

「陸が見えてきましたね」

「おっ、そうなのかい？」

やぶも窓をのぞき込む。

「予定では昼には港につくとか聞いていたけど、少し遅れてるな。まあ、誤差の範囲だろうけど」

李白が帳面を見ながら確かめている。

「二泊して、朝にはまた出発だから大忙しだ」

「あのおっさんは、どちらの船でしたか？」

「あのおっさんは先頭の船だ」

あのおっさんで通じる李白。

（船酔いがなくなったらこっちにやってくるかもしれない）

猫猫の表情が歪《ゆが》む。間違ってでも同じ船に乗ることになったら面倒そうだ。

「あのおっさんなら、船から降りたら会食に連れていかれるから安心していいと思うぞ。せっかく皇族が旅しているのなら、外交に使わない手はないからな」

「会食の話は聞いているね。医官が一人ついていくことになっているけど、私は行かないからお嬢ちゃんも行く必要はないよ。ってか、あのおっさんって誰だい？」

やぶ医者がきょとんとした顔で見ているが、猫猫は他の考えがよぎって無視してしまう。

「外交、そうか」

「そうだよ。ほれ、見るか？」

李白が帳面の間から取り出したのは、簡単な地図だ。海岸線と船の経路を示している。

「茘《リー》に属するが、一応他国だな」

簡易地図にも国境線が書かれている。

「何年か前にこの国の姫さんが後宮にいたんだよな。下賜されたとは聞いたけど」

大変聞き覚えがある話だ。

「それは芙蓉《フヨウ》妃だね。いや、今は妃じゃないけど」

「あの人ですか」

やぶの言葉に猫猫は手を打つ。前に後宮の塀の上で踊っていた妃だ。

「じゃあ芙蓉さんもいらっしゃるのかねえ」

「あー、そりゃねえと思うよ」

　李白がやぶの言葉を否定する。

「あれだろ、武官が勲功を立てて、その褒章に貰った姫さんだろ？」

「まあね。属国とはいえ他国の御姫様をほいほい差し上げるのはどうかと思うけどね」

（そこのところは、ちゃんと裏を取ってるんだろうな）

　武官が元々芙蓉姫の知り合いと聞けば、その親族とも知己である可能性は高い。

　芙蓉姫が妃としての役割を果たさないのであれば、さっさと後宮を出たほうが得と思うかもしれない。

「武勲を立てるような男をうちの軍が簡単に国に戻すわけがないからな」

「あーそうか」

「しかし、後宮から嫁さんねえ。俺は武勲を立てて貰えるなら、現金がいいけどね」

「李白さんったら意外だねえ。金とかにはあまりがめつくなさそうなのに」

「色々あるんすよ、俺にも」

（超高級な妓女《ぎじょ》を身請けしたいとかね）

　李白の今の給金はどれくらいなのだろうか。順調に出世しているようだが、本当にそろそろ一山当てないと、白鈴《パイリン》小姐がやり手婆になってしまう。

　猫猫はまた窓の外をのぞく。

（夕方に到着なら、もう店が閉まっているだろうなあ）

茘《リー》より南に位置する国だが、到着してすぐ船の外には出られないだろう。陽の高さを見ても、買い物する時間はなさそうだ。夜市でも開かれていればいいが、そんな店には猫猫が望む物はあまり売っていないだろう。

（焼き菓子とか、串焼きとか、果物とか）

いや、それはそれで楽しいのだけど。

明日、自由な時間があればいいのだが。

医務室の外から独特の足音が聞こえてきた。とんとんと戸が叩かれる。

「誰か来たか？」

「どうぞ」

やぶが答えると、中に入ってきたのは雀《チュエ》だった。

「失礼します」

「どうしたんだい？　月の君の具合が悪いのかい？」

「いえ、一つお願いがあってまいりました」

小さな目は猫猫を見ている。

「今晩の会食の際、毒見として一人お借りしたいと、相談しに来ました」

やぶと李白の目も猫猫に向けられる。

（いや、嫌いじゃないんですけどその仕事は）

しかし、変人軍師がいるところに行くのは嫌である。どうにかして誤魔化せないものかと思っていたら、雀がちらちらと猫猫に何かを見せている。

「……」

ちらちらと見せるのは乾燥した茸、干し椎茸のようだ。

（んぐぐっ）

壬氏の入れ知恵か、それとも水蓮だろうか。

椎茸、茸としては高級品だ。自然に生えているものは滅多に見つからない。たまに燕燕が料理に使っていたが、本来、手に入れられる代物じゃない。

（栽培できればすごく商売になるんだけど）

香蕈《こうしん》と呼ばれ、貧血や高血圧に効く薬となる。

薬にしてもいいし、水で戻して料理にしても美味い。煮汁も出汁になる。

雀という侍女は、猫猫をからかっているのだろうか。ちらっと見せた椎茸を隠したと思ったら、反対側の手でまたちらちらさせる。ぱっと両手に見えないと思ったら、今度は二つ三つ増やして見せる。まるで手品のような動きだ。

「どうされますか？」

雀は、丁寧な言葉遣いだが有無を言わせない。申し訳なさそうな顔をする一方で、やることはやらせる。まさに壬氏のやり方と言える。

「……かしこまりました」

「それでは、これを」

ささっと雀はまたどこから取り出したのかわからない服を猫猫に差し出す。

「服はこれにお着替えください。なんなら、化粧《メイク》も行いますが」

雀の両手の指には、化粧に使う刷毛や紅用の筆などなどが挟まれていた。まるで劇に出てくるような悪役の暗器使いみたいな動きである。

（どうしよう、濃いーわ）

馬閃の兄嫁という簡単な人物紹介で済ませられなくなる。

（ただでさえ周りに濃い人多いのに）

雀は顔が地味だけに、中身を強化しているのだろうか。気が強い馬の女たちに対抗できるだけの精神《メンタル》はそれだけ必要なのだろうか。

（埋もれてしまうかもしれない）

猫猫も何か負けないように個性付けをするべきかと思ったが、わざわざ目立つ理由はなかったなと思う。語尾に何かつけても痛々しいだけである。

「化粧は結構ですから、椎茸ください」

「そうですか」

普通に反応されて雀は少し寂しそうな顔をして干し椎茸をくれた。

(この様子だと、何種類、生薬を持ってきているのだろうか)

そんなことを考えながら、猫猫は椎茸を眺めた。


猫猫が船から降りると、魚臭さと人の活気が一度に漂ってきた。もう夕暮れ時なので、露店の多くは店じまいをしているが、駆け込みで夕飯の買い出しをしているのが見える。

「気を付けてねー」

やぶが船の甲板から手ぬぐいを振っている。

「俺がついてるから、問題ねえよー」

猫猫のかわりに李白が返事する。

(こいつ、やぶの護衛じゃなかったのか?)

一応、猫猫も護衛対象になっているということだろうか。

雀が用意した服は、生地は立派だが装飾はなく色は地味なものだった。毒見役としては妥当、麻のさらっとした肌触りは湿気の多いこの地方では気持ちいい。

(これ、明日から着よう)

下着以外はまともな服は用意していないのでちょうどよかった。洗濯してもすぐ乾く生地がいい。医官手伝いの服はあるが、生地が厚いためどうも蒸し蒸ししていけない。

雀はその後何度か化粧をしないかと打診したが、お断りさせていただいた。でもそのままでいくのも失礼なので、自分で軽く白粉をはたいて紅は引いた。

「馬車を用意してるって言ってたなあ」

李白がきょろきょろする。

「あれじゃないですか？」

猫猫は他の船の前に止まった馬車を指した。

「あれかあ？　もう先客乗っているし、乗れないんじゃねえか？」

どんどん人が乗り込んでいる。

（女の人？）

お偉いさんの侍女あたりだろうか。しかし、数が多い気がする。

李白とともにどうしようかと途方に暮れていると、ひょいと雀がやってきた。

「すみません」

「おわっ、いつの間に来たんだよ」

李白が驚く。気配をまったく感じなかった。いつもは、独特の足音がするので気付くのだが全然聞こえなかった。

「あちらに馬車を用意していますのでどうぞ」

「ねえちゃん、あんたずいぶん動きが軽いな」

「地味な割に良く動く。それが売りの雀さんです。気軽に雀さんとお呼びください」

にこっと笑いながら、くるんと回転し、わけのわからない姿勢《ポーズ》を取る。

「おう、よろしくな雀さん」

「はい。李白さま。ちなみに雀さんは人妻なので、お誘いはお断りさせていただきます」

「そりゃ残念だ。雀さんが俺の好みで、運命の女に出会う前なら誘っていたぞ」

つまり、好みじゃないと言っている。

「それは損をしていますね。こんないい女は滅多にいませんよ」

（この人、お調子者だ）

猫猫の周りでいなかった型《タイプ》の明るさだ。雀はまたどこからともなく小さな旗が連なったものを懐から出していた。

（どう突っ込めばいいのかわからない）

猫猫は少し寂しそうな雀を無視して馬車に乗った。

茘《リー》の南に位置するこの国は亜南《アナン》。もう百年以上前から茘の属国としてある国だ。亜南という名前も元からそうではなく、昔の皇帝が名付けたものである。

『亜』という字には『第二』や『次』や『下位』という意味がある。

茘の北にある国々を北亜連《ホクアレン》と呼ぶのも、そのままだ。北にある、下位の国の、集まりという意味だ。

（名前つけた人は本当に尊大だよな）

いかにも莫迦《ばか》にした名前をつけて、名付けてやったと偉そうにするわけだ。

（他所の国も他所の国で、こっちのこと勝手に呼んでるんだろうけどねえ）

西から来た異国人は、茘の人種より肌が白くて背が高い者が多い。なので、たまに茘の人々を『猿』と侮蔑していうことがある。母国語で話しているつもりだが、西方の言葉が多少わかる猫猫は相手が莫迦にしていると気付く。やり手婆は悪口に気が付くと、笑顔で宿代を値上げする。

（どっちもどっちでやってるんだよなあ）

言われたくなければ言わなきゃいい。でも言われる前に言うことで自分を守りたい。国と国の関係も、所詮は人の集まり同士、人間関係と同じなのだ。

猫猫が馬車から降りた先は、大きな宮だった。

赤塗の色彩は茘と同じだが、屋根の形が少し変わっている。ちょっと丸っこく、提灯がずらりと並んで輝いている。

真っ白な通路が宮の真ん中に通っており、庭には棕櫚《シュロ》が対称に植えられていた。

「こちらにどぅぞ」

使用人らしき男が話しかけてきた。少しなまりはあるものの、茘と同じ言語を使ってくれるのは助かる。

（いや、毒見役ですしお気遣いなく）

と言いたいところだが、雀がどんどん前に出ている。誘導してくれていると言えばしてくれているのだろう。きゅっきゅっとあの奇妙な足音が響く。

猫猫と李白は大人しくついていく。

「ここをお使ぃください」

部屋に案内される。雀はさっさと中に入って確認する。手慣れた様子だ。

「変な物でもあるのか？」

李白も一緒になって家探しする。

「いえ。南方ではたまに蛇や虫が入っているもので」

「蛇ですか」

猫猫は目をきらりと輝かせて家探しに参加する。

「毒は？」

「ありますね」

「蠍《さそり》はいませんよね？」

「蠍はいないですね」

あらかた確認したあとで何も出なくてがっかりする二人。

「嬢ちゃんだけじゃなく、雀さんまでなんでがっかりするんだよ」

李白が冷静に突っ込む。ちゃんと『雀さん』と呼ぶあたり李白だ。

「あったほうが面白いじゃないですか」

雀は、目立ちたがり屋なだけではなく、なにか騒ぎがあれば面白がる性格らしい。なるほど、個性豊かな者が集まる高順の家に嫁いだ理由もわかる。同時に、嫁姑関係がどうなっているのか怖い。

雀は茶を用意し始めた。水差しには冷たい水が入っているらしく結露がついており、客人に対して敬意が払われているとわかる。直前に冷えた水を用意したのだろう。

「自分で準備するのでご心配なく」

雀も忙しかろうと猫猫が茶器に手を伸ばす。

「いえ、私のぶんも含まれますので。今夜は猫猫さんにご一緒させていただきます」

素早い動きで猫猫に仕事を与えない雀。

「水蓮さまから、護衛とはいえ未婚の娘が殿方と二人で過ごすのはどうかと言われましたので、赴きました。というわけで監視です」

猫猫と李白は顔を見合わせて、

『あー、ないない』

と揃えて言った。

「はい。私もそう思いますが、大姑みたいな人に言われたら、実行するしかありません。あと本物の姑がいますでしょ。上手くやっているつもりですがやはり四六時中一緒にいると疲れるんですよ。旦那があれなので、まったく間に入りませんしね。旦那の扱いについては姑にまかせて、たまには息抜きでもしたいと思います」

と、雀は長椅子に座って茶を飲み始めた。大変くつろいでいる。菓子にも手をつけ、煎餅のようなものをばりばり食べていた。

ここまでされると、猫猫も李白も勝手にすることにした。李白はやることが思いつかなかったらしく、部屋の柱を掴《つか》み懸垂を始める。

猫猫も椅子に座って茶を飲み、姚《ヤオ》から貰った写本の続きを読む。

（脳筋だ）

「あと、会食の流れについて説明をしたいと思います」

食べかすを口に付けた雀、一応仕事する気はあるらしい。

「お願いします」

雀はまるで実家でくつろぐような体勢で話し始める。

「毒見役としては猫猫さんと私がやる予定です。月の君と漢太尉ですね。他にもなんか偉い人がいますけど、そちらは別に用意します」

雀は馬《マ》の一族の嫁と言うが、毒見もするのか。なんだか不思議な感じがする。

「私は、月の君のほうでお願いします」

猫猫は、どっちもどっちだがよりましなほうを選ぶ。

「はい、太尉のほうが面白そうなのでわかりました」

理由はともかくやってくれるのであれば嬉しい。

「大体、毒見のやりかたとしては、園遊会等と同じ流れでやります。あまり説明する必要はないと思いますが、外交の場ということもあって後ろの席で隠れながらやります」

「そうですね」

「なので、その場でなんとなく察してやってください」

（適当だ、いや適当というよりおおざっぱだ）

あんまりきちっとしているよりは楽だが。

最初、燕燕に似た雰囲気をしていると思ったが、どちらかといえば猫猫よりな気がしてきた。むしろ、猫猫のほうがまだ周りを気にかけているはずだ。

「では説明終了。時間になったら呼びに来ると思うので各自好きなことを。解散！」

「はい」

「おう」

それぞれ返事をするとまた、各々好きなことを続けた。

十八話　亜南《アナン》の宴

同じ言語を使っていても文化の違いというものは大きい。茘《リー》と亜南では宴の様式はかなり違って見えた。

亜南は、茘の南に位置する国なので、ずいぶん温かい。というより暑い。太鼓や笛の音が鳴り響く。茘の曲よりも明るくのりがいい。

屋外に毛氈《もうせん》を敷き、その上に直に座る。椅子はなく、光沢がある洋座布団《クッション》が座席替わりに転がされている。料理も卓《テーブル》はなく絨毯《じゅうたん》の上に直に置かれていた。個別に用意されるのではなく、大皿からそれぞれ取る方式だ。

酒瓶は独特の形をした壺で、色鮮やかなのが特徴である。

食事を用意するのは、薄着の女性ばかりだ。腰には派手な布を巻きつけただけの裳《スカート》、袖の短い上着を着ている。くびれた酒壺はまるで彼女たちの体躯を表しているようだ。

髪の色は黒が多いが、直毛は少ない。肌の色は象牙《ぞうげ》色から蜜色と幅がある。顔立ちも彫りが深い者が多い。

元中級妃であった芙蓉《フヨウ》は、茘の人種によく似た顔立ちをしていたのを思い出す。あえて、そういう顔立ちだったから、後宮に入れられたのかもしれない。

　宴に呼ばれた武官たちが妖艶《ようえん》な踊り子や、給仕たちに鼻の下を伸ばしている。

「いやあ、腰つきが違いますね」

　雀《チュエ》がくいっ、くいっと腰を振りながら猫猫《マオマオ》に話しかける。毒見役は帳一枚後ろで食べるので、周りには見えていない。

「明日はあの衣装を買ってきて、旦那誘惑してみます」

「旦那さん、ああいうのが好みなんですか？」

　やたら人見知りの馬閃《バセン》を青瓢箪《あおびょうたん》にしたような男を思い出す。どういう結婚生活なのかやはり気になる。

「いえ、全然」

　きっぱり否定する。要は雀自身が着たいらしい。

　格式ばった宴というより、宴会に似た雰囲気だがこれが亜南流であろう。ただ、毒見が必要な偉い人は一段上に席が用意され、立派な座卓と足つきの膳が用意されている。

　猫猫の仕事はその膳から少しずつ料理を取り、毒見をすることだ。毒見をしているのを隠すためか、帳が張られている。猫猫たちがおしゃべりをしているのも、外から見えないためだ。

「ここの王族は薄い顔が多いですね」

雀が失礼なことを言ってくれる。

「政略結婚を繰り返していたら、他国の血が強まるのは当たり前ですねぇ」

猫猫の疑問が解けた。芙蓉が茘よりの顔立ちをしていたのは、血筋に茘の血が濃かったということだろう。縁戚関係になることで、国同士のつながりを深めることは多い。また、属国の血を自国の血で薄めることを目的とした場合もある。

（一見和やかだけど、実は茘って亜南に恨まれてね？）

ふと思ったりもする。亜南の人々にとっては、自国の名前からして莫迦《ばか》にされているのだから。

帳の隙間から、恨まれるとすれば一番心当たりがありすぎる人物を見る。

壬氏《ジンシ》は酒杯を持ち、にこやかに笑っている。後ろからは横顔しか見えず、右頬《みぎほお》の傷が暑さのせいか赤く強調されていた。

壬氏は外交用の笑みを浮かべている。酒杯には並々と酒が注がれているが、減っている様子はない。視界の端っこで杯が空かないか目ざとく見る給仕たちが見える。

（一応、簡単には近づけないか）

ちらちらと壬氏を見ているが、専用の給仕がいるらしく勝手に配膳ができないらしい。

「どうぞ」

落ち着いた声の主、高順《ガオシュン》が帳の隙間から食事を差し入れる。壬氏のために給仕した食事だが、猫猫が先に毒見をして壬氏に渡す。

てらてらとした骨付きの豚肉、排骨《スペアリブ》だ。猫猫は銀製の箸を取り丁寧に拭く。箸に曇りがないか確認し肉をほぐす。骨を取りつつ、均等に切り分けて何切れかを小皿に移す。

「……」

味付けが甘いのは果実で煮込んであるからだろうか。柑橘のさわやかな匂いがする。

（うまいうまい）

ごくんと飲み込み、もう一口と食べたくなったが我慢する。仕事なのでこれ以上は食べてはいけない。

「うまいうまい」

雀は普通にばくばく食べていた。毒見じゃない。

「雀さん、仕事は？」

「はい、異常ありません。美味しいです」

しゅたっと額に手を当てているが、どう見ても貪っている。

（ここに紅娘《ホンニャン》か左膳《サゼン》か羅半《ラハン》の兄がいればな）

猫猫的つっこみ役上位三名である。自由すぎる雀では、全部つっこむのが面倒くさいので、手助けが欲しい。

猫猫は問題ないと、毒見を終えた皿を壬氏のほうへと移動させる。皿を移動させるのは高順だ。

対して、ほぼ残っていない皿を移動させるのは変人軍師の副官だ。前に果実水《ジュース》で変人が食中毒になったときにいた官である。

「……」

皿を見つつ雀に訴えかける副官。

「どうぞ、毒はございません」

口の周りを脂でてらてらさせている雀。

仕方なく返される器を変人軍師のもとに持って行く副官。しばしして、次の皿が来たと思ったらまた同じ排骨料理だった。

「違う料理も食べたいんですけどね」

ふうっと息を吐きながら、新しい銀の箸を磨く雀。

猫猫のもとには違う料理が運ばれてくる。しかも三つまとめてだ。

「なんか多いですね」

思わず持ってきた高順に漏らす。

高順は眉間にしわを寄せる。

「あちらのお客様からです」

言わされているような台詞とともに、帳の向こうから変人軍師が手を振っていた。

「……雀さん、どうぞ」

「あら、いただきます」

遠慮なく食べる雀。いや訂正、毒見である。

変人軍師はしょんぼりしているが、猫猫の仕事は毒見だ。他の料理をどんどん食べてお腹いっぱいになることではない。

会食というが壬氏の仕事は外交だ。営業用の笑みを浮かべつつ、談笑している。食事は申し訳程度に食べているので、猫猫の仕事はさほど多くない。

女ならば国を傾ける美貌だが、外交において武器となることには違いない。

（なんだかんだで人の扱いはうまいんだよな、本来は）

ただ、一度懐に入ってみると、どうにも鍍金《めっき》がはげやすくなる。

対して仕事をしていないのはもう一人のお偉いさんだ。変人軍師は雀の残り物をつまみつつ、酒ではなく果実水をぐびぐび飲んでいる。周りが誰か話しかけているようだが興味がないようで、後ろを振り返ってはちらちら猫猫を窺《うかが》っている。

「私が言うことではありませんけど、少し態度を軟化させてはどうでしょうか？」

鶏肉を貪りつつ、雀が言った。

「……一度、甘やかしたらどうなるかわかりますか？」

猫猫は吐き捨てるように返す。

雀は上を向いて目を瞑《つぶ》る。何やら想像しているようだ。

「すごく面白そうなことになりそうですね」

雀は楽しそうだ。あくまで他人事である。

(早く会食終わんないかなあ)

猫猫はふうっと息を吐きながら、食事に箸をつけた。


面倒くさいことがいくつかありながらも、会食は終わる。

(変な毒はなかったはず)

毒見役ということで、体の調子をちゃんと見ておかなければならない。遅効性の毒であれば、数刻から数日、あとから来ることもある。まだ、腹には余裕があるが、しばらく食べないで様子を見たい。

猫猫としては問題なかったと思うが、完璧に仕事をやるには難しい所だ。

「ふうっ、食った食った」

膨れすぎたお腹を撫《な》でる雀。最後まで毒見というより食事を楽しんでいた。

あとは、部屋に戻り一泊するだけだ。明日は、買い出しくらいは出かけて良いそうで、少し楽しみだった。

宴の夜は何もなく終わった。宴の夜は——。

十九話　消えたやぶ医者

瞼《まぶた》が明るくなり、鳥の鳴き声が聞こえた。

「っ、んん……」

猫猫《マオマオ》はゆっくりと瞼を開けると、大きな伸びをした。柔らかくいい匂いがする寝台、陸地なので揺れもしない。久しぶりにゆっくり寝た気がする。

（亜南《アナン》だっけ？）

ぼんやりしながら今陸地にいることを思い出す。

寝台から起き上がると、卓《テーブル》の上には粥《かゆ》の他、やたら豪勢な料理が並べられていて、雀《チュエ》が先に食べていた。

「早いですね」

「はい、姑に怒られぬよう雀さんは早起きです。さあさあ朝餉《あさげ》をいただきましょうか」

がつがつ食べる雀。菜《おかず》があまりに豪華なので昨晩の宴の残り物かと思いきや、昨日食べた物とは違った。仮にも客人には残り物を出すことはないらしい。

「私はほどほどいただきますね」

猫猫は、粥に酢をかけていただく。茘風の朝食に思えたが、酢には魚醬《ぎょしょう》のような独特の風味があり、ここが異国であると感じさせる。

つっこみが追い付かないという点をのぞけば、雀は気遣わなくていい相手なので、食事作法も気にしない。

朝餉を終えて房楊枝《はぶらし》で磨いていると、戸を大きく叩く音が響いた。

「どうしたんですか?」

「嬢ちゃん」

護衛の李白《リハク》だ。少し困ったような顔をしている。

「いや、さっき伝令が来てさ。医官のおっちゃんが船にいないってさ」

「はあ?」

やぶ医者がいないとはどういうことだろうか。

(もしかしてさらわれた?)

やぶ医者を連れてきた理由は、羅門《ルオメン》の身代わりである。李白は護衛としてついているが今は猫猫とともに同行している。

船には他に武官たちも残っており、やぶがかどわかされるなんてことは簡単に起きるはずはないのに。

「……意味がわからないです。いや、なんでまた」

猫猫が頭を抱えていると、雀が目をきらんとさせている。

「わかんねえ、俺、一度船戻ってみるつもりだけど、嬢ちゃんどうする？」

「どうすると言われても」

ここで勝手に猫猫が動くわけにはいかない。まず報告せねばと思っていると——。

「話は聞かせてもらいました」

誰の台詞かと思えば雀である。

「事件の匂いがしますね。ご安心を、ちゃんと許可を貰ってきました」

雀は歯をきらっとさせて、片目を瞑《つぶ》る。

「取って来たって、今話したばかりだと思いますけど」

大変平凡なごくつまらない返事をしてしまう猫猫。ここで面白い切り返しをすべきかと思ったが、終わらない気がするので放棄した。

「はい。猫猫さんが外出する際は、李白さんと私を連れていけば問題ないと仰せつかっています。どうせ今日一日は暇だと思うので、あらかじめ外出許可は取っておきました。ここで猫猫さんが出かけないのであれば、雀さんはそれに付き従うしかなく、亜南観光もできず、いつやってくるかわからない姑の訪問に怯《おび》えるところでした」

つまり最初から出かける気満々でいたということだ。

（いや、出かけていいのなら、出かけますとも）

先回りした雀の行動は、ある意味助かった。

「問題ないのであれば、ちょっと船に戻ろうと思いますけど」

猫猫は確認するように李白を見る。

「ああ、嬢ちゃんなら行くと思って伝えたんだ。俺は問題ないんだが――」

李白はちらっと目をそらした。

「どうしたんですか？」

「いや、伝令と話しているときに、面倒くさい人に見つかってしまってな」

「面倒くさい人……」

猫猫はそっと部屋の入り口を見る。なんだか嫌な予感がした。

雀がてくてくと入り口まで移動し、開けた。

「おおっ⁉」

聞き耳を立てていたのは、片眼鏡《モノクル》をかけた変人だった。

「おはようございます」

雀さんが形式ばかりの挨拶《あいさつ》をする。

「おはよう！　猫猫ー、いい天気だな！」

「……」

猫猫は最悪の表情で返す。

「出かけるのか、そうか、爸爸《パパ》も一緒に行こうかな？」

「ついてこないでください」

氷のような表情を浮かべる猫猫だが、変人軍師の顔は変わらない。

「いっぱい店があるから何を買おうか。服、髪飾り、いや薬がいいかな？」

案の定話を聞いていない。

「猫猫さん」

雀が猫猫をつつく。

「この様子だと絶対ついていきますし、あきらめてちょうどいい財布くらいで連れて行ったらどうですか？」

「財布も何も、単体で銭、持たせてもらっているんですか、このおっさん」

大体、いつも羅半《ラハン》あたりが金勘定を仕切っている印象がある。

「じゃあ、副官を連れてくるわ。財布は大体持っているはずだから」

李白が素早い動きで呼びに行く。

「ちょっ、李白さま！」

「猫猫や～、色んな薬があるといいねえ。叔父貴にもお土産買って帰らないといけないよねぇ」

でれっと狐目の目じりを下げる変人。

「財布です財布。割り切りましょう。ここで置いていくのにも時間がかかりますよ。医官さまが心配なら素早く行動が大切です。あと、私は亜南産の珊瑚《さんご》の簪《かんざし》が欲しいです」

「雀さんはたかる気十分ですね」

大変いい性格をしていらっしゃるお人だ。

「旦那の収入が安定しないので仕方ないのです。結婚して子どももいるけど科挙の学生でしたし、受かったから安定したと思ったら同僚と上手くいかず退職。ようやく縁故《コネ》で再就職したのですよ。おかげで雀さん、産後すぐ働きに出る次第です」

雀は手から連なった旗をひらひら出しながら語る。全然苦労しているように見えないが、苦労しているのだろう。

「ちなみに旦那の再就職が決まったら、次の子産めとせっつかれているのです。義弟が家督を継ぐとしても子ができるかわかりませんって言われて、もしかして嫁いびりじゃないでしょうかね」

「それはわかりました」

馬閃が家督を継ぐのは決まっているとして、男女関係に対しては本当に奥手なので心配なのだろう。

(里樹《リーシュ》元妃のことについても、ちゃんとやらないと終わってしまうぞ)

昨年、出家した薄幸の姫を思い出す。

馬閃は陸路で別行動だというがどうしているだろうか。

「おーい、呼んできたぞ」

猫猫と雀が色々話している間に、李白が財布、もとい変人軍師の副官を連れてきた。

船に戻ると、皆出かけているのか、ずいぶん人が少なかった。船員が船の整備、掃除人が船内に溜まったごみ出しや甲板を掃除していた。掃除人は中年の女性が数人、男のような恰好をしてせっせと船内を磨いている。その多くは船員の身内らしく、食事も準備してくれる。

「猫猫や、早く用事を終わらせて、買い物に行こうじゃないか」

うるさいおっさんが何か言っているが無視する。船内に残った数人の武官が、変人軍師を見つけてはすかさず隠れていた。巻き込まれるのはごめんだと言わんばかりだ。

「ここです」

李白に伝令してきたのは、やぶ医者を護衛しにきた武官だ。

「なにやってんだよ」

李白は顔見知りらしく、武官の背中を叩き呆《あき》れたように言った。

「す、すみません。ちょっと入れ替わりの間にいなくなっていて、医務室に入ろうとしたら――」

猫猫は医務室を開けようとする。

「鍵がかかっていますね」

医務室には一応鍵がかかるようになっている。薬の類を置いているので、勝手に持ち去られないように誰もいないときは締めるようにしていた。

「のぞき込む限り誰もいないようで、戻ってくる様子もなく連絡しました」

武官は申し訳なさそうに頭を下げる。

「あー、わかったわかった。おまえ、どうせ前の奴との引き継ぎで来たんだろ。前の護衛も呼んで来い」

「わかりました」

慌てて武官が走っていく。

「なんと密室、それは事件の匂いがする」

雀がきりっとした顔で決める。

「おっちゃんどこ行ったんだ？」

「見えないところで寝ているといいんですけど」

猫猫は予備の鍵を預かっていたので開ける。やぶ医者はどこにもいない。

「特に変なところはないと」

気になるとすれば、やぶ医者の寝間着が寝台の上に脱ぎ捨てられていることだろうか。

「医官のおっちゃん、行儀悪いなあ」

「普段ならこんな脱ぎ方しませんけどねえ」

たとえ一時的に脱ぎ捨てても、あとで畳んでしまう。無能だが、育ちは悪くないのだ。

視界の端っこで変人軍師が薬棚に手を伸ばしていたので、猫猫はぺしっと叩く。なんだか嬉しそうな顔をされたが気持ち悪いので無視した。副官がぺこぺこ頭を下げて猫猫に謝る。

「急ぐとしたら……」

猫猫は朝起きて着替えを終えたやぶ医者が何をするのか考える。ここ数日、帳一枚越しで生活していたので彼の行動原理は想像がつく。

「厠に行ったのでしょうね」

厠があるのは船首。宦官《かんがん》は一物がないため、尿意が近くなる。

朝起きて厠に行きたくなって急いで着替えたと考えられる。昨晩は、船でもご馳走が出ただろうし、酒が出された可能性が高い。二日酔いでぼんやりしていたら、鍵を閉めただけ偉い。

「ちょっと厠までいきましょうか」

医務室から厠までの最短距離で進む。途中、掃除人の小母さんが竈《かまど》の周りをせっせと磨いていた。はねた油がこびりついているのか汚れが落ちずに大変そうだ。

船首の厠へと向かったところでやぶ医者はいなかった。

「さすがに落っこちたとかないよな？」

李白が冗談めかして言う。厠といっても海に排泄物が直接落ちる穴が開いているだけだ。

「医官さまの太さだと突っかかってしまうので無理ですね」

「……」

猫猫は腕組みをしたまま、首を傾げる。

視界の端っこに、乾燥果実を点心《おやつ》代わりに食べているおっさんがいるが無視する。副官が竹筒に入った茶を差し出している。

「どうしたんです？　猫猫さん」

「いえ、医官さまは無理でも違うものならどうかなと思って」

「違うもの？」

猫猫は懐から医務室の鍵を取り出す。

「寝ぼけて慌てて、ぽちゃんと落とした可能性ってありません？」

「うわお」

「医官のおっちゃんならありうるな」

雀も李白も否定しない。

鍵がなければやぶ医者も医務室に入れない。

「すみません」

猫猫は船の整備をしている船員を呼び止める。

「なんだ？」

「今朝がた、厠の周りであたふたしている医官さまを見かけませんでしたか？」

船員は首を傾げ、他の船員を呼ぶ。集まったうちの一人がぽんと手を打った。

「医官さまかどうかわかんねえけど、小太りのおっさんが慌てていたぞ。甲板の掃除の邪魔になるから、移動してくれって言ったわ」

「それでどこに行きました？」

「んー、船の中はどこも掃除で邪魔になるからなあ。掃除が終わった甲板のところならいてもいいぞって伝えた」

桟橋の前を指す。ちょうど木箱が置いてあり、ぽつんと寂しそうにやぶ医者が座っている姿が浮かんでくる。

「嬢ちゃんに連絡して鍵を借りようにも、武官たちはほとんど出払っていたんだろうなあ」

小心者のやぶ医者は、忙しそうな船員に言付けを頼めなかったのだろう。何より鍵を落とした後ろめたさから、頼みにくかったのかもしれない。

猫猫はやぶがぼんやり座ったであろう木箱の上に座る。桟橋から忙しそうに船員や掃除人が出入りする。ぼんやり座っていると、明らかに迷惑そうに睨《にら》まれる。

（武官たちがいないのもわかるな）

船の上にいるのはどうにも居心地が悪い。廊下で護衛をしていた武官は、掃除人に何度も邪魔そうに見られたに違いない。なので時間になったら引き継ぎもせずに出て行ってしまった。

「どこ行ったんだあ」

ぼんやりしていると忙しそうに走っていく掃除人が猫猫たちのところにやってきた。

「あんた、もしかして追加で来た手伝いかい？」

恰幅がいい小母さんに話しかけられた。

「いえ、そう見えますか？」

猫猫と雀だけならともかく李白がいる。あとついでに帆柱《マスト》によじ登りだしたおっさんとそれを止めようとする副官がいるが、船員に見つかるなり引きずりおろされた。

「見えないけど、手伝いだったらいいかなと思ったんだよ。買い物に頼んだ奴が全然戻ってこなくて困っているんだ。暇ならちょいとお使い行ってきておくれ」

（買い物に頼んだ奴？）

猫猫は今のやぶ医者の姿を想像する。寝巻きから着替えているが医官服ではない。ひげ

を そった宦官《かんがん》だ。宦官は中性的なので、見ようによっては小母さんにも見えるだろう。

　対して、掃除人たちも動きやすいように男のような服を着ていた。

「すみませんが、どんな人に買い物を頼みました？」

「何って違う船から借りてきた手伝いだよ。あんまり若いのよこせないっていうから期待してなかったけど本当に使えない奴をよこしやがって。ぼんやり座って、やることもわからないようだったんでとりあえずお使い頼んだら、この通りさ。もう一時《に》以上帰ってこない」

　やれやれ、と小母さんが両手を広げる。

「おーい」

　桟橋から女の声が聞こえた。

「手伝いに来たよー。何をすればいいんだーい？」

　猫猫たちと小母さんの視線が、桟橋にいる女性に向かう。

「お手伝い、今来たようですね」

「……ええっと、じゃあ、さっき頼んだのは誰なんだい？」

　医務室に基本こもってばかりのやぶ医者は、小母さんとは面識がなかったらしい。

　猫猫たちは顔を合わせてやれやれと首を振る。

「そのお使いって何を頼んだんですか？」

「何って石鹸《せっけん》だよ。亜南《アナン》の港では安く固形石鹸が手に入るのさ。安物の液状石鹸だと臭くて船の中じゃ嫌がられるからね」

荔《リー》では固形石鹸はあまり使われない。

「どこに売ってありますか？」

「もしかして買ってきてくれるのかい？　そうだね、街中の露店に売ってあるよ」

「わかりました」

猫猫たちの次の目的地が決まった。


「おー、あそこの服はいいな、買って帰ろうか？」

「うん、悪くないぞ。この簪《かんざし》は猫猫に似合うぞ」

「露店の果実水《ジュース》はどうだ？　ちょっと不思議な色をしているがいけそうだぞ」

市にやってきてから変人軍師はずっとこの調子だ。ちなみに変人の選ぶものは、千年くらい時代を先取りした服や簪、ついでに腹が緩みまくるような果実水だった。副官には財布を出すな、と止める。

「いやあ。飽きないですね。猫猫さん」

どこまでも他人事な雀の手には、焼き鳥の串がある。肉は、鶏ではなく骨ばかりの痩《や》せたものなので、畑の害鳥として駆除された雀《すずめ》あたりだろう。

（雀はしばらく捕るなとお触れが出たはずだけど）

壬氏が蝗害《こうがい》対策の一つとしてあげていた。属国とはいえ亜南では対象外なのだろうか。

「共食いではないんですか？」

「美味しければすべてよし！　どうぞ」

「ありがとうございます」

一本差し出されたのでありがたく食べる。柔らかい肉はほとんどないが、これはこれで好きな人は好きな味だ。

「はい、ということで副官さん、もう一本欲しいです」

雀は手のひらを差し出し、副官は呆《あき》れた顔で雀の手のひらに小銭をのせる。ごく自然にたかっていた。

（自腹じゃないんかい！）

ちゃっかりしすぎている雀。変人軍師は箸に突き刺さった果物を食べていた。

猫猫は串を頬張《ほおば》りながら、石鹸を売っている露店を探す。

「固形の石鹸って高いよなあ。竈《かまど》の掃除なんかに使っていいのか？」

李白の言う通りだ。猫猫たちも洗濯のときに使うのは灰やせいぜい液状の石鹸である。

茘では馴染みがなくあまり流通していない。

「亜南だとそうでもないと思いますよ」

猫猫は近くにあった木を叩く。棕櫚《シュロ》に似ているが、棕櫚のようなもさもさした幹ではない。大きな実がはるか頭上についている。

「椰子《やし》という植物ですね」

本の挿絵でしか見たことがないが、種子は檳榔子《びんろうじ》という名前で知られている。嚙《か》み煙草として使われる一方で、歯磨き粉、虫下しにも使用される。

ただ、今日の前にある木は檳榔とは違う。

「椰子の種類によっては、果実として使ったり、また油を取ったりするそうです。棗《なつめ》によく似た実をつける椰子もあるそうです。油椰子という種類もあって名前の通り油の材料になり、海藻灰を混ぜれば石鹸の大本はできるはずですから」

固形にするのは煮詰めるか、乾かすか、それとも他に何か調合するのかまではわからない。

猫猫は露店を見る。ちょうど椰子の木の下で、実を売っている店があった。大きな実に穴を開け、麦稈《ストロー》を突き刺している。

「あの一つ、いや、全員分ください」

気をきかせた副官が、皆の分まで椰子の実を買う。せっかくなのでいただくことにした。麦稈を通して飲むと、少しの甘さと塩味を感じる。

「もう少し甘いほうが好きだなあ。砂糖ないか、砂糖」

甘党のおっさんは物足りないようだ。

「俺はしょっぱいほうが好きだな」

李白の感想に、副官は白い何かがのった葉っぱを差し出す。

「おまけだそうです。椰子の果肉だそうで」

白い半透明の実に魚醤《ぎょしょう》がかけてある。猫猫と李白は手を伸ばして口にする。

「烏賊《いか》の刺身のような味ですね」

独特の歯ごたえは、嫌いじゃない。酒のつまみに良さそうだ。

「んー。俺は好みじゃない。なんか、ぐにぐにしてる」

李白は椰子の実は合わないらしい。なので残りは猫猫と雀がいただく。

「すみません、石鹸屋がどこにあるか知らないですか？」

「石鹸屋かい？　ならもう少し奥だよ。揚げ物の店が並んデるすぐ近くによく店を出しているカラ。この先に広場があって、そこによくいる」

どことなく突っかかるのは、亜南訛《なま》りだ。店の主人は買い物をしてくれた客には親切だ。

「あと、あんたラ、茘人だろ。いかついお兄さんがいるカラ、大丈夫だと思うけど気をつけな」

「何に気をつけるんだい？」

李白が目を細める。

「あんたラは違うようだけど、茘人が今、沢山いる。どうにも俺たちを莫迦《ばか》にしたような態度をとる奴らが多いんだ。昨晩、酒場のほうで悶着《もんちゃく》があったみたいだよ。税が上がったこともあったし、うちの姫が気に食わないと後宮から追い出したという話もある。けちな言いがかりをつけられんようにとね」

税が上がったというのは、蝗害《こうがい》対策。姫を追い出したというのは、数年前に後宮で幽霊騒ぎを起こした芙蓉《フヨウ》元妃のことだろうか。

（間違いではない）

反論したいところだが、態度が悪い茘人がいることには違いない。慣れぬ船旅でうっぷんが溜まっているのもあるし、中には左遷されたと自暴自棄になっている者もいよう。

「ふーん」

李白の目の色が変わった。

「じゃあ、早く医官のおっちゃん見つけねえとなあ」

ほわほわしたやぶ医者が一人でいたら標的になることは間違いない。

猫猫たちは飲み終わった椰子の実を捨てると、店の主人に言われた通りに奥へと向かった。

「甘い匂いがすごいな」

「油の匂いもですね」

もわんとした空気が広場一帯に充満している。

広場自体は石畳で整備されており、中央に廟のような物が立っている。ぐるりと広場の周りには木が並んでいた。果物の木もあり、小さな菴摩羅《マンゴー》の実もついていた。探せば茘枝《ライチ》もありそうだが、季節的に食べられなさそうだ。

露店は参拝客を目当てに商売をしているらしい。甘い匂いで圧倒されそうだが、線香や蝋燭《ろうそく》、札も売られている。菓子は芝麻球《ごまだんご》や大麻花《あげぱん》など。

変人軍師は早速買っていた。雀もたかっていた。副官は大忙しである。

「石鹸《せっけん》屋は？」

きょろきょろと見回すと白い煉瓦《れんが》のようなものが積み重なった露店を見つけた。早速向かってみると、店の主人が顔をしかめて迎えてくれた。

「……あんたら茘人か？」

主人はいきなり睨《にら》みつけてくる。

「客に何人なんて関係あんのかい？　石鹸を買いたいんだがいくらだ？」

椰子の実屋の小父さんよりも訛《なま》りが少ない喋りだった。

「あいにく、売る物はないよ。他を当たってくれ」

ふいっと横を向く店主。

「……それは困った。理由を聞かせてくれ」

李白は頭の中まで筋肉に思われがちだが、理性的な判断ができる。猫猫は出る幕ではないと一歩下がって動向を窺《うかが》う。

店主は一瞬、思考を巡らせていた。にこにこと屈託ない笑みを浮かべたまま、待っている李白。

「買うんなら、石鹸《せっけん》を作っているところに直接向かってくれ。石鹸は生活必需品だ。面白半分に買い占められると困る。今、仕入れ値が上がってるんで、ここにある分を売り切ったら値上げするほかねえんだ」

喧嘩《けんか》をふっかけてきたような店主にも言い分はある。最初からそう言えばいいのに、ひねくれ者は遠まわしにしか言わない。

誰に売ろうと収入は変わらないが、店主は地元民のためにお値段据え置きで売っているのだろう。近隣には住宅地もあり、買いにくるにはちょうどいい場所だ。

「仕入れ値が上がってる？　買い占めのせいかい？」

「いや、材料が燃えた。火事だとさ」

石鹸の材料は油。よく燃えただろう。

「そうか。あんがとな。その石鹸作っているところはこの奥でいいのか？」

にかっと人好きのする笑顔で李白が言うと、店主は面倒くさそうに指差しで教えてくれた。

「まっすぐ歩いていたら、火事のあとが見える。近くに掘立小屋があるからそこで新しく石鹸作っている。職人がうろうろしているから、聞いてみるといい。ただ、俺ほど親切な奴ではないぞ」

「そうか、すまねえな。親切ついでにもう一つ聞きたいことがあるんだ。俺たちと同じ茘人で今日、石鹸を買いに来たおっちゃん見なかったか？」

「おっちゃん？　……あれ、もしかしてあのおばさんのことか。小太りの、眉がやたら下がった」

「あー、それそれ。あの人はおばさんじゃなくておっさんだよ。どこへ行った？」

「あんたらと同じことを聞いてきたから、同じことを返したよ。奥に行ったはずだ。四半時《さんじゅっぷん》前くらいかな」

「おっ、すっげー助かるわ。たびたびすまねえ、あんがとよ」

　李白が手を振るので、猫猫はぺこりと頭を下げる。その頃、変人は屋台の菓子を買い占め、雀はたかっていた。菓子を食っている間は比較的平和だ。

　雀の順応力の高さはすごいなあ、と猫猫は横から見て思う。可哀そうなのは振り回される副官だ。

「猫猫～、ほらー、大麻花《あげぱん》だよ～」

変人軍師が差し出してぐいぐい頬《ほお》に押し当てようとするので避けた。大麻花はそのまま軌道上に移動した雀の口に収まった。

「ごちそうさまです」

何食わぬ顔で口元を拭う雀。どんな胃袋をしているのだろうか。

石鹸《せっけん》屋の店主の言う通りにしばらく歩いていると、住宅街に入った。周りには、ところどころ庭木の代わりに棕櫚《シュロ》が植えてある。

「この木って何か実が生るんでしょうか？」

雀が真面目な顔で聞いてくる。

「実は薬の材料になりますけど、美味しいとは聞いたことないです」

「なら、なんで植えているんですかね？」

「箒《ほうき》とか縄とか日用品の材料になるからとかじゃないでしょうか。葉も薬用に使われますし」

使い道はけっこうあるが、雀としては食べられないものには興味がないらしい。変人は暇なのか、棕櫚のもさもさした樹皮を毟《むし》っていた。

「おやめください、羅漢《ラカン》さま」

もう副官は限界と言わんばかりの顔だ。毎日これなら胃薬も欠かせない。

「あそこじゃないですか？」

雀が半焼した家を見つけた。その奥で何か人が集まっているのが見える。嫌な予感がして、急いで向かうと見覚えがある背中を見つける。

「だーかーら、私は違うんだってばー」

情けない声だ。半べそをかいたやぶ医者がいた。やぶは数人の男たちに囲まれていて、そのうち一人に衿《えり》を掴《つか》まれていた。

「医官さま！」

猫猫が走って駆け寄ると、やぶ医者が鼻水垂らして抱きついてきた。邪魔なので剥《は》がそうとしたら、変人軍師が割り込んでくる。

「うちの娘に何をする！」

おっさんは、口の周りに砂糖をつけたままますごむ。

「へえ、この人、お嬢ちゃんのお父さんかい？」

怯《おび》えつつ確認するやぶ医者。どこかのんびりしているのがこの宦官《かんがん》である。

「他人です」

猫猫はすかさず否定する。

「どこのどいつだ、名前を言え」

「羅漢さまはどうせ名前覚えないでしょう」

副官が代わりにやぶ医者を凝視する。

「医官さまで間違いないですね」

「ああ、うん、そうだけど」

鼻水を手ぬぐいで拭き取ったがやぶ医者の表情は情けないままだった。

「おい、あんたラ。こいつの知り合いか？」

訛《なま》った声の主は、汚れた恰好をした肌が浅黒い男だった。まだ若く、血の気が多い。足元には、濁った油が入った壺が置いてある。

やぶ医者が猫猫の後ろに隠れようとするので、前に出てしまう。それを庇《かば》うように、変人軍師が前に出る。

（いや、あんたが出ても面倒なことになるから）

と思っていると、また李白が屈託ない笑みを浮かべて、変人軍師の前に出る。

「そうだよ、このおっちゃんは俺らの連れだけど、なんかあったのかい？」

護衛としてちゃんと役割を果たす李白。大型犬のような男は、ちゃんと番犬の役割も果たす。周りにいる男たちもざわざわする。

「み、見てわかんねェか。これだ、これ」

浅黒い肌の男は片手で壁を指す。焦げた煉瓦《れんが》の壁が水でびしょびしょになっていた。地面には火元らしき木箱が置いてある。

「木箱が燃えだしタ。傍にいたのはこのおっさんだ。火付けしたってことダ。この間の火事もこいつが犯人に違いない！」

「ち、違うよぉ。私はただ、石鹸《せっけん》を買いに来ただけで～」

「ずっとこの辺をうろうろしていたじゃねえカ。火事の原因もあんただろうガ！」

「ちょっと落ち着け。あんたが言いたいこともわかるが、こっちの言い分も聞いてくれ」

あくまで李白は声を荒立てない。だが、大型犬の目は子犬を躾《しつ》けるかのように鋭く男の目を捉えている。やぶを囲んでいた男たちは合わせて五名。健康そうな肉付きだが、李白ほど体格がいい者はいない。

何か言いたそうな男だが、李白の視線で黙る。

猫猫は後ろから男たちを観察する。油壺に皆汚れた恰好、あと石鹸屋の前ということも考えて、石鹸職人だろうか。

壁の焦げ跡にかかった水。それから周辺も焦げたにおいがする。火事で燃えたあと、また今さっき小火《ぼや》を起こしたと考えていいだろう。

「まず、火事っていうのは詳しくわからねえけど、このおっちゃんが亜南《アナン》に来たのは昨日の夕方だ。それまで船に揺られていた。これは断言できる。そこはわかるな？」

ざわざわと男たちが話す。

「ああ。けど、このおっさんしかいないところで、箱が燃えだしタ。そレについて何かあるか？」

「燃えだした？」

李白がやぶ医者に確認するように反芻《はんすう》する。

「ち、違うよぉ。いきなり火が上がったんだよぉ。私は何もしていないよ」

「嘘をつけ！　それならどうして火がついたって言うんダ」

「そうダ」

「自然に燃えるはずないだロ」

周りの男たちも賛同する。

「あー、わかったわかった。だから落ち着け」

猫猫はやぶ医者を押しのけ、焦げた箱をのぞき込んだ。中には繊維状の何かと、粒のようなものが黒焦げになって見える。

「猫猫やー。ばっちいよ。屋台の食べ物はお土産にして早く帰ろうか？」

本題を完全に頭に入れていない変人が一人。

「甘い物ばかりで偏りますので、帰りにもう一本串焼きなどいかがでしょうか？　鶏もいいですか、海老も美味しいですよ」

食べることしか頭にない変わり者も一人。

「ちゅ、雀さんまでー」

やぶ医者は情けない声を上げる。

「さすがに置いていくわけにもいかないので、石鹸《せっけん》買って早く帰りましょう」

「おい！　そっちこそ俺らの話を聞いテんのか！」

石鹸職人たちが声を荒立てる。

「聞いていますよ。要は、この方が火付けの犯人じゃないという証拠があれば問題ありませんよね」

猫猫はやぶ医者の衿《えり》を掴《つか》んでいた男を見た。

「ああ。ちゃんと俺たちが納得いく答えならナ」

「わかりました。納得できなければ、相応の賠償をします。そこのおっさんが」

「ま、猫猫さま！」

副官が泣きそうな声を上げる。そこのおっさんとはつまり変人軍師である。

職人たちがざわざわと話し込んでいる。話し合いはすぐに済んだ。

「わかった。しっかり払ってもらうゾ」

「はい。でも冤罪《えんざい》でしたら、定価で石鹸を売ってください」

「わかった」

「それでは」

猫猫は焼け焦げた箱を見る。

「これは塵箱《ちりばこ》として使っていたのですか？」

焦げた木箱をひっくり返す。濡れた繊維は棕櫚《シュロ》の樹皮だ。焦げた丸っこい物も転がっている。

「そうダ」

「棕櫚の樹皮は、石鹸づくりに使っていたんでしょうか？」

「棕櫚は、たわし作りに使っていた。石鹸以外にも作ってル」

石鹸にたわし、一緒に使う道具なら一緒に作って販売してもおかしくない。

「では、この黒い焦げた物は揚げかすですか？」

「そうダ」

揚げかす、そのまま揚げ物のかすのことだ。いくら材料が豊富とはいえ、石鹸には大量の油が必要になる。日用品として使われるなら、安価でなくてはいけない。材料を安価にするにはどうすればいいか。

「石鹸の材料に、廃油を使用しているんですね」

市にはたくさんの揚げ物屋が並んでいた。材料はいくらでも手に入りそうだ。

「全部じゃないけどな。それが何か関係しているのカ？」

「ええ。で、揚げかすはここに捨てているんですね」

「そうだ」

猫猫はじっと男たちを見て、太陽の高さを確認する。まだ昼前くらいだ。

（ちょっとおかしいけど、この場はこじつけてしまうか）

猫猫は色々考えながら、焦げた揚げかすを見る。

「揚げかすは油から濾《こ》したものですか？」

「ほれ、あれだ」

職人が指すほうを見ると、油がたっぷり入った鍋が並んでいる。横には針金を組んだざるに布が被さっている。

「油は温かいうちに濾すんですね」

油は冷えると濾しにくい。網が金属製なのも熱い油を流しても問題ないようにだろう。

（布は木綿だろうか）

「そうダ。熱いうちにこっちで回収して回る。最近は同業者がここらへんまで油を取りに来るから、競争になル」

猫猫は、頷《うなず》きながら網の中を見る。揚げかすはあまり入っていない。

「そして、いらない揚げかすは捨てると」

「食べられるけど、量が多いからな」

「このざるいっぱいになりますか？」

「なる時もあるが、その前に捨てていル」

猫猫は眉をぴくりと上げた。視線を焦げた塵箱に移す。

「塵箱がずいぶん遠い気がしますけど。移動したわけじゃないですよね」

「……そうだナ、ここに別に置いてるんだが、なんでだろう？」

不思議そうにざるの近くに置いてある大きな壺をのぞき込む。

「おい、誰が捨てた？」

猫猫は視線をざわざわしている他の職人たちに向ける。

「お嬢ちゃん、どうにかなるのかい？」

やぶ医者が小動物のようなつぶらな目で見てくる。変人軍師がまた割り込んでくるかと身構えていたがやってこない。どうしたものかと思えば、石鹸職人たちを観察していた。時折近づいてまじまじと見て嫌な顔をされる。副官がすぐさま謝りに行って大変そうだ。

（顔の見分けもつかないのに）

変人は他人の顔が覚えられない。身内以外をやたらぞんざいに扱うのはそれも理由にあるので、なぜ見ているのか気になったが、話を聞く気にはなれない。

（さて、どうしようかな）

やぶ医者の無実を証明する材料はほとんどそろったので、説明といきたいところだが一つだけ種を用意しておこう。

「雀さん雀さん」

「はいはいなんでしょうか、猫猫さん猫猫さん」

猫猫は雀に耳打ちをする。雀はあまり大きくない目を精一杯広げ、「了解《らじゃ》」と動き出す。

雀が戻ってくるまで時間がかかりそうだ。相手の様子を見つつ、頃合いを見計らう。

「すみません。では、火がついた説明をしたいのでこちらに来てもらってよろしいですか？」

猫猫は、話し合っていた職人たちを呼ぶ。

「ああ、わかっタ」

「ちゃんと説明できるんだろうナ？」

「はい、火はつけられたものではなく、自然についたものでした。というわけで、この方は無罪です」

猫猫はやぶ医者の肩を叩く。

「お、お嬢ちゃん！」

やぶ医者が震えながら猫猫を見る。

「どうしました、医官さま？」

「そんなんじゃ、納得してもらえないよ！　向こうはすごく睨《にら》んでるよ！」

確かに顔が怖い。

「はい。わかってます。自然に火がついたといっても納得はいただけないでしょう」

「そうダ。なんで火がつくんだ。賠償したくないからって、でたらめを言うな！」

「でたらめではありません。大量の揚げかす、それが火事の原因です」

猫猫はざるに残った揚げかすを摘まむ。

「油で揚げたばかりの揚げかすを大量に準備します。すると、内側に熱がこもって火がつくことがあるんです。揚げかすの他に油で濡れた布なども火がつきます」

「……火がつくって、そんな莫迦《ばか》なことあるカ」

「あるんですよ。ほら」

ぱたぱたと足音を立てながら雀が戻ってきた。手には大きな鍋を持ち、揚げかすがこぼれるほど山盛りに盛られている。

「猫猫さん、持ってきました」

「ありがとうございます、雀さん」

雀には急いで揚げかすを集めてもらっていた。

「いえいえ、経費で落ちますか？　無理いって足りない分の揚げかすを作ってもらったので、けっこうお高いです」

「あちらの副官さんにお願いします」

猫猫は代金を払う気などさらさらない。

変人軍師に餌を与えて変な行動をしないように見張っている副官に任せる。変人軍師は揚げ菓子を食べながら、まだ石鹸《せっけん》職人たちを見ていた。他人に興味がない変人にしては珍しい行動だ。

「さて、ここにある揚げかす。ずっと放置したらどうなると思います？」

「火がつくとでも言いたいのカ？　残念だけどすぐに冷えてしまうだろ」

石鹸職人が首を振りながら否定する。

「本当にそうですかね？」

猫猫はにいっと笑って、塵箱として使っている壺の中に入れる。

「……」

「何も起こらないじゃないカ」

「ちょっと待ってください」

猫猫はちらっと雀を見る。雀は手から造花を出して遊んでいた。

「おい、大丈夫か？　嬢ちゃん」

李白も怪しげな目で見ている。壺から少し離れているのは、以前爆発で髪を焦がした経験が生きているのかもしれない。

「もう少し待ってください」

「はあ、莫迦莫迦《ばかばか》しい。時間の無駄だゾ。仕事に戻る」

職人の一人が、場を離れようとした時だった。

ぬるい空気が漂ってきて同時に焦げる臭いがした。壺から煙が出てくる。

「……本当か？」

慌てて職人が壺に近づく。

「おい、近づいて大丈夫か？」

「爆発はしませんよ、たぶん」

猫猫も近づいてみる。火は見えないがそのうち燃えだしそうな勢いだ。

「この通り、揚げかすは自然発火します。なので、火事の原因は揚げかすが原因ではないでしょうか？」

「ちょ、ちょっとまテ。こんなに簡単に火が出るなら今まで火事が起こらなかったことがおかしいじゃないのか？　火がつイたのはここ何十年で、今日で二回目だぞ」

「熱い揚げかすを大量にいつも捨てていたんですか？　ずっと前から」

「い、いや。ここ最近だ。揚げかすを大量に捨てるようになったノは」

確か新しい業者と材料の油を取り合っていると言っていた。だから、危ないのに熱い油をそのまま回収し、一緒に濾《こ》して揚げかすを捨てていたのではないだろうか。

（熱いまま集めると危険だよなあ）

猫猫は大きな油壺を見て思う。

「信じられないようですが、この通り。火は自然におきます」

「……」

信じられないという顔だ。猫猫も最初聞いたとき、信じられなかった。というわけで、実際猫猫も自分で実験して確かめてみた。

さて、ここで猫猫は二つほどずるをした。

本当なら、揚げかすから火が上がるのにもっと時間がかかるはずだ。何せ自分で実験したからわかる。

(あんときは時間がかかったなあ)

揚げかすではなく、ぼろ布に揮発性の高い香油をしみ込ませて放置した。数枚程度では何も起こらず、何枚も布を重ね熱がこもるようにした。それでも火がつくことはなかったのでついうたたねしてしまい、小火《ぼや》になった。猫猫は、黒焦げになる前に水をぶっかけられて目を覚ました。

(火が上がった瞬間が見たかった)

もう一度、確認しようにも実験は二度とするなと怒られた。

今回の場合、たらたらしていると職人たちがしびれを切らすと思ったので、雀にちょっとした細工をしてもらった。

大量の揚げかすとともに、火種を用意してもらったのだ。

手品が得意な雀は周りに怪しまれずに火種をくれた。壺に入れるとともに火種を中に入れればいい。

（上手く燃えてよかった）

詐欺《さぎ》みたいな説得方法だが、仕方ない。

二つ目のずると言えば――。

最初の火事の原因は、今猫猫が説明したもので間違いはないと思う。だが、先ほどやぶ医者の前で火が上がった件については少し難しい。

（できなくはないけど、可能性が低い）

燃えた塵箱《ちりばこ》の中には棕櫚《シュロ》と揚げかすが焦げたもの。ただ、自然に燃えるには量が少なすぎた。猫猫がやった実験では、揚げかすと布の違いはあるものの、もっと熱がこもる環境ではないと火はつかないように見える。

（何よりなんでわざわざ木でできた塵箱に捨てたのか？）

羅門《ルオメン》であれば「根拠がないことを口にするな」と言われるだろう。

猫猫が考えていると、じっと男たちを見つめていた変人軍師が動いた。食べていた揚げ菓子がなくなったのだろうか。

「なあ、さっきからなんで他人のせいにしているんだ？」

「はっ？」

変人軍師は、意味がわからないことを口に出す。元々、わけがわからない人だが、本当にわけがわからない。

「えっと、羅漢さまは嘘をついている人がいて、その人が犯人だと言っています」

副官が慌てながら通訳に入る。

「だ、誰なんだい？」

やぶ医者がすがるような目で変人軍師を見る。

「あの端っこの黒い碁石」

「碁石とは羅漢さまには、見分けがつかない人の顔のことです」

副官も大変だ。今日、一番の功労者じゃないだろうか。名前も知らないけど。

「何を根拠に言い出すんダ。俺が嘘をついテいるって？」

黒の碁石と言われた男が突っかかる。

「瞬きしている。心の臓の音が大きい。汗の臭いがする」

「ええっと、すみません。私にもよくわかりません」

副官もお手上げする。

（嘘をつくと、瞬きが増える。心臓が早鐘を打つ。嫌な汗をかく）

変人軍師の前では嘘をつけない。それは、宮廷内で噂《うわさ》されていることだ。理屈もなくただ野生の勘で言っているかと思いきや、案外理に適った判断をしていた。

（おやじが言っていたな）

変人軍師は人の顔の見分けがつかないが、それぞれの部位はわかるらしい。目や鼻はわかるけど、それが総合的にどんな人の顔になっているのかがまったくわからないだけだ。

なので、他人の見分けについては顔ではなく別の判断方法でやっていると。

声や、動き、癖や匂い。

観察能力に関しては他人の比ではないほど、優れているのかもしれない。

(けど、他人にほとんど興味ないからあんまり役に立ってない)

いや、仕事の面では立っている。優れた人材を見つける点だけは、このどうしようもないおっさんは他の追随を許さない。

「人聞きが悪いことを言うナ!」

「いや、だって煙草の臭いがする。臭い。石鹸《せっけん》の香料、蜂蜜《はちみつ》と香草の匂いでだいぶ紛れているけど、さっきまで吸ってなかったか?」

片眼鏡《モノクル》の変なおっさんの言葉に、石鹸職人たちは疑われた男に注目する。

「おい、煙草はやめたんだロ?」

「油を使う現場だから吸うなって、まさかここで吸ったのカ?」

口々に嘘つき扱いされた男に詰め寄る職人たち。嘘つき男の懐から煙草が出てくる。

(煙草の火か)

なら、火がつく理由がわかる。男は一服しようと塵捨《ちりす》てに行くと言って他の職人がいないところで煙草を吸った。塵としてもってきた揚げかすに棕櫚《シュロ》。棕櫚は繊維状なので火がつきやすく、揚げかすはまんま油のようなもの。そこに煙草の灰が入れば――。すぐに火はつかない。最初は、くすぶるようにして、やぶ医者が近くを通りかかった頃にようやく燃え上がった。

変人軍師が嘘つきと言ったのは、男が自分の煙草が火種だとうすうす感じていたからだろう。だが、ばれたら前の火事についても問われる。隠していた煙草が証拠になったようで、嘘つき男は他の職人たちに囲まれてどやされている。

「ええっと助かったー」

やぶ医者がほっと胸を撫《な》でおろす。

「よかったですね。雀さんに感謝して、珊瑚《さんご》の簪《かんざし》でも買ってください」

雀はここぞとばかりにたかる。

猫猫は、どやしている男たちの前に立つ。

「あのー、すみません」

猫猫はやぶ医者の無罪が判明すれば、それでよい。あとやることは――。

「石鹸ください」

早くこの面倒くさいおつかいを終わらせたかった。

二十話　壁凸

どうにも濃い一日だった。いや、まだ昼過ぎだが、やたら長く感じた。

やぶ医者は案の定、厠に鍵を落としていた。

「そうなんだよ、医務室に入れなくて途方に暮れていたらおつかいを頼まれたのさ」

猫猫《マオマオ》の予想通りだ。やぶ医者は言い訳をする間もなく言いつけられて、しぶしぶ船から出たらしい。市場も近いしすぐ帰って来られると思ったという。

鍵の替えをやぶに渡し、猫猫はまた宮へと戻る。

変人軍師の面倒を見る気はなかったので、さっさと誰かに回収してもらおうと思ったが心配する必要はなかった。歩いて食べて、あと良く寝る。三歳児並の生活をしているおっさんは眠気に勝てず、言われるがまま部屋に戻っていった。

一番可哀そうなのは副官だ。あとはゆっくり過ごしてもらいたい。

猫猫も部屋へと戻る。

「俺は隣の部屋にいるから」

李白《リハク》は続きの部屋で待機する。何か異変があれば駆けつけてくれるので頼もしい。

（じゃあ、特に何もないなら寝るか）

だらだらしようと寝台に横になっていたら、急にふつふつと怒りが沸いてきた。

動き回るやぶ医者が悪いのだが、根本的に彼には危機感というものはない。本来、連れていくのにふさわしくない人物だ。

（って、なんでやぶ医者連れてきたんだよ！）

この一言だ。

当人はおっとりしているから全く疑問を持っていないが、身代わりとして連れて来られたのなら、最悪誘拐される可能性もある。

羅門《ルオメン》のことを考えてのこと、いや、実際は誰のためのことだろうか。

（おやじに何かあれば、誰が一番反応するか）

変人軍師、いやそれ以上に――。

猫猫は敷布《シーツ》を顔に押し付け、ばたばたと布団の上で足を動かす。

「お忙しそうですね」

地団太のような真似をしているところを雀《チュエ》に見られてしまった。いつの間に入ってきたのだろうか。

「失礼しました。埃《ほこり》が飛びましたね」

猫猫は何事もなかったかのように起き上がり、寝台を整える。

「いえ、ところで、今から月の君の部屋へと向かいますが問題ないですか？」

「月の君のところへ？　まだ昼間ですけど」

猫猫が薬を替えるのはいつも壬氏《ジンシ》が風呂を上がってからが多い。薬を塗りなおして風呂に入っては意味がないからだ。

「はい、行けばわかります。お湯を持ってきたので体を拭いてください」

雀はぺたぺたと足音を立てながら、猫猫の服を用意する。外を歩き回って汗だくなので着替えろということらしい。一応、侍女っぽいことはしてくれるのだが、尻を振りつつ踊りながら準備している。見ていると楽しいが、とても疲れそうだ。

（だからよく食うのか）

妙に踊ったり、手品を披露したり、無駄な労力を使っていた。

納得しつつ猫猫は用意された服を受け取る。とはいえ、服としては昨日もらったものと同じ。この様子だと同じ服があと何着かありそうだ。

猫猫はさっさと身体を拭いて着替えた。

「失礼いたします」

壬氏がいる部屋に入る。国賓ということもあって、装飾は言わずもがな。猫猫の部屋の数倍広く、何部屋かに分かれている。外には露台《バルコニー》が見えた。

「どうぞ」

出迎えてくれたのは水蓮《スイレン》だ。柔和な笑みを浮かべて猫猫を奥へと案内する。

帳一枚隔てた先には、壬氏がゆったりと長椅子に座っていた。両脇に高順《ガオシュン》、桃美《タオメイ》。馬《バ》良《リョウ》という雀の旦那は見かけないが隣の部屋にでもいるのだろうか。

（ほうほう、高順夫妻）

水蓮より桃美が案内したほうがしっくりくると思ったが、ばあやは夫妻が一緒にいる時間を減らさぬように気を使ったのかもしれない。この夫婦はどちらも忙しく、顔を合わせる機会が少なそうだ。

恐妻家と聞いていたが、やはり桃美のほうが年上だ。漂う気《オーラ》がどことなく姉さん女房臭をさせる。

昨晩は宴やらなにやらで壬氏の部屋を訪れていなかった。やはり皇族ともなればもてなしが違う。卓《テーブル》には猫猫の部屋にはなかった色とりどりの果物が並んでいた。まだこの季節には早い茘枝《ライチ》や菴摩羅《マンゴー》、実芭蕉《バナナ》もある。

（どうやって栽培してるんだろう？）

ほとんど乾物か絵でしか見たことがない果物に興味がわく。雀が猫猫の斜め後ろで目を光らせている気がした。

雀につられて手を伸ばしそうになるが、もちろんそんな真似はできない。ばあやに加えて、桃美が片目を光らせている。高順はいつもどおりの表情で「何もやらないでくれ」と訴えかけていた。

猫猫は、気を取り直して壬氏を見る。

「何か御用でしょうか？」

少し強張った物言いなのは、先ほどの怒りがまだ残っているからだ。

「いや、用というかちょっと待っていてくれ」

「猫猫」

水蓮が猫猫の肩に手をかける。

「お客様がいらっしゃるの。ちょっと後ろに下がりなさい」

「……はい」

呼び出しておいて下がれとは何がやりたいのだろうか。

部屋に入ってきたのは大柄の男性とそれに従う女性だった。女性の体を労るように男性が支えている。

（あれ、あの人？）

猫猫は女性の顔に見覚えがある気がした。儚《はかな》げで大人しそうな美女だ。

「芙蓉《フヨウ》殿。此度は懐妊、めでたく思います。挨拶《あいさつ》が遅れてすまなかった」

壬氏の声で誰か判明する。

（芙蓉！）

前に後宮の幽霊騒ぎを起こした犯人だ。塀の上で踊っていた夢遊病の妃だ。

ということは隣に付き添っている男性が、下賜してもらった武官だろうか。

「月の君、いつぞやの恩は忘れることはありません。こうして国に帰れたことも、月の君のおかげでございます」

芙蓉はゆっくり腰を曲げる。ふんわりした衣装を着ているが、体がどこか重そうだ。見た感じではよくわからないが、衣装の下は腹が大きく張っているのかもしれない。

男性が口を開かないのは、この場では夫より妻のほうが、位が高いためだろうか。

「月の君のお口添えがなければ、こうして故郷に戻ることもなかったでしょう」

（もしかして）

亜南《アナン》についたとき、猫猫とは別に馬車に乗っていた人たちは芙蓉たちだったのかもしれない。

李白《リー》は優秀な武官を茘が手放さないとは言っていたが、懐妊を理由に芙蓉を国に戻したようだ。そして、それを助けたのが壬氏というわけか。

（夫はどうなるのだろうか？）

まだ茘に残るのか、それとも亜南に戻るのか。

そこのところまで話はわからないが、出産を母国でできるというのは大きい。

（そういうことね）

猫猫に彼らを見せたかったのだろう。

しかし、ちょっと問題がある。

（あの事件、私は何もやってないんだけどな）

壬氏には芙蓉の夢遊病を治せと言われた。しかし、夢遊病は仮病だと猫猫は予想し、今の状況を見るとおそらく確信だったはずだ。だが、猫猫は壬氏に報告していない。

（……もしかして気付かれていた？）

こっそり玉葉后《ギョクヨウ》には真相を語ったが、彼女が話したとは思えない。

猫猫が芙蓉をかばっていたことに気が付いていたのなら、ちょっと居心地が悪い。

同時に、芙蓉が幸せそうな様子で安堵《あんど》する。

芙蓉たちは慇懃《いんぎん》な態度で壬氏に接し、何やら話して退室した。

（仲睦まじい夫婦のようだな）

短い時間だがわかった。見ていて気恥ずかしくなるくらい武官は芙蓉を気遣っていた。

芙蓉が下賜されたのは武官の功績だが、その後、国に戻れるようになったのは壬氏のおかげだ。また、芙蓉は壬氏が後宮で何をしていたか知っているはずだ。

（どっかお人好しというか、なんというか）

情が捨てきれない性格だ。

人としては美点だが、権力者としては弱点。

(半端だ)

昼のやぶ医者の件も重なる。やぶ医者に対しては利用しているように思えるが、その根底にあるのはやはり情が捨てきれないのが原因だ。

壬氏は、己の能力のことを過小評価しているところがある。

(いやできているよ)

ただ、なんでもかんでも抱え込みすぎているのだ。

切り捨ててしまえば、もっと事が上手くいくこともあるのに、手を差し伸べてしまう。助けられる能力があるだけに抱え込み、結果己を削ってしまう。

(誰かに似ている)

猫猫はずっと背中を見ていた人物を思い出す。彼もまた、己の身を削り、他人に尽くしてきた男だ。猫猫が誰よりも尊敬している人。

(やぶ医者が巻き込まれたのは、私のせいか)

羅門《ルオメン》を危険な目に遭わせたら、誰が一番取り乱すかといえば猫猫だ。

壬氏は為政者としては優しい、同時にまだ甘いのだ。

(だから阿呆のようなことができた)

なぜ壬氏が莫迦《ばか》な真似をしたのか。

『半分はあなたのせいよ』

玉葉后の言葉。

壬氏は責任感が強い。本当ならもっと配慮ができるはずだ。東宮たちがもう少し大きくなるまで待てたと思う。

でも、そんなことはできなかった。

(物好きがいるもんだ)

つくづく思わずにいられない。

壬氏は、たまたま毛色が変わった生き物が気に入ったのだ。世間を知らぬ坊ちゃんは数多いる人間のうち次の玩具を見つけることができなかった。ひな鳥の刷り込みのように、玩具が唯一の物だと妄信した。

(物なら物と認識して、命令すればいいのに)

でも、それができない甘ちゃんなので、より残酷な方法を選んだ。

焼き印を入れたとき、誰よりも傷ついたのは壬氏ではなく、主上だと猫猫は思った。妄想が予想に、予想が実感に変わりつつある。壬氏と主上の本当の関係。

(主上は壬氏の本当の父親)

皇弟として生きている壬氏が、死んだはずの東宮であれば――。壬氏も、あんな暴挙には出なかっただろう。

だから、猫猫は決して壬氏と主上の本当の関係について言えないのだ。

……言えるわけがない。

そうなると猫猫の行動も詰んでしまう。

（どうすればいいか……）

考えつつも、答えがすでにまとまっている気がした。

「さてと、もう前に出ていいわよ」

背中を押すのは水蓮だ。どこか含みがある物言いなのがちょっと気に食わないが仕方ない。

「芙蓉さまのその後を教えてくださったのですね」

先ほどまで考えていたことを一旦頭の奥に押し込めて、猫猫は頭を下げる。

「別に。芙蓉殿については、前に依頼したことがあった手前知っておいたほうがよかったと思ってな」

「ええ、ちょっとすっきりしました」

猫猫はちらっと周りを見る。壬氏はどこか猫猫を気遣っている気がしてならない。

（……仕方ないなあ）

ふと、猫猫は露台《バルコニー》を見る。

「この部屋は立派なようで、露台もついているのですね」

「気になるなら見てもいいぞ」

「では遠慮なく」

猫猫はつかつかと露台へと向かう。

「小猫《シャオマオ》！」

高順が止めようとしたが、壬氏が制したのが目の端っこで見えた。

猫猫は露台に出る。

（ほうほう）

弓もしくは飛発《フェイファ》であれば、暗殺するのにちょうどいい場所かと思ったが――。

（木陰に隠れて狙いづらい、狙撃する場所も周りにはないな）

安全面は考慮されているのだと思う。素人の感想だが、少なくともそうでなければ要人を泊める部屋にふさわしくない。

なので、猫猫を追って壬氏が一人やってきてもあとからついてくる者はいなかった。高順は桃美に何やら言われている。どう見ても高順は嫁に頭が上がらない様子だ。

（なんかお膳立てされているみたいで気に食わないけど）

壬氏と二人きりになった。別にこの後、火傷痕を見るのだろうが、気持ちが変わるまえにやっておきたい。

「今日は街を回ったそうだな」

「ええ、街の人から茘《リー》の話も聞きました」

国民感情は良好とは言えないが、少なくとも爆発するほどには見えなかった。

（良好なら良好で、国賓には女性をあてがわれる可能性もあるけどね）

「壬氏さま、今夜もお気を付けくださいね」

寝台に女性が潜り込む可能性は毎度のことだ。

「いきなり何を言うかと思えば」

壬氏は従者の視界から外れたことで、壁にもたれかかっていた。桃美の前で緊張するのは高順だけではないらしい。

「後宮時代の夜を思い出せば、なんとなく察しがつくのではないでしょうか？」

「んっ」

壬氏は思い当たるふしがあったのか、怪訝《けげん》な顔をする。

そして、何か言いたそうだがはっきり言えなそうな表情をする。

「ええっと、こういうわけで芙蓉殿は里帰りをする。代わりと言ってはなんだが、亜南王の姪が後宮入りすることになるそうだ」

「大変ですねえ」

「ああ、玉葉《ギョクヨウ》后の姪も入内する」

「それは聞きました。逃げてきたお人は誰でしょう？」

おさらいするように猫猫は問う。

「壬氏さまはもう壬氏さまではないので、いつまでも後宮の管理に首を突っ込まず、自分の仕事をやればいいと思いますけど」

「だと思うが、完全に切ることもできない」

猫猫は冷めた目で壬氏を見る。

壬氏はその目を不安そうに見返す。

また猫猫はいらっとした。

「壬氏さま。あなたは権力者ですので、もっと大きな顔をしてください」

「……わかっている」

「使えるものは使ったほうがいいです」

「……やっている」

「ならば……」

猫猫は壬氏に近づく。

にいっと笑い、壬氏を見上げ背伸びをした。右手で壁をどんと叩いて、壬氏を挟み込む。

目を丸くする壬氏。

「私は誰かに利用されるのは不愉快です。でも――」

壬氏にしか聞こえない声の大きさでささやく。

「半端な気遣いのほうが邪魔です。誰かのお荷物になるくらいなら、道具のように使われるほうがまだましです。あなたの迷いはそのまま国の迷い。一時の迷いが数万の民を殺すこともありましょう。どうせ後悔するのです、躊躇《ためら》わずまっすぐ道を選んでください」

猫猫は壬氏から顔を離す。

「使うというならはっきり使う。薬は使ってなんぼのものですから」

猫猫は目を瞑《つぶ》り、ふうっと息を吐く。

ずっと憤っていたことは、口に出すとすらすら出た。

猫猫は姫ではない、薬屋だ。利用されるならされたほうがいい。使い潰してしまえばいい。

もちろん、逃げ出せるところは逃げ出したいが、半端な真似をするとよくない。

もっと言いたいことはあるが、これが限度だろう――、と猫猫は思っていた。

だが、猫猫のふつふつとした怒りは違う意味も含んでいたらしい。猫猫の手が自然と壬氏の顔に触れる。

「壬氏さまは人です。すべてを救える天仙ではありません」

猫猫は両手で壬氏の両頬《りょうほお》を包んだ。左手の指先で顔の傷に触れる。

「傷つき、倒れるただの人です」

誰に対して言っているのだろうか。

猫猫の目の前には壬氏がいるはずなのに、どうしても羅門《ルオメン》の顔が浮かんでくる。

（いらいらするわけだ）

壬氏の行動原理は羅門に似ている。

このままだときっと貧乏くじを引かされるだけの人生になってしまう。

（おやじみたいに）

全てを助けようとして自分の身を削っていく、阿呆みたいだ。

もっと欲を持てばいいのに、それを我慢してしまう。

我慢して、我慢して、我慢した結果。

何かをあきらめた老人になってしまう。

猫猫が唯一と言ってもいい、養父に対する反感。砂欧《シャオウ》の巫女の事件でつくづく感じた。

猫猫は羅門を尊敬している。どんな不幸に遭おうとも、優しさを残したままの羅門はその存在が奇跡だ。

かわりに、心も身体もぼろぼろに擦り切れてしまった。あきらめを前提として、行動するようになった。

壬氏もいつかはそうなるのか、それとも——。

「もう焼き印のような真似は絶対しないでくださいね」

「何度も言わなくてもわかる……」

「そうですかねえ」

猫猫はふっと笑い、ゆっくり両手を離した。

しかし、頬《ほお》から手が離れない。壬氏が猫猫の両手首を握っていた。

「放してください」

「いやだ」

子どもっぽい言い方だ。たまに、壬氏は幼稚な言葉遣いになる。

「そろそろ戻りたいんですけど」

「もう少し、いいだろ？」

「高順さまがはらはらしていると思いますので」

「じゃあ、少しだけ補給させてくれ」

「補給？」

壬氏は手を離すと両手を大きく広げた。

（抱擁《ほうよう》しろと？）

猫猫がすかさず拒絶の意を伝えようとしたが、広げた手は猫猫に伸びずに何かを受け入れるような形に変わった。

「何をしろと？」

「……抱擁したかったが、今の俺に必要なのは違うものだろうなと思って」

壬氏は傷がない左頬《ひだりほお》をぺちぺち叩く。

「活を入れてくれ」

「……叩けと」

「思い切り、前に水晶宮の侍女を叩いた時みたいに」

目をきらきらさせて言われても困る。しかも、嫌なことをしっかり覚えていた。

「今、私が言ったこと覚えていますか？」

焼き印のような真似をするなと言ったはずなのに、早速、自傷行為に走ろうとする。

「わかっている。でもこれは傷に残らない」

「赤くなりますよ！」

怒られるのは猫猫だ。信頼して二人きりにしてくれたのに、裏切るわけにはいかない。

「頼む」

「無理です！」

「お願いだ！」

壬氏はゆっくり膝《ひざ》をついた。

「もう、誰も俺に指図する人はいない」

壬氏は、吐き出すように言った。

高順や水蓮はお小言を言うが、あくまで臣下の立場だ。

もしはっきりと壬氏の言葉を否定できる人物がいるとしたら、主上くらいだ。

(指図する人はいない、か)

壬氏が望んだ臣籍降下は、主上とのつながりを切ることだ。

(二人がどのように話して、どのように接していたのか私は知らない)

ただ、世に言う皇族の血縁関係の中ではかなり良好なほうだと聞いている。

(自業自得なのになあ)

だからこそ、己を甘やかしたくないのだろうと猫猫はため息をつくしかない。

「わかりました。目を瞑《つぶ》ってください」

「頼む」

猫猫は大きく手を振りかぶって壬氏の頬を引っ叩いた。ぱあんと音が響く。

「っ」

壬氏が目を開けようとしたので、猫猫はそっと手のひらを壬氏の瞼《まぶた》の上に置いた。

「見せてください」

猫猫の手も痛いのだから、壬氏の頬はもっと痛いはずだ。ゆっくり紅潮していく頬の熱を見る。

(水蓮に確実にばれるなあ)

怒るかどうかは壬氏の対応次第だろう。

「痛いの痛いの飛んでいけ」

白鈴《パイリン》小姐がよくやってくれた呪《まじな》いを思い出し、赤い頬《ほお》に猫猫は軽く口を付けた。唇は指先よりも冷たく、より頬の温度を感じた。

(効くわけないけどねえ)

しかし、不思議なことに頬の赤みは目立たなくなっていった。

(赤みが消えた？　いや)

違う。壬氏の顔全体が赤く染まっていた。猫猫はゆっくりと壬氏の瞼から手を離す。

猫猫から視線を逸らす壬氏だが、手はしっかり猫猫を掴《つか》んでいた。

「ま、猫猫」

「なんですか？」

ちょっと猫猫は身を引く。

「反対側も頼む」

今度は、傷がある右頬を差し出された。

「……嫌です」

猫猫は、半眼で壬氏をねめつけた。

終話

猫猫《マオマオ》は窓の外をのぞき込む。狭い窓の後ろには、次々と他の船が増えていた。旅の途中、港に寄るごとに増えていった商船だ。道筋が同じく西都行きなので、海賊対策だろうか。

「こうして長く思えた船旅も目的地の到着が見えてきた」

「雀《チュエ》さん、何を言っているんだい？」

当たり前のように船の医務室の中でくつろぐ雀にやぶ医者が訊ねた。

「いえ、ここらへんでこう心情が入りそうだったので入れてみました」

「わけがわからないよ。不思議なことばかり言うね」

首を傾げるやぶ。雀は本当に何を言っているのか不思議なことはあるが、そういう生き物は世の中一定数いる。

猫猫は窓から離れると、残った薬の数を確認することにした。雀の説明通り、もうすぐ目的地の西都に到着する。薬の補充を考えないといけないのだが、肝心のやぶときたらいつも通りおしゃべりばかりしている。

李白《リハク》にくわえて雀もまた医務室にたむろするようになってしまった。本人曰く「仕事です」とのこと。「さぼりです」の間違いではなかろうか。

「医官さま、お薬の数を記帳《メモ》するくらいはしてください」

猫猫は帳面と筆記用具を渡す。大した手間ではないし、猫猫一人でもできるが、やぶ医者は甘やかしてはいけないと思っている。

「私も手伝いましょうか？」

「いえ。医療関係者以外が手を出すとあとで色々言われます」

「残念。雀さんは、毒にも詳しいですよ」

自分で自分を売り込む性格だ。さぼり場に定住するためだろう。

「毒見するくらいですからね」

猫猫は亜南国《アナン》での出来事を思い出す。

宴での毒見、やぶ医者の行方不明、壬氏《ジンシ》を引っ叩き……。

最後の件は本当に困った。

猫猫は右手を自分の唇に当てる。

（なんであんなことをしたんだろうな）

呪《まじな》いなど意味がないことは猫猫はよくわかっているはずなのに。子どもをあやすように壬氏に接してしまった。

露台《バルコニー》は元々密会用に作られたものなのか、部屋にいた人たちに聞かれなかったのは幸いした。水蓮《スイレン》、桃美《タオメイ》、高順《ガオシュン》に聞かれたらどうなっていただろうか。雀だけは面白がってくれそうな気がした。

なお、壬氏の「反対側も頼む」発言は、活を入れてもらいたかったらしい。決して、被虐趣味で言ったわけではないと弁明が入った。

（いや、あんな表情で言われたら、そう思うしかねえわ）

なお頰《ほお》を赤くした壬氏がどう釈明したかと言えば、部屋に戻る寸前で自ら思い切り頰を叩いたのだ。

何をしたのか慌てる水蓮たちに、壬氏は笑いながら「活を入れたに過ぎない」と言ってのけた。

猫猫はだんまりを決め込むしかなかった。

本当に疲れた。

「あー、亜南国では楽しかったですね。西都でも楽しみですねー」

小さな目をきらきらさせている雀。指先から小さな花や、旗や、なぜか鳩が出てきたが、その手のつっこみはやぶと李白がやりきってしまった。今更猫猫が突っ込む必要はないが、ちょっと気になるのは――。

「それ、どうやるのですか？」

「ほほう。雀さんの奇術が気になるとな？」

　雀は、小さな団子鼻を誇らしげにつんと上げる。

「ええ、この手の奇術は技術がいりそうですから」

　前に白娘々《パイニャンニャン》の舞台を見に行ったことがあるが、あれは技術というよりも知識を利用した仕掛けだった。

「どうするおつもりで？」

「目上のかたに、暇つぶしに何かせよと言われた時の出し物にちょうどいいかと」

　猫猫の妓楼《ぎろう》冗句はいつも滑っているので、小ねたが欲しかった。どどんとその場を和ませる技は良い。

「あいにく、月の君には船にいる間に披露してしまいましたし、主上に至っては最初に見せて今後の方向性を相談しているので」

（いや、今後の方向性って！）

　思わずつっこみそうになって我慢する。

　堂々と無礼な女性だ。

　猫猫は箱の中の薬の袋を並べてやぶに書かせつつ、また箱に戻すを繰り返す。

「そういえば今後の日程についてまだ話していませんでしたね」

「ちゃんと仕事があったんですね」

てっきりさぼりに来ているだけかと猫猫は思っていた。

「はい、雀さん、姑にいびられないために働きます」

雀は、しゃきんと背筋を伸ばして懐から木簡を取りだす。

「おや、古いねえ雀さんや。もっと使い勝手の良い紙を使いなよ」

指をふりふりやぶ医者が語る。実家が紙の生産を行っているということでどこかしら偉そうだ。

「のぉ。私は古きを愛する雅び人。木の手触りを愛し、その香りを愛す者です」

紙は便利だがこういう好事家《こうずか》もたくさんいる。正直、猫猫にはよくわからないが、別に止める理由もない。ただ、あの長い木簡をどうやって懐に入れていたのかが疑問なだけだ。

「港につき次第、荷物を持って馬車に乗り込みます。西都までは四半時《さんじゅっぷん》ほどですが、蠍《さそり》などに気を付けてください」

蠍でないかなと、猫猫は思いつつ返事する。

「やぶ、ではなく医官さまは西都についたら、他の医官さまたちと合流してください。猫猫さんも一緒です。拠点として使う部屋に案内されます。場所は玉袁《ギョクエン》さまの別荘で、全員は入り切れないので三つに分散されます。なお上層部はひと塊りになるのでご了承ください」

（やぶって言ったよな？）

下手すぎる誤魔化しだが、やぶは書き物片手なので気付いていないようだ。

「猫猫さんは基本、他の医官さまとともに行動します。毒見といった特別な場面などではお呼びします。李白さんと私も一緒に行動することが多いと思います」

李白はやぶの護衛だが、雀は連絡係だろうか。なんとなく、姑、大姑の目をかいくぐってさぼっているようにも見えるが、知らないふりをしておこう。代わりに水蓮がやってきたら恐ろしいことになる。

「あと夜、私は自由時間《フリータイム》なので呼び出しはやめてください」

「ええ、緊急事態でもかい？」

やぶが筆を太い指で器用に回しながら言った。

「はい。姑に二人目を早くとせっつかれているので、超絶技術を使わねばならないのです」

雀は、きりっとした顔で言った。

やぶは最初首を傾げていたが、猫猫が「雀さんは人妻です」と言うと察したらしく、顔を真っ赤にして持っていた筆を落とした。よくこれで後宮医官を務められたものだ。

しかし、旦那はあの帳の裏にいた人らしいが、「ふうぅぅぅ。丹田に力をこめて～」

「雀さん、変な体操はいいので続きお願いします」

猫猫は、中腰になり両手を奇妙に動かしていた雀を叩き切る。正直、終わらないので仕方ない。

「西都では船上と同じように生活して終わるかと思います。ただ、指揮をとるのは上級医官の楊医官です」

雀が姿勢を戻し何食わぬ顔で続ける。

あの浅黒い肌をした上級医官は楊というらしい。別に珍しくもない特に西に多い姓だったはずだ。一応、覚えておかなくては。

「とまあ、だいたい一緒にいると思うので、あとは雀さんに随時聞くなり、楊医官に聞くなり、好きな方をどうぞ。ただし、夜はやめてくださいね。馬《マ》の次男が子作りできるかわからないので、私に圧力《プレッシャー》かかっているので。馬の一族絶えちゃうんで、いや傍系はいるんですけど、義母が……」

目が真剣だった。雀にも一応怖いものはあるようだ。

(長男の嫁は大変だ)

他人事に思いつつ、猫猫は最後の薬を整理する。これでお終いと片付けると、雀も立った。

「ではもうすぐ到着なので戻ります」

「雀さんまたね」

まるでまた遊びに来いよといわんばかりのやぶ医者。

雀は手を振りながら、部屋を出ようとして、もう一度後ろを振り返る。

「猫猫さん」

「どうかしましたか？」

他に何か用があるのだろうか。

「花街《はなまち》でも、宮中でも、人間は嘘をつきます。西都でもたくさん嘘つきがいますので、お気を付けください。あと、今回の件は、黙っておきますから」

にいっと雀が笑った。色黒の顔は、光が乏しい船内ではさらに暗く見えた。

（今回の件って）

猫猫は何のことかな、と目を泳がせる。

「では」

雀が入り口を閉める音とともに船内はぐらりと揺れた。

これから二度目の西都。

一体何が待ち構えているのだろうか――。


〈『薬屋のひとりごと10』につづく〉

ヒーロー文庫

薬屋《くすりや》のひとりごと 9

日向夏《ひゅうがなつ》

2020年 3月10日 第1刷発行
2024年 4月20日 第12刷発行

発行者 廣島順二

発行所 株式会社 イマジカインフォス
〒101-0052 東京都千代田区神田小川町 3-3
電話／03-6273-7850（編集）

発売元 株式会社 主婦の友社
〒112-8675 東京都文京区関口 1-44-10
電話／049-259-1236（販売）

印刷所 大日本印刷株式会社

ISBN 978-4-07-442420-7